育休刑事（デカ）

似鳥 鶏

角川文庫
23280

目次

人質は寝返りをする

1

路地の坂道を上ってようやく駅前通りに出た。ふっ、と息を吐いて、抱っこ紐とトートバッグを揺すり上げると、抱っこ紐の中で蓮（れん）くんがわずかに反応して、小さな手できゅっと脇腹を摑（つか）んでくる。離すなよ、という意思が感じられる気がしてかわいい。

育休を取り、育児を本格的にやり始めてから二ヶ月と少し。現在生後三ヶ月の蓮くんの首がほぼ据わって抱っこ紐で外出できるようになってから一週間。最初はどこのベルトをどう回してどの順番で装着するのかややこしかった抱っこ紐も、ようやく一人でさっとつけられるようになった。うちの蓮くんは二秒で泣くので抱っこ紐を背中に回したおんぶ形態は使えなかったが、抱っこ形態の方は我慢してくれるようで、両手が空くというのはとてもありがたい。[*1] 近距離ならベビーカーを使わず外出できるようになったので、意のままに操縦できる飛空艇でも手に入れたように自由度が上がった。

むろん重量七キログラムのぐにゃぐにゃ動くものを胸に固定したまま歩き回るのは楽ではない。ただ抱えるのではなく守らなければならないからだ。あまり激しく動くと首がガクガクして折れるのではないかとか、俺の胸に顔が埋まって窒息するのではないかとか、そういう心配もある。特に理由もなく心臓を動かすのをやめてしまいかねない新生児の頃よりはだいぶましになったものの、最近ではそのかわりに寝返りを試みるようになったからますます油断ができなくなった。乳幼児突然死症候群の最大のリスク要因はうつ伏せ寝なのに、自らリスクを取りにいくスタイルの困った生き物なのだ。抱っこ紐の中でも勝手に顔を埋めて勝手に窒息しかねない。[*2] それを気にしながら立ち、歩くのは疲れる。平坦な道を歩いている時はそれほどでもないのだが、こうして坂を上る時には重さを実感して、近所への買い物が自衛隊の訓練か何かに思えてくる。わりと体力に自信のある俺でもそうなのだから、小柄な女性や高齢の親が育児をする大変さは想像するに余りある。まして女性の場合、産後三ヶ月といったらまだホルモンバランスはガタガタで歯も骨も弱り、無人島サバイバルから生還した直後のような状態なのだ。それなのにあんな小柄な人やあんな細い人が毎日数キロの赤ちゃんを抱っこして歩き回り、母乳の形で栄養を吸い取られながら生活している、というのは驚嘆に値する。

　そういえば沙樹さんに付き添って入った産科の待合室でも随分細い人が大きなお腹を抱えていたなあと思い出しながら、再びずり落ちてきたトートバッグを揺すり上げる。家からここまでで、もうすでに疲れてきている。

　疲れる原因はもう一つあって、それが荷物の多さである。赤ちゃんを連れてお出かけする時は大量の荷物が伴う。まずは赤ちゃん本体。そして外で赤ちゃんがお腹を空かせて泣きだした時のために二回分くらいの液体ミルクと乳首のアタッチメント。飲ませる時のエプロンと口拭（くちふ）き用の小さなタオル。それとは別に即座の水分補給用にベビー麦茶やアクアライトの入ったパックかストローマグ（ただしストローで液体を吸えるようになってから限定なので、うちの蓮くんはまだであるが）。おむつの替えとおむつ替えの時に下に敷くタオルとおしり拭きとおむつ入れ袋。二着ほどの着替え。母子健康手帳と保険証と乳幼児医療証。泣きだした時のため、その子のお気に入りのおもちゃ。うちは握りやすいように網目状になったプラスチックのボールである。これらを口を開けやすいトートバッグに詰めて肩にかけ、口拭き用のタオルは周囲につけたよだれを即座に拭き取るためズボンのポケットにねじ込んで歩く。バッグは抱っこ紐のベルトの上から肩にかけるため歩くとずり落ちてくるのを揺すり上げながら歩く。右肩にかけているため自然と体の右側が上がってしまい、今の俺は整体師が見たらキャーと叫んで卒倒するような脊柱側弯（せきちゅうそくわん）姿勢で歩いているはずである。だがこれでも粉ミルクが液体ミルクになっ

＊1　赤ちゃんが「どの状態にしておかないと泣くか」は個人個人で全く違い、常に立った状態で抱っこして揺らしていないと泣くヘヴィ級からベビーベッドに寝かせて放っておいても平然としているライト級まで様々である。上の世代は抱き癖だの愛情不足だのと色々言われて苦労したようであるが、最近では「持って生まれた個性で決まる」という認識が広まっている。

＊2　名前の通りSIDSの原因は不明であるが、リスク要因としてうつ伏せ寝をはじめ、家族の喫煙や柔らかい寝具の使用、冬場の温めすぎなどが指摘されている。

た分だいぶ楽なのだそうで、親戚には「液体ミルクあっていいよね……うちらの頃は魔法瓶にお湯入れて持ち運んで、トイレの手洗い水とかでえんえん冷ましたり……」と羨望の眼差しを向けられるのである。そして今はまだ十月だからこの程度の荷物で済んでいるが、これから寒くなると防寒も考えねばならず今より荷物が増える。ベビーカーが使えれば体力的には楽なのだが、あれは使ったら使ったでちょっとした段差がいちいち障害になるし、たった一階分の上下移動のためにエレベーターを探して大迂回をせねばならないし、サイズが女性基準なので俺が押す場合は腰を曲げるか腹の方に引き寄せて後輪に爪先(つまさき)をぶつけながら押すかの二択になるし、[*3]ベビーカーを両手で押すためには下部の荷物入れに荷物を押し込まねばならず、そうすると電車やバスでおいそれと畳むことができない。混んでくれば周囲に気を遣うし混んでいない時も混んでくるだろうかと気が気でないだろう。今と別種の大変さに変わるだけかもしれなかった。俺はトートバッグを揺すり上げて歩く。蓮くんが手を伸ばし「あ」と言う。

「あら可愛い。ちっちゃいわねえ」

前から歩いてきた老夫婦の、婦人の方が笑顔で声をかけてくる。「お出かけ？　いい子ねえ。おとなしいのねえ」

「ちょっと買い物に」ぶらんと下がっている蓮くんの手を取って振らせる。「お出かけ、好きなんだよね」

「あらあ。そうなのお。いい子ねえ」

遠慮がちに黙って離れている夫を置き去りに、老婦人は笑顔で腰をかがめて蓮くんの顔を覗き込む。「いい子ねえ。三ヶ月くらい？　今日はパパ、お休みなの？　いいねえ」

そういうふうに言われるのも慣れてきた。日本では未だ、平日の昼間に男性が子供を連れて歩いていると「何か事情があるんだろう」という見方をされる。「大変ねえ」と言われることもある。善意であることは間違いないのだが、女性が同じことをしていてもそう言われることはないはずで、時代が変わっても、人間の意識はなかなかそれについていかないものらしい。

だが無論、笑顔で応じる。男性が赤ちゃんを連れて外で困っていた場合、さっと助けてくれるのはこういう年配の女性である。[*4]「先週、三ヶ月になりました。ミルク飲みすぎで標準よりだいぶ大きいんですけど」

「あらあそおう。ミルクもパパがあげてるのねえ。いいわねえ最近の人は。うちの人なんて何にもやってくれなかったのよ。おむつなんて一回も替えてくれたことない」

蓮くんと一緒に外を歩いていると一日一度は声をかけられる。声をかけてくるのは八

＊3　この点を考慮し、ハンドルの高さ調節ができるようになっている商品も出ている。

＊4　困っているのが女性の場合、年配の女性でも「駄目ねえ」と言って逆にプレッシャーをかけてくる輩がいるようで、必ずしも味方ではない模様。それにしても赤の他人に対していきなり姑のごとく駄目出しをするとは、見上げた厚顔ぶりである。

割方年配の女性だが、うち六割はこの話になる。よほど恨みが残っているのだろう。妻の妊娠が分かった時、父からは「お前の仕事だと難しいかもしれないが沙樹さんが望むなら出産には絶対立ち会え。特に赤ちゃんが小さい頃は全力で手助けしろ。でないと一生恨まれるぞ」と言われた。一生なんてまさか、と思ったが、こうして判で押したように年配のご婦人から同じ話をされるところを見るに、どうやら本当のようである。

ご婦人はにこっと愛想笑いをする蓮くんに「あらあ笑ってくれた。いい子ねえ」とメロメロになっている。ご主人の方はその後ろで所在なげに立ったまま、特に蓮くんを見ようとしないから、本当にろくに育児に参加しなかったのだろう。とりあえず、初対面の大人に接近されても泣かず、時には天使の微笑み(ほほえ)で応じる蓮くんに感謝しつつ頭を下げ、老夫婦と別れる。老夫婦は「ありがとう」と笑顔だった。何もしていない。俺はただ歩いていただけだし蓮くんはただ微笑んだだけなのだが、出かけるたびにこうしたことが起こるのだ。「赤ちゃんは生まれて一年で一生分の徳を積み終わっている」と言うが、よく考えたら可愛い猫に触るために人はわざわざ金を払って猫カフェに行くのだから、可愛い赤ちゃんと無料で触れあえるというのはかなりの価値なのだ。*5 ただそこに存在し、時折にこっと微笑むだけでこんなにも周囲を幸せにする存在は、天使以外の何者でもない。

駅前通りを行くと、SNSのメッセージにあった通り、バスロータリーに姉の姿があった。ついさっき、携帯にいきなり「近所まで来ているから出てこい」とメッセージが入ったのだ。いつもながら勝手に決めて結果だけ伝えてくる上意下達スタイルの姉だが、どちらにしろ買い物には出ないと暮らせないし、ずっと赤ちゃんと二人で家の中に閉じこもっていては頭がおかしくなるので、平均して半月に一度ある姉の電撃訪問はありがたい面もある。

姉は早く来いと手招きをしている。目と勘のいい姉なのでこちらより先に俺たちの接近に気付いていたようだ。しかし今日もまた変わったバッグを持っている。マルチーズ犬に把手(とって)をつけたような毛むくじゃらのバッグだが近付いてみると毛はファーではなく明らかに人間のウィッグだった。遠目には生首を提げて歩いているように見えるが、こういうものをどこで買うのだろう。

「やっほー蓮くん今日もかわいいねー。こんにちはー。おりょりょりょりょりょ。ぴょーよほほほほ。ぷちゅちゅちゅちゅちゅ」

声がでかいので周囲の通行人が振り向いているのだが、気にならないのだろうか。

「待った？　昼食べてきたの？」

「一応。蓮くん今日も手がちっちゃくてぷちゅぷちゅだねー。おいしそうだねー。指食べていい？　いいよね小指一本くらい。十本もあるんだしさ。また生えるかもよ」

＊5　行っても触れないこともあるが、猫のストレスになりそうな時は仕方がない。

「蛸かよ」ひとの子供を食うな。

「あー」

「おー笑った！　そーかそーか小指食べていいかー。でも太腿もぷちゅぷちゅだねー。搾ったらコラーゲン採れるねー。ちょっと齧っていい？　んー、ぷりぷり。いいふくらはぎだねー。やっぱり醬油と味醂で甘塩っぱく煮るのがいいかねー。ちょっと味見しとこうか」

「舐めるな」

「ほーりょりょりょりょばー。それとも中に香草を詰めてゆっくりローストしようかねー。きっと筋肉が少ないから加熱してもぷりっぷりに柔らかいまんまだと思うんだよね。スープもいいけど脂がいっぱい浮くかな？」

「ホラーだから」

「あー」

「ほら喜んでるよ。おーばばばばばばば。にゃー。かーわいいねえ蓮くんは」

　まあ蓮くんが喜んでいるのは間違いない。時折文字起こし不可能な音声を交えながら蓮くんをあやしてつつき回している姉はとにかく甥っ子が可愛くて仕方がないらしいが、今日は平日である。仕事はいいのだろうか。

「で、うち来るの？　今何もないから西友寄ってかないとだけど。あとドラッグストア寄りたい」

「沙樹ちゃんと主夫してるねえ。偉い」姉は蓮くんのほっぺたをつつきながら頷（うなず）く。「沙樹に無理させてないでしょうね？　あの子絶対顔に出さないだろうけど、産後三ヶ月じゃまだ体ガタガタなんだから」

「知ってる。せめて六ヶ月は休めって言ったんだけど」

もともと沙樹さんは姉の高校時代の同級生である。優等生の沙樹さんが非常識人の姉となぜ仲良くなったのかを考えると宇宙の果てを考えているような気分になるのだが、姉曰（いわ）く高校時代、二人のコンビは校内でも有名でプリキュアとか呼ばれていたのだそうで、「時代を感じる」と感想を述べたら人中（ジンチュウ）*6を殴られた。姉の親友と結婚した時点でこうなることは分かりきっていた部分もあるが、姉は俺を弟として可愛がるより沙樹さんを義妹として可愛がる方を優先しているようで、ちゃんと栄養バランスを考えているのか睡眠時間を確保させているのか気遣いをさせていないかと口うるさく言われている。

「夕飯の買い物もするんでしょ？　支払いしてあげるよ」姉は生首バッグをごそごそと探ると、明らかにブランド物の腕時計をごそりと掴み出した。「金、あるし。先に質屋寄っていい？」

「金、現地調達なのか」赤ちゃん連れで質屋に入るという状況はなかなかない気がする。

「また例の人？　そういうの、貰（もら）わない方がいいよ。絶対そのうちトラブルになるから」

*6　鼻の下。急所の一つ。

「送りつけてくるんだもん。家に。メールで拒絶の意思は示したし、何かしたら即警察だから」そう言って俺の肩を叩く。「それに一回、正当防衛っていうのもやってみたいよね。あれって無罪になるんでしょ？　どこまでいいの？　刺していい？　抉るのは？」

どこをだ。「むこうが襲いかかってきたらね」

姉は某大学の研究室にいて現在は准教授なのだが、以前、学会か何かで会ったよその大学の研究者に惚れられてしまい、しつこく求愛を受けているらしい。まあ異性慣れしていない理系の研究者が全く無自覚にセクハラに走る、などというのは、どこでも聞く話である。

「質屋ってどこだっけ？　橋、渡ったとこにあったか」

「その前に蓮くん！　くれ！　早く！　私の理性がちょっとでも残ってるうちに！」姉は子供の頃の距離感でこちらに寄って額をぶつけてくる。危ないのでやめてほしい。

「ほらほーら蓮くーん。ママでちゅよー」

「違うだろ。あと」

「はいはい分かってます『舐めない』『吸わない』『齧らない』。ほら誓ったから私の赤ちゃん早く返して」

「誤解されるようなこと言うな」このレベルから誓わせなきゃいけないのかとは思う。

蓮くんを奪い取って抱っこした姉から生首バッグを受け取り、駅から少し離れたビルに向かう。一階に看板を出している石森質店はショーウインドウが黄色っぽくくすんでおり、ビルの外壁も入口の自動ドアも積年の埃で汚れていた。再開発でバスロータリーの頭上にペデストリアンデッキが広がる駅前はスタイリッシュに賑わっているが、駅から離れた商店街はそちらに客を取られて「旧市街」と言うべき風情になっている。石森質店も営業しているのかしていないのか分からない雰囲気だったが、蓮くんを抱っこした姉は「さてこいつでいくら引っぱれるかな」と悪徳ブローカー的なことを呟きながら躊躇いなく入り、カウンターのむこうで電話をしていた初老の店主に「買い取りお願いしまーす」と言って俺から生首バッグを奪い、パーテーションで仕切られたむこう側に置かれた丸椅子にさっさと座った。俺などは店内を見回し「ああ入ってすぐのところが質流れ品を売るショップで、質入れや買い取りのカウンターは別なのか」といちいち頷いていたが、姉の方は質屋に入り慣れているらしい。

突っ立っていても仕方がないので売り場を見て回ることにした。外のショーウインドウにバッグが並んでいたから、ひょっとすると使えそうなリュックか何かが格安で置いてあったりしないかとかすかに期待したのだが、ショーケースの中にあるのはグッチやヴィトンのベタなバッグや趣味の悪いギラギラの腕時計など、昭和のヤクザが身につけていそうなものばかりだった。一体こうした商品をどこの誰が必要として買っていくのだろうと疑問に思うが、先に店内にいた初老の女性はゆっくりと歩きながらちゃんとショーケースを見ている。ショーケースの数やサイズに比較して商品は少なく、手書きの値札も紙が変色していたりするから、買っていく人は少数なのだろう。実際には実店舗での販売などはただのおまけであって、主力はネット通販か業者への卸しなのだろうが、ブランドショップを意識した天井の照明や黒基調の内装がガラスの煤け方のせいでかえってさびれて見え、あまり景気はよくないようだった。

パーテーションのむこうから姉の「もう一声」だの「いやいや新品ですよ？」だのの声が聞こえてくる。俺たちは「赤ちゃんを連れて質屋で金を作ろうとする夫婦」に見えているはずで、店主にどう思われているのかが気になるが、まあとにかくトラブルは起こさないでくれよ、と心の中で祈る。子供の頃から姉はトラブルメーカーだった。沙樹さんが「学生時代のいい思い出」として語るものの中にも、実際には姉のトラブルの尻拭いを彼女がやった、と見るべきものが多々ある。

だが、俺はこの時点で一つ忘れていた。姉はトラブルを作るだけでなく呼び寄せるのである。子供の頃から一緒にいた俺は、何度も姉の呼び寄せたごたごたに巻き込まれてきたのだ。

入口のドアが開き、新たな客が入ってきた。だがその客に「顔がない」のを目の当たりにした瞬間、俺はそのことを思い出して嘆息した。

その男はやや長身でがっしりした体つき、前を閉めたグレーのパーカーの下に黒のTシャツを着て、下は紺のデニムにメーカー不明のスニーカーだった。

そして顔は、赤い目出し帽ですっぽり覆われていた。

パーテーションのむこうで交渉というかバトルをしていた店主と姉も、一瞬遅れて男の乱入に気付いたようだった。男はパーカーの中から拳銃を出し、店主と姉と、姉の腕の中の蓮くんに向けると、囁くようなぼそぼそ声で言った。

「金、出せ。殺すぞ」

2

音楽が流れていない店内は静かで、表の道を通る車の走行音が響き、通り過ぎた。遠くから車のクラクションが、叩きつけるような乱暴さでぱ、ぱ、ぱーと三回続いた。

男はまず店主に銃口を向け、それから一人一人に対し順に名刺交換をするような律儀さで、姉と蓮くん、俺、初老の女性、の順で銃を向けた。そういえばさっきも、ターゲットは店主だけのはずなのに、俺たちに対しても「金、出せ。殺すぞ」とベタな台詞を言っていたわけで、あれもつまり「自分は強盗です」という自己紹介なのかもしれなかった。男も俺たちも、ドラマなどで「強盗」のステレオタイプは見慣れていて、それに毒されているのかもしれない。

だが「冗談なのではないか」という疑念は一瞬頭をかすめただけだった。目出し帽で顔を隠しているというだけで充分に異常であり、まともな人間でないということはひと目で分かる。

「動くな。声を出すな」

男は拳銃を皆に見せるように振りかざして言う。声を覚えられないようにか、口の中に何かを入れて声色を変えているようだ。「そこの女、こっちに行け。全員そっちの隅にいろ」

女、と呼ばれたのは姉だった。自分の姉がそういうふうに扱われているのは何か奇妙な気分であるが、それよりも蓮くんのことが不安だった。姉に渡したままなのだ。なぜ離した、という後悔が早くも襲ってくるが、俺たちとともに売り場の隅に移動した姉は強盗を凝視していて、抱いた蓮くんを渡してくれる様子はない。仕方がなかった。こっそり長めに息を吐いて、落ち着け、大丈夫、と頭の中で唱える。

「ちょっとあなた、何？　それ鉄砲？」

勇敢なのか無謀なのか、あるいは状況をきちんと把握していないのか、客の女性が最初に口を開いた。「何よあなた」

「うるせえ」

強盗は女性に銃口を向ける。俺はとっさに女性の前に出たが、そこで男の持つ銃を見て気付いた。これなら撃たれることはない。安心してよさそうである。

「シャッター閉めろ。全部閉めろ。自動ドアの電源も切れ。早くしろ」

強盗は店主に銃口を向ける。「立て。早くしろ」

最低限の言葉。無駄がないし、手も声も震えていない。借金などから思いあまってコンビニ強盗にでるやつの中には本人が被害者よりびびっていて声が震えているやつも多いらしいが、少なくともこいつは暴力に慣れた男のようだ。

強盗が落ち着いてくれていることはありがたかったし、見たところ店主もすぐに状況を察し、おとなしく従う様子で立ち上がった。姉はまあ心配に及ばないし、姉が抱いている限り蓮くんも突然ギャン泣きを始めることはないだろう。そうなるとまずは、一番驚いている様子である客の女性がパニックにならないよう、何か言って安心させるべきかもしれない。

俺は強盗が店主と一緒に動いた隙(すき)に、彼女の耳元に囁いた。「安心してください。あの銃、おもちゃです。弾は出ません」

「えっ」女性は目を見開いて小声で言う。「そうなの？」

「はい。よくできてはいますが、モデルガンです」

駆動音がしてシャッターが下がり始め、窓と入口のガラス越しに見えていた表の風景が上から狭められていく。それを見ながら俺は、今、動くべきかどうか迷っていた。このままシャッターが閉まりきってしまえば、中で何をしているかは外から一切見えない。仮に男が発砲したとしても、通行人が気に留めるような音響にはならないだろう。そして同時に、中にいる俺たちは完全に閉じ込められてしまう。人が出入りできるのは出入口のガラスドアだけだが、そこにシャッターが下りるとなると、ガラガラと音をさせてシャッターがゆっくり上がりきるのを待ってからでないと脱出できない。こっそり移動してさっと逃げる、というわけにはいかなくなるのだ。

強盗の男は店主の背中に押し当てていた拳銃を外し、自分が手にしているそれが何なのかをこちらに説明するかのように銃口を向けてくる。そうしている間にもガラガラと音がして、シャッターは閉まっていってしまう。客の女性が不安そうに入口と俺を見比べる。

俺は自分が何をすべきかを考えた。強盗事件なのだ。最初に考えるべきはどうやら人質となった俺たち五人(うち赤ちゃん一人)の安全で、犯人確保はその後だ。だが犯人の男が今、店主に突きつけているのはおそらくモデルガンだ。蓮くんを姉が抱いていてくれるのはむしろ幸運だったかもしれない。さっと動いてあの男を拘束してしまえば。

シャッターが完全に下りきり、空気が閉じ込められて一気に静かになる。気のせいか、息苦しくなったような感覚もある。

命じられて入口のドアをロックした店主が、銃を突きつけられたままカウンターの中に連れていかれる。犯人は俺たちに背を向けている。俺は犯人との距離を測った。ここから飛び出したとして、あそこまで全速力で五歩か六歩。いや、位置的に腕時計の並ぶショーケースが邪魔だから七歩か。相手が反応する時間は充分にある距離だ。もし店主に突きつけられているのが本物の拳銃だったなら、驚いた男が店主を撃つか、もっと冷静にこちらを振り返って撃つか、どちらにしろろくなことにならない間合いである。しかし。

男の手元に目を凝らす。あれは確実にモデルガンだ。仮に男が他の武器を持っていたとしても、とっさにあれを捨てるか店主を放すかして、それから他の武器を抜いて襲いかかってくる、というほどの余裕はないはずだった。威力を強化したり実弾を撃てるように改造したモデルガン、というものも世間にはあるが、あれはたぶん、そういったものでもない。動きからして格闘技をやっているようにも見えない。問題なく拘束できると思う。駆け出すと同時にトートバッグは捨て、まず姉の生首バッグを投げつける。ひるんだところにタックル。余裕があれば腹に前蹴り。俺は頭の中で動作をシミュレーションした。だが、一つだけ気になる可能性が……。

周囲を窺う。無理もないことだが客の女性は固まってしまって動かない。店主は背中に銃を突きつけられたまま、カウンターの中に連れていかれている。姉は「おや？」という顔できょろきょろする蓮くんを抱き上げて「ほら閉まっていくねー。閉じ込められちゃったねー。きゃー」と囁いている。抱き上げられて脚をぷらぷらさせた蓮くんは何が面白かったのか「ひゃ。ひゃ」と笑っている。あんなにはっきり笑うのは一日に一回か二回なのだが。というより、あの一角だけ空気が違いすぎはしないか。

男が再びこちらを振り向いた。「そこで動くな。黙って立ってろ。余計なことをしたら殺す」抱き上げられた蓮くんが男をじっと見て目を見開き「何？　何かしてくれるの？」という興味深げな顔をする。手をバタッと動かして「あー」と笑う。覆面が面白いのかもしれない。男はリアクションに困ったのか少々視線を泳がせている。強盗も犯行途中に人質から笑いかけられるとは思っていなかっただろうが、なにせうちの蓮くんは異常に人懐っこく、知らない人間の顔が視界に入るととりあえず微笑む、という社交の達人なのである。

　男はばつが悪くなったのか、俺たちにはっきり聞こえるようにか派手な舌打ちを一つすると、店主をどやしつけて歩かせ、カウンターの奥、バックヤードにつながる廊下に出ていった。売り場の商品は無視し、バックヤードの金庫にある現金だけを奪うつもりなのだろう。

　男の姿が見えなくなり、売り場内に、誰のものともつかない溜め息がふっと流れた。姉は男が消えた方に向かって蓮くんの手を振らせ「ばいばーい」とやっている。おいこら前に出すな、と思うが、姉もあまり怖がってはいないらしい。

　男と店主の足音が交ざりあって売り場から遠ざかる。予想通り、店主にバックヤードを案内させるために出ていった。しかし間抜けな男だ。携帯を奪わなかったとは。

　一応、いきなり戻ってくる可能性があるので、俺はカウンターの奥を注視しながらトートバッグに手を突っ込み、携帯を出さないまま操作した。緊急通報、一一〇番。

――一一〇番です。事件ですか？　事故ですか？

　俺はバッグの中で握った携帯に囁く。「事件です。藤原市馬引町二丁目。楫取川沿い、『馬引町二丁目』交差点の一ブロック先、阿部第一ビル一階『石森質店』にて強盗事件発生。シャッターが下ろされ、店主と、私を含めた客の合計五名が店内で人質にとられています。あと、バックヤードでも別の従業員が拘束されているかもしれません。犯人は確認している範囲では一名。拳銃を所持。ですがモデルガンと思われます」

──えっ。あっ、はい。続けてください。

一度しか言わないから聞き漏らすなよ、と祈りながら言う。「犯人は身長一七五センチ程度。中肉。二十代後半から三十代前半。赤の目出し帽をかぶり、グレーの紐付きパーカーと黒のTシャツ、紺のデニムと赤・白のスニーカー着用」

姉がすっと寄ってきて、携帯に囁く。「右が二重瞼（ふたえまぶた）、左が奥二重ね」

「……だそうです」よく見えたな、と思う。そういえば姉の視力は鷹並みだった。

──了解です。

「ええと、続けます。店内にいる人質の内訳はまず五十代から六十代の男性店主。六十代後半の女性」女性を見る。彼女は廊下の方と俺を見比べてきょとんとしている。「それから生後三ヶ月の赤ちゃんを抱いた三十代の女性」

「ちょっと。こういう時は見た目の年齢を言わないと駄目でしょ。女性の年齢は二十歳。『チャーリーズ・エンジェル』の時のキャメロン・ディアス[*7]か『クレオパトラ』の時のエリザベス・テイラー[*8]似」

＊7　Cameron Michelle Diaz（1972-）『マスク』（１９９４）でデビュー。『メリーに首ったけ』（１９９８）でニューヨーク映画批評家協会賞女優賞を受賞。若い頃はフライドポテトが大好きだったが後に健康志向になったらしい。

「作品まで限定するな。図々しい」そもそもその二人が似ていない。「あー、それと二十代後半の男性。自分です。合計五名」

――は、はい。

「今、携帯のハンズフリーでこっそり通話しています。シャッターがすべて閉められているため表からの出入りはできません。犯人も裏口から逃走するものと思われます。よろしくお願いします」

――は、はい。あのう。

電話口の係官が大慌てで訊いてくる。

――あなたは一体。

俺は答えた。

「県警本部捜査一課、第七強行犯捜査四係所属、秋月春風巡査部長です」ようやく言えた、と思う。むこうもさぞ疑問に思っていたことだろう。「現在、育児休業中であります」

女性が目を見開く。俺は指を立てて「しーっ」のジェスチャーをする。

さて。これで報告は済んだ。通話中にすでに藤原西署から出動しているだろうし、付近のPCも急行しているはずだから、あと二、三分でこの店は警察に囲まれるだろう。

とりあえず携帯を通話状態のままにして、中の状況を逐一報告できるのはありがたいが、しかし問題もあった。シャッターが閉められてしまっている。警察が囲んでも俺たちは解放されない。それにもう一つ。

俺はバックヤードにつながる廊下の方をじっと見ていた。売り場内は静かで、照明器具か何かが鳴っているのか、じー、というかすかな機械音が続いている。

廊下の奥から、ぱん、という破裂音と、内容までは分からないがくぐもった怒鳴り声が聞こえてきた。

……やっぱりか。最悪だ。

俺は携帯に囁く。「犯人、もう一名いました。武器を所持。通話終了。シャットダウン」

廊下の奥からどかどかと足音が近付いてくる。やはり、不用意に動かなくて正解だった。姉の表情が初めて強張る。

足音の主が売り場に現れた。さっきの男と違い紫の目出し帽。さっきの男よりはやや小柄か。黒のエナメルブルゾンとグレーのデニム。足元はここからでは見えない。さっきの男とは別人だ。そして手には、明らかに本物のオートマチックが銀色に光っていた。

やはり、もう一人いたのだ。当然ながらこの店には裏口があり、バックヤードがある。

＊8　Elizabeth Rosemond Taylor（1932-2011）『バターフィールド8』（1960）及び『バージニア・ウルフなんかこわくない』（1966）でアカデミー主演女優賞を受賞。エイズ撲滅のための活動でアカデミー賞ジーン・ハーショルト友愛賞を受賞（1992）。宝石好きで『My Love Affair with Jewelry』という本まで出した。

そこにも拘束すべき従業員がいる可能性もあるのだから、そちらに回る役がもう一人いるのではないかと疑っていた。人質はひとまとめにした方がいいはずなのに紫の男がここに誰も連れてこなかったということは、バックヤードで別の従業員が拘束されている、というわけではないのだろう。しかし実のところ、他人の心配をしている場合ではなくなった。

男は銃口をまっすぐこちらに向けたままカウンターを回り、売り場にやってきた。そして左手で床を指さす。

「全員、携帯出せ。こっちによこせ。早くしろ」

この紫の男も赤い方の男同様、口に何かを入れて声を変えているようだ。不自然にくぐもった声で男は命じる。

「余計な動作はするな。ゆっくり携帯を出して、ゆっくりそこに置いてこっちに滑らせろ。変なことしたらすぐ殺すぞ」男は客の女性を指さした。「こっちは人質なんて一人残ってりゃいいんだ。そこのババアも男も、殺しても構わないんだからな」

困ったことになった。犯人はもう一人いて、しかもこいつの方は本物の拳銃を持っている。

そして紫の帽子のこの男は、さっきの赤の男よりずっと頭がいいようだ。

3

喋る者はいなかった。空気が張りつめ、静まりかえった店内で、紫の帽子の男だけが動き、集められた俺たちの携帯を操作していた。

その手には拳銃が光っている。あれは正真正銘の本物だ。撃たれれば死ぬ。

さっきまでとは空気ががらりと変わっていた。見えない糸がそこらじゅうに張り巡らされているようで、体を少しでも動かしたらその部分が切れそうだ。

俺は男の手元を見て、何をしているかを確認しようとしていた。男はただ電源を切っているだけのようだったが、もし通話履歴を確認されたら、さっきこっそり通報していたことがばれる。そうなったら人質の命が危ない。「殺しても構わない」という男の言葉はおそらく本気だった。

隣にいる初老の女性もさっきまではやや落ち着いた様子だったが、今では俺たちの緊張が伝わったか、そわそわと視線を左右させている。安心させるため、赤い帽子の男が持っているのはモデルガンだと伝えたが、あれも失敗だったなと思う。紫の帽子の男が持っているあれは本物なのだ。それをなんとかして伝えないと危険かもしれないが、ばれずにこっそり囁くことはできそうになかった。

視線をシャッターに移す。時間的にはとっくに警察が外を囲んでいるはずだったが、その気配がないのはありがたかった。「こっそり通話しています」と伝えたからか、俺の携帯にかけ直してくることはもちろん、サイレンを鳴らしながら来るような馬鹿もしていないらしい。このビルを派手に囲むと野次馬が集まってしまい危険だから、シャッターの閉まった表の出入口前に車両を置き、そことビルの裏口周辺を数名で囲んでいる、といったところだろうか。犯人たちが外に逃げた時点で確保はできるだろうが、その前に俺たち人質の誰かが殺されているかもしれない。姉が抱いている蓮くんを見る。せめてこの子だけでもどうにかして外に出せないか。

どうか電源を切るだけにしてくれ、という祈りが通じたのか、男は俺たちの携帯をまとめて持ち、カウンターの中に戻った。だがきっちり銃口をこちらに向けて言い置く。「余計なことはするな。お互いに他の奴が妙なことをしていないか見張って、何か見つけたら言え。言った奴は先に逃がしてやる。何かしていた奴は殺すがな」

予想外の言い方で、俺たちは思わずお互いを見た。急に不安がせり上がる。誰かが俺のことを言えば、俺は即、殺される。

実際に告げ口をする人間はいないだろうが、それでもまずいことになったと思う。まさか絶対優位にいるはずの犯人が、念を入れて人質たちを分断するようなことまで言ってくるとは思わなかった。こう言われれば俺たちは疑心暗鬼になり、「余計なことを言わないか」「余計なことをしていないか」とお互いに監視して、お互いに身動きがとれなくなる。おそらく、俺と姉と蓮くんがひとまとまりに見えたことから、何か相談する危険を感じたのだろう。この男は冷静だった。そしてそれはつまり、下手なことをすれば冷静に殺されるということにも思える。

息が詰まった。紫の男はそれを確認するかのように俺を見ると、携帯を持ってバックヤードに向かった。赤の方に指示をするつもりなのだろう。

それでも男が見えなくなると、喉を締めつけてきていた空気が少し緩んだ。

俺はゆっくりと息を吐いた。最初は胸が苦しかったが、吐き続けているうちに体の強張りがとれてくる。嫌な汗をかいていたらしく、シャツの背中が冷たかった。目が合った客の女性に「気をつけてください。あいつの持ってるのは本物の拳銃なんで」と囁いて教える。女性はおろおろと視線を揺らすだけだった。

警察はもう来ているはずだ。だが、ここからどうすればいい？

シャッターが閉まっていて、外から中の様子は知りようがないだろう。その状況で警察が強行突入してくるということはないはずだった。だが囲んでいることを自ら知らせて、拡声器なんかで中に向けて説得を始めたりするだろうか？　それをすれば、誰が警察に言ったのか、と犯人たちが逆上し、俺たちの命が危ない。

では警察はじっと動かず、このビルを囲んだまま犯人たちが動くのを待つのだろうか。あの二人が店主から現金その他、金目のものを取れるだけ取り、逃げようと裏口から出る瞬間まで。確かに犯人逮捕が優先ならそうする。だがその方法だと、やはり人質が拘束される時間が長くなって危ない。何より、金目のものを洗いざらい渡した後、用済みになった店主が口封じ等の理由であっさり殺されるかもしれない。その可能性は大きいように思われた。金銭目的なら他にいくらもターゲットがあるはずなのにこのさびれた質屋を襲ったということは、犯人はこの店をよく知っている人間である可能性が大きい。周到に行動している紫の男が俺たちを縛ったりして拘束しなかったのも、シャッターが閉まっている今、この店の出口が裏口しかないということを知っているからだろう。だとすれば店主などとは顔見知りであったかもしれず、安全のために殺しておく、という選択は充分にありうる。

……警察が動いても動かなくても、どちらにしても誰かが殺されるかもしれない。

床をぎゅっと踏みしめる。俺はこれでも一応、警察官だ。俺一人が危険な目に遭って他の人質たちが助かる方法があるなら、そうすべきだろう。だが赤の男はともかく、紫の男相手にいきなり飛びかかってどうにかなる気はしなかった。失敗すれば俺はもちろん、蓮くんも他の人質も全員危ない。軽率なことはできないのだ。

だが、このまま待っていても、誰かが殺されるかもしれない。

何もできないまま、時間が過ぎていった。犯人の姿はないのに、紫の男の言葉が呪縛になったように動けない。

俺は結局、犯人が消えたバックヤードの方を見たまま、脚が張ってくるのを感じたら重心を変える、ということだけを繰り返しながら突っ立っていた。客の女性は最初こそ沈黙していたが、しばらくすると、気丈にも「もう何よ。やめてよもう」と小声で悪態をつき始めた。姉は蓮くんに視線を落として優しく揺らし続けていた。待つしかないと腹を決めたのかもしれない。俺もこのまま静かに待つべきだろうかと考えた。

……が。そういうわけにもいかない人間が、この場に一人だけ、いた。

「あえええええ」

蓮くんが泣きだした。姉が慌てて囁きかけ、そわそわしていた女性もはっとして蓮くんを見る。俺は蓮くんを覗き込み、舌を出してあやしてみた。蓮くんは一瞬泣きやんだが、俺の顔を確認するようにじっと見ると、また手足をばたつかせて「あええええええ」と泣きだした。壁の時計を見る。強盗に遭ってすっかり予定が狂ってしまったが、そろそろミルクの時間なのだ。

姉が蓮くんを揺する。「ほりょりょりょりょりょー。よーしよしよしよしよし蓮くんいい子いい子」

「あらあらあら。泣いちゃったねえ」客の女性も来た。「どうしたのー？　よしよしよしよし」

「あー、もうミルクの時間なのでたぶんそれです」俺は「気配」を感じて蓮くんに鼻を近づけた。予想通りのにおいがした。「うんちもしてる。まいったな。今ちょっと」

「あえええええええええ」

「あーよしよし。どうしよう。ここでミルク出していいのかな」

「ほらほらー。いい子ねえ。いい子だから泣かない泣かない」

「蓮くんこっち見てー。ふにゃにゃにゃベロベロベロ」

「あええええ！　あえええええええ」

「飽きちゃった？　じゃあボール持つ？　ちょっと待ってねほらボール」

　正直、動いていいのだろうかと思ったことは間違いない。だが赤ちゃんの泣き声は、反射的に周囲の大人たちを呼び集め、あやすよう操るのだった。作家の乙一が書いていた。「戦場に大量の赤ん坊をパラシュート降下させれば、兵士たちは戦闘をやめて赤ん坊をあやすのに夢中になり戦争は終わるんじゃないでしょうか」[*9]これは実感としてだいぶ正しい。

　大人三人が集まって赤ちゃんをあやす。犯人がこの場にいないせいか、あるいは全員、他に何もできることがないからか、熱心に蓮くんの相手をする。人質は人質らしくもっと恐怖に震えていなければならないのではないかとも思ったが、正直なところ皆、いつまでも緊張状態でいるのが嫌で、緊張を解く口実を探していたのかもしれない。

　それに、赤ちゃんには大人のそんな事情など関係ないのだった。たとえ強盗に人質にとられていてもだ。今のところ、顔にきゅっと皺を寄せて泣く彼の世界には「腹が減っているか」「眠いか」「誰かがかまってくれるか」の三つしか存在しない。

「まいったわねえ。今ちょっと無理なのよねえ。ごめんねボク。『ボク』なんでしょ？」

「はい。すみません、たぶんミルクの時間で」

「先、おむつじゃない？　床でいいからちょっと借りて」

「いやそれ強盗に頼むのかよ。でもそれしかないか。人いないし」

「トイレ行ってもおむつ交換台とかないでしょここ。あ、上着敷く？」

「たぶんすごい暴れるから汚れるけどいい？」

「あら、パパおむつ替えできるのね。最近の人はみんなできるのよねえ」

　どうやっておむつを替えようか悩みつつ、それどころじゃないだろう、とも思う。しかし実のところ、赤ちゃんからしても「それどころではない」のだ。ミルクの時間なのに誰も飲ませてくれず、ただ揺するだけだ。これでは眠れないし、お腹が減って安心できないのだろう。こんな時、常識的な人質はどうするのだろうか。俺は迷った。こんなことで迷うのは、俺もいいかげん疲れて混乱してきているのかもしれない。だがとりあえず今は、蓮くんをあやしつつおむつ替えをする以外にできることがないのも確かなのだ。いや、しかし。

　俺はバックヤードの方を見た。蓮くんはさっきからずっと泣いているが、犯人が来ない。泣き声はバックヤードまで聞こえているはずなのに、気にならないのだろうか。

「どうする？　早くおむつ替えさせてって頼んでくる？　かわりにあんた一発か二発撃たれてよ」

「どういうことだよそれ」おむつ替え一回のために撃たれたくはない。「いや、でも頼

＊9　『小生物語』（幻冬舎文庫）より。作家の嘘の日常が収録された脱力かつ爆笑できる日記。

めないかな。ついでに奥の様子を見てくるか。んー……蓮くん抱いてけば警戒されないけど」

「やだよ危ないもん」姉は蓮くんを俺から隠すように抱きしめる。「そんなことに子供を付き合わせちゃだめでしょ。これだから男親ってのは。ほらハル、一人で頼んできてよ。駄目元で」

「その駄目って死ぬってことだろ」

「いいじゃん敵の弾が減るし。一発で死なないでね。四、五発はゾンビっぽく粘ってよ」

「俺の命、軽すぎだろ」

「まあちょっと、さすがにそれは旦那さん可哀想よねえ」

「いや、これ姉です」

「弟です。たぶん」

「なんで不確定なんだよ」

「あえええええ」

「あーごめんごめん。ほらハル、行った行った。死んでこい。いいじゃん二階級特進だし沙樹も喜ぶって」

「嘘だ。そんなことあるわけない」

なんだこのやりとりはと思ったが、そういえば妙だった。バックヤードの方を見るが、誰も来ない。

俺は姉を黙らせる。「ちょい待った。様子がおかしくないか」

姉も気付いたようで、俺の視線の先を見た。「……確かに。なんで誰も来ないの？」

一瞬売り場内が静かになり、蓮くんの「にいえええええ」という泣き声だけが反響する。だが他に物音はない。

「……まさかもう逃走した？」

「いや、それなら警察の誰かがこっちに入ってきてるはずだろ」

「だよね」姉は俺を見る。「ちゃんとここの住所、言った？」

「もちろん。もうとっくに外、囲んでるはずだし」

バックヤードは沈黙している。というより、人の気配がない。どういうことだろうか。耳を澄ましていた姉が言う。「……なんか、裏口のドア開いてない？」

「えっ」

「ちょっとだけど、外の音が聞こえる気がする」

まさか、と言おうとしたが、そういえば姉は聴力の方もウサギ並みだった。それが信用できるかどうかをさておいても、これはおかしい。静かすぎる。

迷っている俺たちの背中を押したのは蓮くんだった。「えええええ」とまた泣き始め、俺は姉と顔を見合わせて頷きあい、カウンターの方へ動いた。客の女性には「ここで待っていてください」と言ったのだが、彼女も「嫌よ」と拒否してついてきた。まあ、犯人に見つかったら「赤ん坊が泣いて」と本当のことを話すしかない。

　カウンターの奥、開け放されたドアの向こうに、バックヤードにつながる廊下が見えた。もともと細い通路なのに、倉庫から溢れた質草が入っているのであろう段ボール箱やハンガーラックがびっしりと並び、息苦しいほどに狭くなっている。

　廊下の奥に人影はなかった。突き当たりになっていて、白い壁しか見えない。

　姉が囁いた。「右奥の方がちょっと明るい。あっちが裏口で、やっぱドア開いてるよ。ちょっと風、入ってくるもん[10]」

　ゴキブリ並みに触覚も鋭い姉が言うのだ。俺には全く分からないが、本当なのだろう。だとすれば、どういうことだろうか。犯人はすでに逃走してしまってその場にいない、と考えるべきなのだろうが、だとすると、周囲を囲んでいるはずの警察官がこちらに踏み込んでこないのはなぜだろうか。まさか全員で犯人を追いかけ回しているわけはあるまいし、あの二人にみんなやっつけられてしまった、というのでもないだろう。

「見てこよう」姉が言った。「待ってても仕方ないし、蓮くん可哀想だし」

　そんな理由か、と思うが、待っている理由もない。「……しょうがないな」

「ほら先頭。ちゃんと盾になって。大丈夫見たとこあれ三十二口径だったから。全身の筋肉を収縮させながら歩いてればちゃんと体内で止まるから」

「どんなハルク[11]だよ。ていうか人体の構造上それ無理だろ」あと撃たれる前提でものを言わないでほしい。

　だが、何割か撃たれる覚悟をしながら俺が歩いていっても、誰も出てこなかった。廊下の左右にドアがあり、位置からしておそらく右が事務室とか更衣室的なところで、左が倉庫だろう。姉曰く突き当たりを曲がった右奥が裏口だというから、トイレもそのあたりかもしれない。

左右のドアのところまで進み、体を傾けて奥を覗くと、予想通り曲がった先にトイレのドアが見えた。そしてその手前に裏口のドアがある。ドア横にある曇りガラスの窓は鍵(かぎ)がかかっていたが、ドアの方は細く開いていた。姉が言った通り、そこから外の空気と光が入ってきていて、薄暗い廊下の壁が長方形に明るく照らされている。人影はなかった。人の気配もない。

……これは、逃げられるのではないか。警察は裏口も見張っているはずだ。飛び出せばすぐに駆けつけてきて助けてくれるだろう。

ドアの方に駆け出そうとする気持ちを引き戻し、床を踏みしめる。犯人たちが二人ともトイレということはないだろうから、いるとすればこの横の倉庫か事務室だろう。もし裏口に駆け寄り、犯人たちがそれに気付いて飛び出してきたら、どう見ても逃げよう

＊10　ゴキブリは長い触角で風の流れを感知している。叩こうと思って得物を振り上げた瞬間にダッシュするのはそのためで、別に殺気を読むとかそういうわけではない。

＊11　超人ハルク。マーベル・コミックのヒーローの一人。戦車を投げ飛ばしたりする緑色のマッチョ。

としていた俺たちは確実に撃たれる。全員殺されかねない。

それに、様子が変だ。静かすぎる。

「にえええええええん」

蓮くんがいきなり泣きだした。しまったと思う。ここまで足音を忍ばせてきた意味がない。姉と客の女性が慌てて蓮くんをあやすが、しかし、しばらくしてもドアは開かなかった。声もしない。

これはさすがにおかしい。俺は「あの、すいません」と言いながら事務室のドアをノックした。強盗相手にこんな声のかけ方でいいのだろうかと思ったが、他の言い方もない。

だが、やはり返事はなかった。俺は意を決してドアを開けた。

中は予想通り事務室だった。間取り上の広さはそれなりにあったはずだが、壁際に質草がうずたかく積み上げられていてずいぶん狭く感じた。窓はないが明かりはついている。そして。

床に人が二人、倒れていた。

片方は店主だった。うつ伏せに倒れているが外傷はない。俺はそちらに駆け寄ろうとして、その奥に倒れているもう一人の人間を見た。壁際の床に置かれた金庫の扉が開いており、そこに手を伸ばすようにうつ伏せに倒れている男。赤い帽子を被(かぶ)っている。だが赤が頭の周囲にも広がっている。

事務室内のかすかな臭い。それですぐに分かった。血の臭いだ。床の、男の頭の周囲に血が広がっている。どこから出た血かと思ってよく見たら、男の頭に穴が開いていた。

赤い帽子の男は、銃で頭を撃たれて死んでいた。

4

腕の中で蓮くんがミルクを飲んでいる。小さな両手で哺乳瓶を捧げ持つようにして、こくこくこくこく、と、息継ぎをしていないようにすら見える熱心さで哺乳瓶の乳首を吸い続けている。調子がいい時は自分で哺乳瓶を持てるようになっているが、一応俺も哺乳瓶の尻の方に手を添えている。ノッてくるとハンドルを回すように哺乳瓶を捻り始め、結局落として泣くのだ。

明かりを消してカーテンを閉めているので畳敷きの休憩室は薄暗い。ドアがしっかりしているのか、廊下の音も入ってこない。暗くて静かな部屋で赤ちゃんにミルクをやっていると、世界に自分と赤ちゃんの二人だけになったような感覚がある。孤独感に混じって世界の中心にいるような万能感も覚えるのは不思議なことだ。

おむつはさっき替えた。うんちはいつも通りだった。

石森質店とそこにいた店主及び客四名を襲った強盗事件は、殺人事件に変わっていた。

被害者はなぜか強盗犯の一人である赤い帽子の男。そしてこの男を射殺したとみられる紫の帽子の男は、まだ捕まっていない。事務室の金庫は開けられ、中は空だった。店主曰く現金と証券類が入っていたそうで、正確な被害金額は、店の帳簿と照合して確認中だという。店主はスタンガンのようなもので気絶させられていただけらしく、外傷は特になかった。

死体発見のしばらく後、俺が携帯で連絡したら、外を張っていた警察官が裏口から入ってきて、俺たちは保護された。予想通り、犯人が二人とも外に出るまで、警察側も踏み込めなかったのだ。

現在、警察は緊急配備を敷き、逃げた紫の男を必死で追っているだろう。俺たちは保護され、ここ藤原西署で事情聴取を受けている。姉と店主の石森氏、さらに客だった美濃充子(みのみつこ)さんも、どこか別の部屋でばらばらに話を聞かれているはずである。俺は時計を見る。午後一時十二分。沙樹さんのところにもとっくに連絡は行っているだろうが、駆けつけてくることはできないだろうなと思う。

とりあえず、安全は確保された。俺たちが人質にとられた強盗事件の結末は、犯人グループの仲間割れという結果になった。わけなのだが。

か、ちゃ、り、とゆっくり慎重にドアが開き、丸顔の柳本(やなぎもと)刑事が遠慮がちに顔を覗かせた。「あのぅ、失礼してよろしいですか……？」

別に胸を出して授乳しているわけではないのだから目をそらさなくてもいいのだが。

「どうぞ。もうそろそろ飲み終わりますし」

「あ、いえいえ終わってからで。失礼いたしました」

「もう大丈夫ですよ。早い方がいいでしょう？」

「すみません。よろしいですか……？　助かります」

柳本さんはそそくさと靴を脱ぎ、へこへこと頭を下げつつ大きな背中を丸めて畳に上がってきた。「何度もすみません。そのう、なんといいますか、確認だけ」

「了解。いえ、そんなかしこまらなくても。いつものことですから」

事件関係者に何度も同じ話を聞かなくてはならないのは捜査員の気を遣うところである。訊かれた方は「なんだ信用していないのか」「さっき全部話しただろう。記録取ってないのか」と不満に思うことも多いし、腹を立てられて臍を曲げられてしまうと以後の捜査に差し障る。まあ、それにくわえて俺は育休中とはいえ県警本部の捜査一課所属なので、所轄の刑事としては遠慮するのだろう。

「ええと、最初から全部いきますか？　時系列順に」

「はい」柳本さんは叱られにいくような顔で背中を丸め、手帳とＩＣレコーダーを出す。

職業柄、死体を見るのは初めてではないし、腐敗が進んでこれよりずっとひどい状態のものも見たことがある。だが、予想外の状況にいきなり直面して、俺は一瞬フリーズした。奥に倒れている赤い帽子の男は、確実に死んでいる。だが手前の店主は分からない。まずはそちらだ。

　その一瞬の間に姉が俺を押しのけ、店主の傍らに膝(ひざ)をついてばしばしと肩を叩き始めた。「もしもーし。聞こえてますかー？　もしもーし。カモーン！」おい蓮くんはどうした、と思ったら、さっさと客の女性に渡していた。

「失神だねえ。お、起きた。もしもーし。聞こえますかー？」

　やはり店主は気絶していただけのようで、抱き起こすと呻(うめ)きながら目を開け、倒れる時にぶつけたのか、いててて、と肩を押さえた。

　姉がその肩を乱暴に撫(な)でさする。「こうすると痛いですか？　あ、大丈夫？　ならぶつけただけですね。他に痛いとこは？　気分も悪くない？　よしＯＫ」

　姉はたった今目覚めたばかりの人に矢継ぎ早に質問すると「ハル任せた。変化あったら言って」と言い捨てて店主を放り出し、死体の方に行った。「おー犯人死んでる。グッジョブ」

「何が。ていうかこっちは」

「そっちは急を要する感じじゃないでしょ。生きてる人間より死んだ人間が大事」

「逆だろ普通」人でなしだ。「死体(ホトケ)、触るなよ。後で検視するんだから」

「どうせ司法解剖したらうちに回ってくるし、担当するのたぶん私だもん。死体は鮮度が大事。できた直後からどんどん新鮮さが失われていくんだから、通(ツウ)はすぐいくの」姉は食人鬼のごときことを言い、死体の横に立って携帯で撮影し始めた。「頭部中央に貫通銃創。あーこれ接射だわ。ほぼ水平だから立った状態で撃たれてる。射入角と射出角で犯人の身長分かるね。後頭部から入って前頭部に貫通。他に目立った外傷なし。死因はこれだね。動かした形跡はなし。抵抗した形跡もなし。後ろからいきなりバチュン、かな」

　擬音が汚い。後ろで客の女性も驚いていた。「……ちょっと。奥さん何？　どういうこと？」

「姉です」俺は仕方なく、蓮くんを抱っこしてくれている女性に説明する。「聖エウラリア大学医学部、法医学教室の吉野涼子准教授です。一応、医師免許持ったプロなので」

「どうもー。おまかせあれー」姉は女性に手を振りつつ写真を撮り続けている。「それよりハル、弾頭とか薬莢でも探したら？」

「いいよすぐ所轄が来るから。……撮るなよ勝手に」

「必要でしょ」姉は死体のまわりをぐるぐる回り、死体の横に伏せ、様々な角度で写真を撮っている。「綺麗なホトケさんだね。心マ[12]したら生き返りそう」

「喜ぶな」

「だってこんな新鮮なの初めてなんだもん。これ、あれだよね。『朝釣れて、値段はサ

＊12　心臓マッサージ。救急医に言わせると「意識のない人を見かけたら、何を措いてもまずこれをやってほしい。これだけで生存率がだいぶ変わる」とのこと。胸骨の下半分あたりを狙って〈アンパンマンのマーチ〉のテンポで、肋骨を折るくらい全力で押し込む。

イズ次第で変わるため時価』みたいな感じのだよね」

「海の幸と一緒にすんな」

「同じ『動物の死体』だし」

「雑すぎるだろまとめ方が。人体に対する敬意が足りねえぞ」こういう医師は時折いる。

「敬意はあるよー。んー、綺麗な死体」姉は写真を撮りつつ満足げに携帯を撫でている。

「素晴らしい。君は私のコレクションの中でも最高の一品になるだろう」

台詞が悪役だ。「所轄にデータ渡したら消せよ、それ。問題になるぞ」

「やだよ。こんなレアもの。あんた銃殺死体がどれほど貴重か分かってんの？　ヤクザ絡みだとだいたい埋められたり海に捨てられたりで、こんな状態のいいのなかなか出ないんだよ？」

「切手か何かみたいに言うな」

「いやほら私のコレクション見てよ」

「見せるな」姉は携帯のフォルダに遺体の画像を集めていた。やることが連続殺人犯だ。

「……倫理って言葉、知ってる？」

「悪人限定だもんこれ。別に人権とかいらないでしょ」姉は危険思想をぶちまけ、死体の傍らに膝をついて首筋に触れた。「死んだのはついさっきだね。死後二十分以内」

まあ、分かりきっていることではある。犯行は紫の男が奥に引っ込んでからだろう。

店主は完全に意識がはっきりしたらしく、蓮くんを抱く女性と一緒に目を丸くしている。蓮くんはというと、抱っこされつつも姉と死体をじっと見ている。教育に悪いものを見せてしまった、と思うがなぜかにこーっと微笑んでいる。

「姉ちゃん、一応訊いとくけどそれ、最初にモデルガン持ってた赤い帽子の奴で間違いないよな？」

「間違いないね」姉は頷く。「体格も目元も一緒で『わかば』[*13]の臭いもする。紫の方は煙草の臭い、しなかったし」

「犬か」赤い男の方から強い煙草の臭いがしたのは俺も覚えているが、銘柄まで分かるはずがない。姉の特技だった。「……とするとこれは、つまり仲間割れか？」

「たぶん。……それにしてもお巡り(まわ)さんたち、そろそろ踏み込んできてもよさそうじゃない？　すっとろいなあ」

　蓮くんがミルクを飲み終えたので、俺は縦に抱っこして肩に乗せるようにし、とんとんと背中を叩いた。蓮くんは食事に全体力をつぎ込んだ様子でくったりとしており、なかなかげっぷをしなかった。げっぷをさせるのはどうも難しく、三ヶ月間続けてもなかなかうまくならない。

「……以上です。あとは現場の方が見ている通りなので、そちらに聞いた方がいいかと」

＊13　JTが販売する紙巻き煙草。安くてきつい。

「……すっとろくて申し訳ない」柳本さんはうなだれた。「一一〇受電が12：06。その四分後には藤原駅前PBのPCが現着。九分後には本署の応援人員も来て、表も裏もしっかり固めていたはずなんですが」

現場が駅近くということもあっただろうが、ちゃんと素早い。九分後というと、まだ紫の男が売り場内で俺たちの携帯をいじっていたはずである。

柳本さんは叱られた犬のような顔になってこちらを見る。「お話しいただいた流れ、本当に間違いないでしょうか。たとえば紫の男がもっと、さっとすぐ売り場から出ていったりは」

「しません。残念ながら」柳本さん、というか藤原西署には悪いが、嘘は言えない。

「申し訳ないけど、犯人、まだ逃走中でしょう。気にするべきはそちらだと思いますが」

「いえ、承知しております。はい」

俺も警察官なので、柳本さんの気持ちは分からなくもない。俺たちの証言の通りであるならば、紫の男は、駆けつけた交番勤務員と藤原西署からの応援がビルを囲んで監視している中、裏口から逃走してしまったことになる。「現場到着時、すでに犯人は逃走していました」という場合と比べると、落ち度の大きさが桁違いだ。

「ただ、どうも……身びいきだと言われてしまえばその通りなんですが」柳本さんは頭を掻いた。「犯人——紫の目出し帽の男が、西署の人間が囲んでいる中、逃走できたというのが、どうも信じられないんです」

フェンス

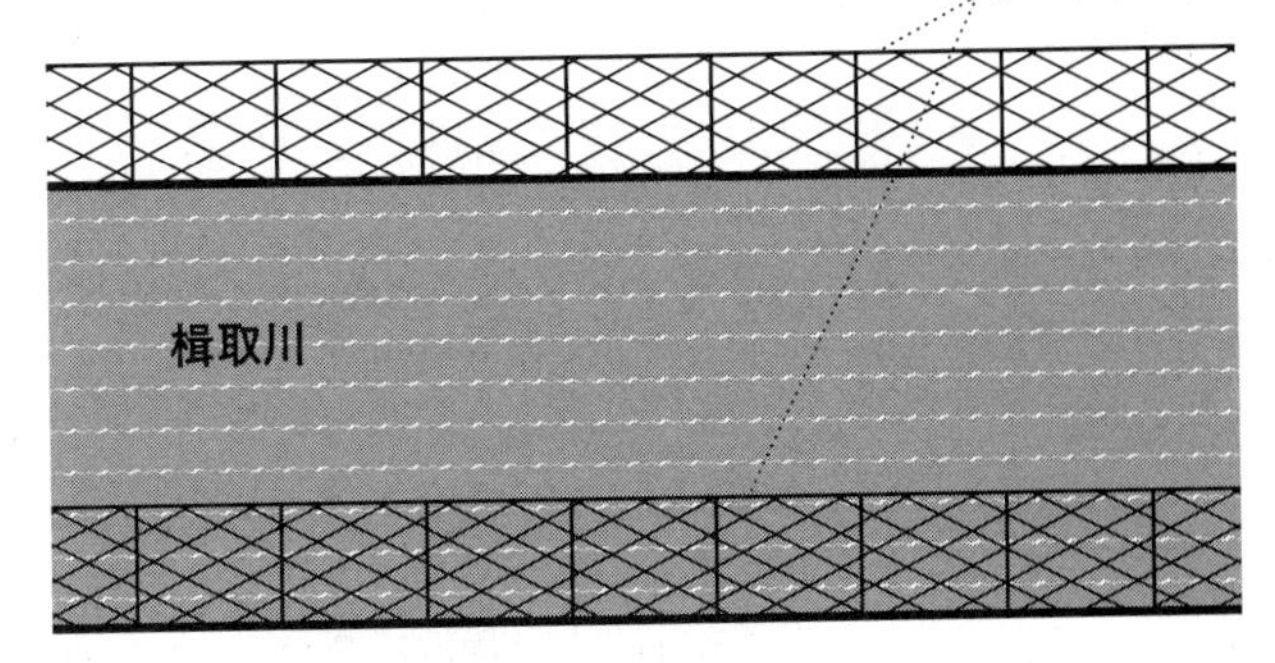
楫取川

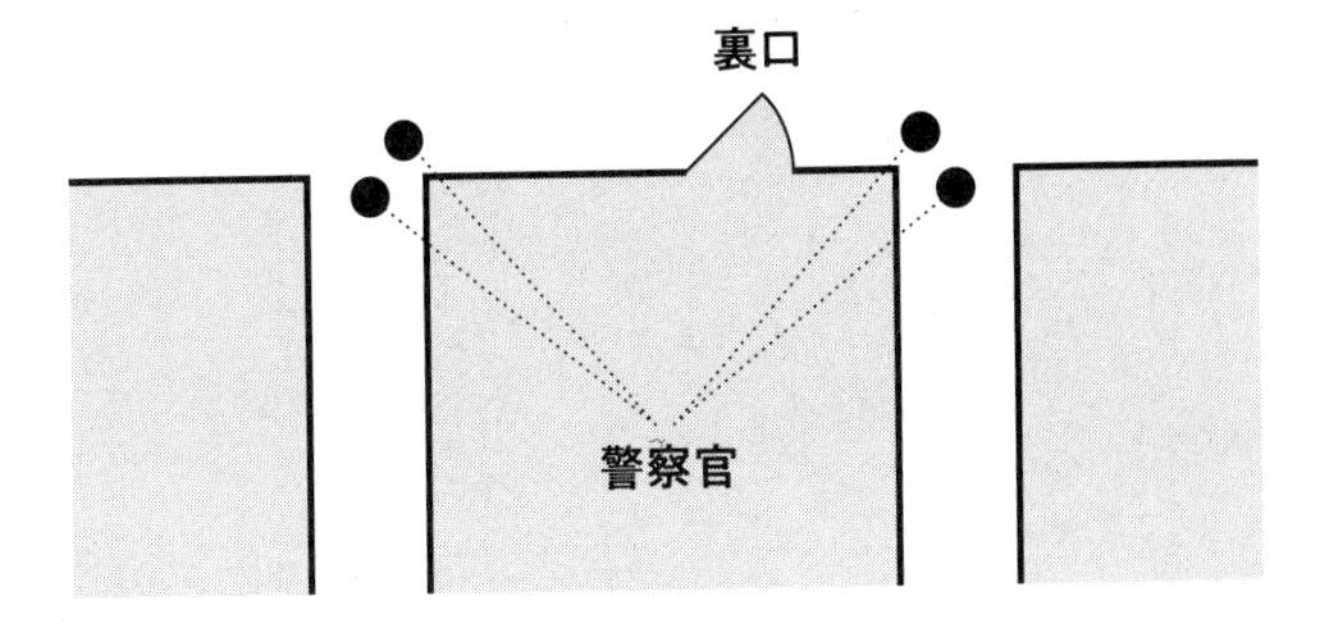
裏口
警察官

肩の上で蓮くんが「くちゅん」とくしゃみをした。くしゃみと同時に両の手足までバタバタッと動くのが可愛い。

「……当時、何人で囲んでたんですか？」

「駅前ＰＢから急行した者が三名。応援が六名。車両内で指揮していた者を除けば計八名です」柳本さんは弁解口調になる。「現場になった阿部第一ビルの出入口は表と裏の二ヶ所。表はシャッターが閉まっていましたが、左右と正面に計四名、配置していたそうです。裏はドアが開いたらすぐ見える位置で監視しながら、裏口の左右に二名ずつ、計四名」

充分な人数だと思う。一人だけなら「運悪く目を離した隙に」ということもあるが、この人数ではそれはありえない。

「裏口から出た場合、左右どちらかからビルの裏手を回って隣のビルとの間から逃げたか、裏の楫取川を渡って逃げたかですが」

俺は現場を思い出す。「楫取川、渡れますか？　けっこう高いフェンスがありましたけど」

「そうなんですよ。フェンスを越えても橋なんかないわけで、川に渡してある鉄骨を渡ってむこう側に行ったということになりますが」

それは無理だろう。いくらなんでも目立ちすぎる。「しかし、裏手を回って隣のビルとの間を通って、表の道に逃げる、というのはもっと……」

「無理です。まさにそこに四人、いたわけですから」

柳本さんは即答した。確かにそうだ。不可解なことだった。紫の男は警察に囲まれたビルから、一体どうやって脱出した？

俺が唸ると、柳本さんは言い募るように続けた。

「秋月さん。我々は困っているわけですが、実はこれ県警本部（ほんしゃ）も困ってるんです。受電後すぐ突入班が出動してまして、タイミング的に微妙ではありますが、犯人逃走前後に現着してるんです」

はっとした。突入班。つまり俺の職場である県警本部捜査一課に所属する重装備の専門チームが出動しているとなると、事態は俺個人にも大きく関わってくる。失態を犯したのは藤原西署という一所轄ではなく、刑事部捜査一課全体ということになるのだ。

俺は職場の人たちの顔を思い浮かべた。同僚、先輩方、外見はスマートな男前なのに仕事ぶりは豪放で強引な係長。そして、捜査一課長。このままでは、彼らまで非難の対象になる。

そしてもう一つ、重大な点がある。捜査一課所属の俺が、育休を取っていることだ。

おそらく現代の一般大衆の感覚からすれば、これはかなり異常なことなのだろう。となると、そのことが公になったらどうなるだろうか。俺本人と課長はもちろん、もっと上の刑事部長やその上の本部長、近いところでは係長なども袋叩きに遭い、キャリアを絶たれるのではないか。「捜査一課の刑事にのんびり育休なんて取らせているからだ」と。

おかしな話だ、と思う。捜査一課の刑事は公務員であり、労働者であり、労働基準法も育児・介護休業法も適用される。俺は法令で認められた権利を行使しているに過ぎないし、現代の警察では、経験を積んだ優秀な女性警察官が子供を産むと退職してしまうことが問題視されており、女性警察官の産休・育休制度はきちんと整備されている。普通に育休を取り、そののちに復帰できた方が、組織全体にとっても得だという考え方になっているのだ。広報や総務といった事務方では、すでに男性が育休を取った前例もある。

なのに俺は育休を取ってから、自分の仕事を周囲に言えたことは一度もない。いつも「公務員」とだけ言ってごまかしている。

——俺たちの税金で給料もらってるくせに育休かよ。

そう言うやつが必ずいるからだ。そこまでは言わなくても、誰かが分別臭い顔をして「公務員はいいけど、さすがに捜査一課は駄目でしょ。殺人犯とか追ってるのに」と言えば、ほとんどの人間が頷くだろう。四係にも補充人員は入っている。巨大組織なのだ。育休で抜けた人間の穴埋めくらいはできるわけで、現場に支障はない。にもかかわらず、である。

沙樹さんと相談して決めたのだ。男性の育休取得に挑戦しよう。一週間や一ヶ月といった短い育休ではなく、一年間の本格的な育休を取って夫が家事・育児をし、妻が働こう、と。長い目で見れば、所属する組織のためにもそうなった方が絶対にいいし、「捜査一課の刑事も育休を取っている」というニュースは少子化対策になり、働き方の選択肢を増やし、社会のためにもなる。そう結論を出した。そしていくつかの巡り合わせと、結婚時から早々と始めていた根回しと、変わり者として有名らしい本部長に「新しい警察」のイメージを作りたい幹部たちが同調したために起こった例外的人事によって、「捜査一課所属のまま育休を取る」という奇跡が実現した。こんなことが「奇跡」であることと自体がそもそもおかしいのだが、奇跡的なことには違いなかった。もっとも広報課は反響が予測できないとして、まだ発表してはいないのだが。

その奇跡が、今回の犯人を逃がしたままだとあっさり崩れるかもしれない。

俺はようやく事態の重大性が理解できた。

……やっぱり、多少危険を冒しても俺がなんとかしておくべきだったのだろうか。仮にそれで俺が撃たれても、理屈より印象で動く大衆は擁護してくれたかもしれない。

肩に乗った蓮くんが、こふ、とげっぷをした。

だが、どんなに心配でも、育休中の俺には何もできない。藤原西署と本部の力を信じるのみだった。

……と思っていたのだが、翌々日の朝、係長から電話がかかってきた。

5

俺は蓮くんを抱っこしたまま、ジョッキ入りのニトログリセリンを運ぶくらい慎重な動きでゆっくりとソファ方向に移動していた。窓の外は晴れわたり、壁の時計は十時十分を指している。

蓮くんは腕の中にすっぽり収まり、くてん、と脱力して寝ている。もともと眠そうにしており、ミルクも50 mlを残して力尽き再起、30 mlを残して力尽き再起、という感じだったのだが、完食直後、とうとう精も根も尽き果てた、という顔で熟睡を始めてしまった。げっぷがまだだったが、こうなってしまっては仕方がない。というより。

しめた、と思った。熟睡した。今日こそは蒲団に寝かせて、その間、自由の身になれるかもしれない。自由になったらどうしようか。洗濯機を回して、洗い物をして、先週からずっと気になっていた窓とベランダの掃除もできる。それから、同期から贈られた蓮くんの冬服が押入に詰め込んだままだ。あれを整理して一度洗濯し、タンスの中の然るべきところに収める。それでもまだ余裕があるならちょっと料理をしてもいい。今日は土曜だが、沙樹さんは今、修羅場中のため、昨夜遅くばたばた帰ってきて、さっと仮眠をとってシャワーを浴びるとすぐに出ていった。今夜も帰れるかどうかは不明だが帰ってくるとしても時間が分からないため、何か作り置きをしておきたい。明太子が冷蔵庫にいるし、夕飯を一品多くして、沙樹さんの好きな明太子ポテサラでも出せれば喜ぶだろう。それでもまだ時間が余ったら？　俺は畳に大の字で寝られる。なんなら冷蔵庫のビールを一本いただいてもいい。おお、久方ぶりの酒。いや、それより映画の一本でもダウンロードして観ようか。そういえばここ四、五ヶ月、映画など一つも観ていない。

冷静に考えればそんな時間があるはずがないのだが、妄想はとめどなく膨らむ。俺はとりあえずソファまで移動して座った。蓮くんを置くにしても、もう少し眠りを定着させてからでなければ危険だ。

テレビでは、一昨日の事件の続報をやっていた。続報といっても情報はほとんどなく、「犯人グループは石森質店をよく知っている人物ではないかとみられている」「逃走中の犯人は銃を持っているため、近隣住民に不安が広がっている」ということだけで、一昨日の夕方のニュースで最初の報道がされた時と、さして状況は変わっていないようだった。

事件当時、突入班が現着していたという情報は出ていない。報道のされ方も「警察が現場に向かったが、犯人の一人は殺害されており、もう一人が逃走中」という曖昧な言い方で、警察が取り逃がした、とは言われていない。いいこととは思わないが、広報官がぼかして粘っているのだろう。だが、そんなものはそろそろ限界だ。記者クラブでは何も漏らさなくても、馴染みの記者にぽつりとやる関係者が一人はでるだろうし、記者も子供の使いではない。警察の発表に隠蔽のにおいを感じたら、独自に動いて情報をつかんでくる。

都合の悪いことは隠蔽すべきではない。状況をすべて説明し、警察は最善を尽くした、と胸を張って言うべきだ。当然のことだった。だが今回それをすれば、おそらく捜査一課は批判で丸焼きにされる。俺の育休がそれに油を注ぐ。

やはり溜め息が出る。育休を取るという当然のことが、どうしてこんなに難しいのか。だが、気に病んでも仕方がなかった。とにかく今は蓮くんが寝ているのだ。そっと置いて。

と思ったら、突然携帯が振動し始めた。

「……んえええええ」蓮くんが泣き始めた。

俺はうなだれるしかなかった。よりにもよってこのタイミングか。せっかく寝たのに。

「……もしもし？」

――よう吉野。子供はどうだ。元気にやってるか。

今やっと寝たところだっつうの、あんたが起こしたんだっつうの、と叫びたいのをこらえた。俺を旧姓で呼ぶのは四係の石蕗係長だ。「ええ。おかげさまで」

――被害者の身元が判明した。灘大聖二十四歳。地元の建設作業員だが、十代の頃から、まあどこにでもいる「地元の不良グループ」の一員だったようで、少年課にデータがあった。不起訴だが窃盗と傷害が各一件。高校中退後、特殊詐欺の受け子もやって捕まってる。

「強盗の動機は金で間違いなさそうですね。……いやいやいや」俺は体を揺すって蓮くんをなだめつつ言う。「待ってください。それ捜査情報でしょう。本職は現在、育児休業中であります」

――おお元気な泣き声だな。いや、もう三ヶ月だろう。最初の頃より慣れて、そろそろ暇になってくる頃だろ？

「いえ、お聞きの通りです」

悪意がないのは知っている。だが係長は育児に関して全く知識がない。三ヶ月になったくらいで「暇」になるわけがないではないか。しかもそれでいて係長は「自分は育児に理解がある」と思っていて、正直なところそれが一番たちが悪い。

――元気でいいじゃないか。お前もそろそろ戻る時のことを視野に入れて、少しずつでも仕事を入れていったらどうだ。どうせ一日中家にいるんだろう。

「いえ、しかし」不可能じゃボケ一度うちの状況を見てみろ、と言いたいのをこらえる。

――で、だな。この灘大聖だが、店主が顔を知っていた。どうも以前から石森質店に出入りしていたらしい。店主の石森正臣、この一人娘が菓恵というんだが、石森菓恵は四年前、井手口岳という男と結婚している。この井手口岳が、殺された灘大聖のグループのメンバーで、ずっとつるんでいたらしい。

「つまり、グループのメンバーである井手口岳が質屋の娘と結婚したため、しめしめあそこには金があるぞと、灘大聖が目をつけた……」あっ、つい乗ってしまった、と思ったが、考えずにはいられなかった。今回は地取りや遺留品捜査より、圧倒的に鑑捜査が重要になるようだ。[*14]いずれにしろ最優先で押さえるべきは、店主の義理の息子である井手口岳だろう。「……となると、殺された灘大聖と、井手口岳の『本当の関係』が気になりますね。井手口岳自身も義父にたかっていたのか、それとも灘大聖が妻の実家にたかりに来て、本当は迷惑だったのか」

――そうだ。よし、勘は鈍ってないな。

「いやいやちょっと待った」腕の中の蓮くんが「えっく」としゃっくりを始めた。「ですから俺、育休中ですって」

――知ってる。だがな。今は猫の手も借りたい状況だ。

係長は念を押すように言った。――分かるだろう。お前にも関係する話だ。

俺は黙るしかなかった。そこまで承知して電話をかけてきたのだ。

腕の中で蓮くんがしゃっくりをしている。「えっく」「えっく」と、どうしてここまで可愛らしくしゃっくりをできるのだろうか狙ってやってるのだろうか、と思うほどである。全身の動きが連動していて、しゃっくりをするたびに両手も微妙にバタッとさせるのがまた可愛い。

むにゃむにゃ、と手で目元をこする蓮くんを見て、俺は溜め息をついた。

認識が甘かったようだ。現状はまだ「働いてたら育休にならないではないか」という当然のことを言える段階ではないのだ。本件の解決に手間取り、しかも俺が育休中だということが「ばれた」ら、俺だけではなく沙樹さんも職場も叩かれる。そしてうちの男性が育休を取ることなど今後十年はできなくなる。男性の誰かが育休を取りたいと言いだすたびに上司からは「秋月の件を忘れたのか。今は控えてくれ」と言われることになるだろうからだ。

やるしかないのだ。俺の育休を守るために。

「……しかし、自分はろくに動けません。役に立てるとは思えませんが」

――話を聞きにいくだけでいい。店主の石森正臣、娘の菓恵、それから人質だった美濃充子も一応行け。石森正臣の態度からして犯人は井手口岳で決まりだろうが、あの野郎、一昨日から行方知れずなんだ。逃亡先とか接触しそうなところとか、捜査員とは違う目線から何か取ってこい。住所とか、現段階で分かっていることは今、メールにまとめて携帯に送った。

携帯が振動してメールの着信を伝える。すでに問題になりそうなことなのだが。「……石森正臣の態度からして、とは？」

＊14　警察の捜査方法は大別して三つで、一つ目が現場周囲の聞き込みなどをする「地取り」。二つ目は関係者の周囲の人間などから聞き込みをする「鑑取り」または「鑑捜査」。三つ目が遺留品の出所などをあたる「遺留品捜査」である。現代ではこれに加え、関係者のＳＮＳ履歴や携帯の通信記録などの捜査も重要になっている。

――紫の野郎について聞いたんだよ。そうしたら「関西弁らしきアクセントで喋っていたように聞こえた」と抜かしやがった。

「いえ、関東弁だったはずですが」それは俺も、おそらく姉と美濃充子さんもそう証言している。「井手口岳は関西につながりがないんですね？　つまり、被害者が嘘を言って井手口岳をかばっている……」

――そうだ。まあ義理の息子だからな。

だとすれば、石森正臣は義理の息子の逃亡先について何か心当たりがあるのかもしれない。

「……了解です。やってみます」

腕の中の蓮くんを見る。正直、今はただ外に出かけるだけでもひと苦労なのだが。

「……できる限り、ですが」

さて、どう訊き出すか。捜査員でない、というところをどう使うか。

俺は三ヶ月ぶりに仕事モードになっていることに、しばらく気付かなかった。

蓮くんは起きてしまった。それなら少し、散歩がてら捜査に行ってこようか。美濃充子さんの住所を見たらうちの近所だった。まずはここからで、続いて現場に寄り、それから駅の裏側に住んでいるという石森正臣だ。娘の菓恵は少し遠いから、今日中に行くとなると途中どこかでおむつを替え、午後のミルクもあげないといけない。

俺は抱っこ紐を引っぱりだした。育休中だが、出動である。

6

「……警察の捜査に、一般人が同行する気？」

「一般人じゃないでしょ。私が県警の依頼で何体かっさばいたと思ってんの？　ねー蓮くん」

　もう少し遺体（ホトケ）に敬意のある言い方はできないのか。「でも、ここで得た情報は捜査情報になるわけで」

「公式の捜査じゃないんだからいいでしょ。あんた育休中だし。ねー蓮くん」

「あ」

「蓮くんは関係ない。あと返して。蓮くん抱いてた方が警戒されないから」

「ちっ。すぐ返せよ」

「俺の子なんだけど」

　外はよく晴れて乾いた風が気持ちよかったのだが、隣を余計なものが歩いている。

　一昨日遊びにきてひどい目に遭ったというのに、姉がまた来た。「あんなことがあって蓮くんが不安定になってるんじゃないかって思って心配で」とか言っているが、蓮くんに会う口実ができたというつもりなのだろう。もっとも、荷物か赤ちゃん本体のどちらかを持ってもらえるのは単純に、非常にありがたいのだが。

「ええと石内町三の二十八。こっちか。このへんややこしいよね」

姉は捜査情報の入った俺の携帯を勝手に見ながら歩きつつ、生首バッグからレトロな風車を出して蓮くんをあやしている。「ほーら。くるくるくるー。あっ、そこ右。のはず。……やっぱ駅前で待ち合わせとかにした方がよかったんじゃない？」

「何て言って呼び出すつもりだよ」

事件時、一緒に店内で人質になった美濃充子さんは石森質店の常連で、金を借りたことは一度もないが、店主にいい出物はないかと訊きにきたついでに世間話をして帰ったり、わりと頻繁に顔を出していたらしい。捜査上、必要な人物であることは間違いないが、それゆえに当然、本部の捜査員がすでに聞き込みにきてあらかた刈り尽くしてしまっているはずである。はたして収穫などあるのだろうかと思う。いや、それ以前に、何と言って話を聞くか。捜査ではないので、いつものように「ちょっとお話を伺いたいのですが」で強引に質問を始める手は使えない。

だが、悩んでいると、前の角を曲がって当の美濃さんが出現した。「あらっ。あらあらあらあら」

「あっ、こんにちは。先日はどうも」

いきなりのことで面食らったが、先日はどうも、じゃないなと自分でも思う。しかし美濃さんは笑顔で駆けてくる。「こんにちはー。あらあお散歩？　蓮くんだっけ？　今日もいい子ねえ。いいわねえ今日、気持ちよくて」

美濃さんは散歩にしてはシックなチャコールグレーのワンピースに大きな飾り付きのネックレスを合わせている。耳にはゴールドのイヤリングが、指にも太めのリングが二つ見える。質屋にいたのは純粋に光りものが好きだからのようだ。

「なるべく連れ出すようにしてるんです。一昨日はだいぶご機嫌斜めだったんで」

「あー」

「あらでも笑ってるわ。いい子ねー。一昨日はすごい体験しちゃったねえ。私もびっくりしたわよ。石森さんとこはよく行くんだけどまさかあんな。お金なんかないってご主人も言ってたのに」

「ああ、そんなに景気よさそうじゃなかったですね」あれ、聞き込みになっているぞと思う。「石森さんとこ、経済的に大変そうでした？　でも娘さんの夫がよく頼って来てたとか」

「頼って、なんてもんじゃないわよあれ。たかりに来てたのよ。石森さんもぼやいていたわ」美濃さんは早口になって喋る。「なんかね、娘さんの旦那がチンピラみたいな人だって。チンピラの仲間が娘さんの家にしょっちゅう来ては飲んで騒いで、大変だったみたいよ。店にも押しかけてきてるの見たことあるし、店の前の駐車場で煙草吸って吸殻捨ててくのよ。迷惑よねえ。あれ、絶対たかりに来てたのよ。質屋ならお金もブランドものも置いてあるし」

これはしめたぞと思った。三十前の警察官と六十代の女性。通常、どうやっても雑談になんかならないし、そもそも男が一人でふらりとこんな住宅街を歩いていたら不審者にすら見られかねない。だが赤ちゃんを抱いているだけでどうだ。何の抵抗もなく話しかけてくれる。ことの是非は措くとして、結婚指環とか抱いている赤ちゃんとかいったものは、男が一人で歩いていても不審者扱いされない身分証明書のようなものだという感覚がある。

腕の中の蓮くんに感謝の念を送る。なんという孝行息子か。

「いやー、煙草のマナー悪い男絶対無理。石森さんの娘さん、菓恵さんでしたっけ？なんでそんなのと結婚したっていうか、よく石森さん結婚許しましたね」姉が話に入ってきた。「結婚しても絶対仲、悪いでしょ」

「悪いなんてもんじゃないわよあれ。私も愚痴聞いたことあるもの。ていうか今は別居中じゃなかったかしら？」

聞き込みはこっちでやるからいいのに、と思うが、とにかく要点は確認できた。被害者の石森正臣と娘婿の井手口岳との関係はよくなかったようだ。もっとも、娘の菓恵にとって井手口岳がどういう夫だったかは分からない。個人的には嫌っていたが、娘のために井手口岳をかばった、という可能性もある。

美濃さんとは以後、雑談になってしまい、どちらかというとこちらの方が蓮くんの習慣や体調や出生時の様子などを洗いざらい喋らされることになった。もしかしてむこうの方が刑事の才能があるのではないかとも思ったが、それはいい。収穫はちゃんとあった。

次は現場である。もっとも現場といっても何か破壊されたりしているわけではなく、灘大聖の死体も当然のことながら片付けられているわけで、外見上、石森質店はただシャッターを閉めているだけに見える。両隣のビルとの隙間はバリケードテープで封鎖されており見張りの地域課員がいるが、ビルの方は二階以上に上がる階段もちゃんと使える。

俺は蓮くんを抱いたままバリケードテープをくぐりながら「まさか生後三ヶ月でこれの内側に入るとは」とこの子の運命を嘆いた。姉はというと部外者のくせに平気な様子で、「横でさっと持ち上げてくれる人とか期待したんだけど」と文句を言っている。

が、裏口前に立って現場の見張りをしていた新米丸出しの地域課員――藤原駅前交番勤務の棚田(たなだ)巡査は、俺たちを見るなり土下座せんばかりになって謝罪した。

「申し訳ありません。本当に申し訳ありません。自分が無能だったばかりに」

「いや、ちょっと落ち着いてくれ。あんたが本当に無能だったかどうかを捜査してるとこなんだから。まだ確定してないから」

勢いよく頭を下げすぎて制帽がずれている棚田巡査を気をつけの姿勢に戻してやる。姉が横から手を伸ばし、制帽を直してやるついでに「いい形の頭蓋骨(ずがいこつ)ね。ねえ貴方(あなた)、死んだら献体……どう？」と色っぽい声で誘っているが、それは無視して質問する。「現着は12：10で間違いないよね？」

「はい。交番長の指示ですぐ裏手に」棚田巡査は俺たちが入ってきた角のあたりを指さした。「あのあたりにいました。目は……一瞬たりとも離していない、つもりでしたが」

確かに棚田巡査が指さした角のあたりからなら、裏口側がすべて見通せる。だが姉が唸る。『一瞬たりとも目を離さない』なんて人間には不可能だよ？　健康な人間は一分間に二十回程度のまばたきをする。パソコンで作業するとかで画面をじっと見てても五、六回はするんだから」

「まばたきの一瞬でシュッと逃げたわけないだろ」捜査を混乱させるので変な横槍を入れないでほしい。「それに12：15には応援が来て、四人で見張ってたっていうんだから。少なくとも棚田さん一人が責任を負う必要はない」

「いえ、自分の責任です」棚田巡査はうなだれる。「昨日、交番長に辞表を出しました。本職が警察官なのは今日までのつもりですが、交番長は『預かるから少し頭を冷やせ』と」

冷静な交番長で何よりだ。「落ち着け。まだ何も分かってないのに辞めてどうすんだよ」

「一発で辞めたいなら所属長じゃなくて直接人事に持ってった方がいいよ。あと県警は県職員の規程に準ずるから退職願は二週間前に出してね。できれば繁忙期は避けてね」

「やめてマジで」正しい退職の仕方を教えてどうする。「交番長だって現場にいたんだろ？　だったら交番長の動向を見てからでいいから。勝手に思いつめなくていいから」

「退職手当の申請は時間かかるから、早めに福利課に退職票出してね。書式はHP（ホームページ）でDL（ダウンロード）できるから」

「なぜ辞めさせようとする」蓮くんを左腕だけで抱っこして右手で急いでメモ帳を出す。だが両手がふさがってしまってボールペンが持てないことに気付いた。「そこの裏口からはずっと目を離さなかったわけだよな。その間、何かなかった？　ドアが動いたとか物音がしたとか」

「いえ、何も」棚田巡査は裏口のドアを振り返る。白く塗られた金属製の、普通のドアである。「そういえば、本職は銃声も聞いておりません。犯人は二発、発砲しているとのことでしたが……」棚田巡査はまたうなだれる。「やはり注意力が足りなかったのでしょうか」

「いや、そんなことはないと思う」

「あーあ？」

「あ、ほらうちの子もそう言ってる」

人を見たら保護者と思う蓮くんに笑顔を向けられ、棚田巡査はようやく表情を緩めた。

石蕗係長にもらった捜査資料によれば、事務室の壁の中から二発の弾頭が見つかったという。一発目の銃声は俺たちも聞いているが、棚田巡査はまだ現着していなかっただろう。これは紫の男が威嚇か何かのために撃ったものらしく、血痕（けっこん）その他はついていなかった。そしてもう片方の弾頭には血痕と脳漿（のうしょう）がついており、これが灘大聖の脳天にトンネルを作ったものである。二発目の方の銃声は俺たちも聞いていないが、壁を隔てた事務室内のことでもあり、一発目もかすかにしか聞こえなかったことを考えれば、立ち位置などによってたまたま聞こえなかったとしても不自然ではない。

俺は横を流れる楫取川を見る。幅的には川というより小川だが、フェンスは二メートルほどの高さがあるし、向こう岸まで五メートルはある。水量が少ないせいもあって川面も三メートル以上下方なので、裏口をさっと飛び出し、気付かれないうちにこのフェンスをよじ登って越え、音をたてずに川に飛び込むとか向こう岸に渡るとかいったことは、忍者か何かでない限り不可能だ。かといって、監視していた警官の目を欺いて隣のビルとの隙間を通り表の道に逃げる、などという方法は到底思いつかない。

調べれば調べるほど不可解になってくる。紫の男はどうやって脱出したのだろう。だが、それでも一つ、分かったことがあった。俺は「どうやるんですか」と戸惑う棚田巡査に蓮くんを抱っこさせて笑顔にした後、現場を去った。

道に出たところで携帯が鳴った。蓮くんを姉に任せて（というより奪われて）携帯を出すと、ディスプレイには職場の固定電話の番号が表示されている。出てみると誰あろう、我が捜査一課の課長だった。

――育児休業中に失礼します。

「いえ、大丈夫です。課長こそ現在、大変かと」

普段は名前で呼んでいるが、この電話番号からかかってきた以上、「課長」と呼ぶ。

まあ、警察官というのは、外では通常、都道府県警本部を「本社」と呼ぶし、「係長」「班長」と役職で呼んで普通のサラリーマンを装う。でないと周囲の人間に聞き耳をたてられてしまうし、「ここに刑事がいる」ということをなるべく隠したがるのは本能のようなものである。

――私の方は大丈夫です。藤原駅前質店強盗犯殺害事件の捜査も問題なく進行しています。

そういう戒名[*15]になったらしい。「行方不明の井手口岳を追ってるんですよね？　我々もちょうど……」

――やはり石蕗係長から指示されましたね。まさか今、捜査まがいのことをやっているんですか？

「やっております」上司に対して嘘をついても仕方がない。「収穫はありました。被害者の石森正臣はもちろんですが、どうもむしろ、その娘の石森……いや井手口菓恵のところに何かありそうです」

公式な捜査ではないから、という理由で勝手にやってもいいのだが、組織人としては

＊15　事件が発生して担当する警察署に捜査本部が作られると、その部屋の入口に事件名（これが「戒名」と呼ばれる）を書いた紙が貼られるのは有名。字のうまい職員が書く役に選ばれるらしい。

一応、上司に断りを入れておきたくもあった。「というわけで、この後、石森父娘を訪問するつもりですが」

――秋月巡査部長。

課長は困り切った声で言った。普段デスクにいる時の、常に眉間に皺を寄せているあの表情が目に浮かぶ。――あなたは育児休業中のはずです。これでは意味が……。

「私も石蕗係長にそう申し上げましたが」真面目だなあ、と思う。だが。「石蕗係長から本件の状況は伺っております。自分も動かないわけにはまいりません」

はあ、という溜め息が電話越しでも分かるほどに出た。

「課長。そこはどうか気になさらないでください」俺は言った。「一緒に不合理な慣例をぶっ壊そうって誓ったじゃないですか」

電話のむこうはしばらく沈黙していたが、もともと適応と諦めと切り替えが早いのが我らが捜査一課長の長所でもある。課長はすぐにいつもの口調に戻った。

――了解しました。予定通り次は石森正臣にあたってください。報告は直接私か、石蕗係長に。係長にも、報告を受けたら直接私に上げるよう言っておきます。

「了解」

許可が出た。よしと思って電話を切る。姉の姿がないので周囲を見回したが、もう駅の方まで歩いていってしまっていた。

俺は慌てて走り出す。「こらっ、勝手に連れてくな人さらい」

さて、次は石森正臣である。俺は大きなトートバッグを揺すりながら姉を追いかけ、考えた。石蕗係長から来たメールには、俺が警察官だということはむこうは知らない、とわざわざ書き添えてあった。つまり身分を隠して話を聞けということだろう。だが、警察官でない人間がいきなり自宅を訪ねて「いやあ近くまで来たんで雑談でも」などと言っても信用されるはずがない。美濃充子と違い、石森正臣はすでに警察に嘘を言い、警察を警戒している。

「……ああ、先日の。どうもその節は、大変ご迷惑をおかけしまして、申し訳ない」石森氏は腕の中で目を閉じている蓮くんを見る。「お子さんは大丈夫でしたか」

「ええ、おかげさまで」俺は「子供を抱いた微笑ましいパパ」のイメージを必死に作ってなるべく快活そうに笑うことを心がけた。「いや、店長さんだって被害者なんですから。大変でしたよね。まさか強盗なんて」

土曜なので商店街はこの時間でもわりと混んでいたが、立ち話ができないほどではない。話しながら蓮くんを見せ、石森氏が眉（まゆ）を下げて「いい子だねえ。ほーりょほーりょほりょ。べろべろばあ」と蓮くんをあやし始めたのを見た俺は、「抱っこします？」と差し出した。

石森氏は一瞬真顔になり、戸惑ったようだったが、すぐに相好を崩し「いいですか。じゃ、ちょっと」と蓮くんを受け取った。大人たちの間で勝手に受け渡される蓮くんだが、そこは流石に我が息子。興味深げに下から石森氏の顔をじっと見て、横から見ていてもとろけてしまいそうな可愛い顔できょとんとしている。うちの息子は可愛い。そこらを散歩していて同じくらいの赤ちゃんを見かけても、蓮くんより可愛いのに会ったことは一度もないわけで、ひょっとすると本当に世界一かもしれない。*16 俺は長時間の抱っこで疲れ切ってごりごりに強張った両腕をこっそりとさすった。また抱っこ筋*17がついたなと思う。

　どうということもないやりとりだが、さりげなくここまでもっていくために、俺と姉は二時間ほど頑張ったのである。つまり、家を訪ねたらどうやっても警戒されるから、「外でばったり会った」ということを装うため、石森氏の在宅を確かめた後、蓮くんを姉と交替であやしつつ自宅を張り、張りながら一度、蓮くんのおむつを替え、姉に頼んで近所の公園でミルクをやってもらい、ようやく出てきた石森氏の恰好から近所に買い物に行くのだと判断して急いで駅前に移動、ついさっき、偶然を装ってようやく捉まえたのである。しかも、むこうが赤ちゃんに注目しやすいよう抱っこ紐は使えず、素手で抱っこしていなければならなかった。途中、姉に替わってもらいながらとはいえ腕はもうパンパンで、赤ちゃんの体温で袖がしっとり濡れている。

　子連れの捜査は大変だ。付き合わされる蓮くんにも悪い。しかしそれだけの価値はあった。蓮くんを抱っこして揺する石森氏は気軽に話に応じてくれている。「これだと五ヶ月くらいですか？」「いえ、まだ三ヶ月なんです」「ひゃあ、大きいねえ君」「ミルクすごい飲むんですよ。本人の容積より飲んでるんじゃないかってぐらい」「最近は父親も育児するねえ。私なんか娘の面倒全く見なかったから」「恨まれませんか？」「恨まれたねえ。もっとやっときゃよかった。おーよしよし。静かだねえ。偉いねえ」

　俺は気軽な調子が続くよう気をつけながら話題を移す。「でも度胸ありますよこの子。先日の事件だって、特に不安がって泣いたりしなかったし」

「おお、そりゃ偉かった。おじさんは殺されるかと怖かったぞー。よしよし」

「お体、大丈夫ですか？　金庫がやられてたとも聞きましたけど」

「ああ、まあ……それはねえ」石森氏はわずかに寂しそうな顔になった。「店ももう閉めようかなと思ってるんですよ。潮時かな、ってね。質屋なんて若い人は来ないんですよ。誰でもフリマアプリで金、作れちまうもんだから」

「あー私の友達も、フリマアプリで服とか売ってますね」姉が横から入ってくる。「でもあれってどうなんでしょうね？　誰でも物を換金できちゃうわけでしょ？　盗品でも何でも。だから質屋さんには質屋営業法ってのがあって許可制にしてるし、地元の警察が質屋さんを訪ねて協力関係だったりするのに」

＊16　親の八割がこういうことを言うので、赤ちゃんは最低でも八割が世界一ということになる。
＊17　上腕二頭筋、大胸筋、橈側手根屈筋等の、抱っこ時に酷使する筋肉。赤ちゃんができると酷使することになるため腕が太くなり、しばしば腱鞘炎になる。

「そうなんですよ」石森氏は乗ってきた。「昔は対面だったから、顔も見えたんだけどねえ」

身を乗り出させたなと思う。姉がうまかったようだ。

だがいい調子で質屋業界の衰退について話していた石森氏は、姉が「そういえば犯人の死んだ方、前から店に来てたとか」と口にすると、途端に無表情になった。

「……まあねえ。あまり思い出したくはないですね」

蓮くんをそっと返してくる。こちらは受け取るしかない。「蓮くんを抱かせている間は話を聞ける」と父親としては問題のある計算を働かせていた俺は、急に広がった暗雲におやと思った。

「やっぱり、以前から迷惑を……」

「そのことについては、まあ……おっと失礼。電話だ」石森氏が携帯を出し、俺たちに欧米人言うところの「空手チョップのサイン」で詫びて背中を向ける。「はいもしもし。いえ、お世話になっております……」

電話で話が終わりになってしまっては困る。俺はあくまで「ちょっと中断」という雰囲気になるように、むしろ石森氏に半歩近付いて待っていたのだが、こちらも蓮くんが泣きだした。

「あえええええ」

「おっと。おーよちよちよちよちよち」父親がずっと突っ立って、しかも自分を無視して話をしているという状況が嫌だったのだろうか。

石森氏はそれを見て頭を下げ、「すみません。私はこれで。……蓮くん、バイバイ」

それでもちゃんと蓮くんに手を振ってから去っていく。

もう少し話を聞きたかったところだが、蓮くんにも蓮くんの事情（腹が減ったとか、歩いて移動してほしいとか）がある。姉は隣で「ちっ、突っ込みすぎたか」と呟いていたが、赤ちゃん連れでできる捜査などこのくらいが限度だろう。

だが。

俺は一つ気付いていた。「……なあ姉ちゃん。石森さんの携帯の待受画像、見た？」

「赤ちゃんだったね。ふっくらしてたけど髪はまだあんまり。蓮くんと同じくらいじゃない？　微妙にピントぼけててはっきりとは言えないけど白でキルト地のもこもこした服。かわいいよねーああいうの着るとそういう生物みたい。手足が短くてさあ。背景は分かんないけど家の中だよね」

「そこまで見えたのかよ」視力だけでなく記憶力もとんでもない。実の姉だが、本当に人間だろうかと思う。「……まあ、いいや。捜査、進みそうだ」

「なんで？　逃げられたのに」

「『微妙にピントぼけててはっきりとは言えないけど』『キルト地のもこもこした服』間違いないよね？」

「ないけど、それが……」

言いかけた姉は、はっとして視線を空中に固定した。分かったのだろう。この人は五感と記憶力だけでなく頭と勘もいい。なんだかこう列挙していくと化け物ではないかと思えてくるが。

「……いや、たぶん、だよね。確証はなくない？」

「でも、当たる価値はあるだろ。紫の方がどうやって消えたのかも、今ので分かったし」

やはり、重要なのは井手口菓恵だ。

蓮くんが「あー」と言うので腰をひねって揺する。言葉はもちろんまだ分からないが、その耳元にお礼を言った。

「……ありがとう。きみのおかげだ」

7

お玉ですくった豚汁の味付けがちょうどいいことを確かめ、最後にごま油をひと垂らしする。筑前煮の方はもう冷めているから、コンロの火をつける。弱火でいこうかと思ったがSNSで沙樹さんから「帰ります！」と連絡があってから五十五分。ゆっくりやっていると温まりきらなそうだから中火にした。グリルからはじゅ、じゅ、と、秋刀魚の脂が焼ける音がしてくる。かすかに焦げた香りがしているが、皮にほどよく焦げ目がつくまでにはもう少しかかるだろう。大根おろしを作る時間を計算しても、これなら早すぎも遅すぎもしない。待たせるにしろ先にできてしまうにしろ誤差五分以内に収まる。まあ沙樹さんが疲れ切って真っ先にお風呂に行ったら温め直せばいいし、眠そうならすぐ寝かせてしまって秋刀魚は二匹ともいただく。ベッドはもう整えてあるし、蓮くんもさっき寝た。

かちゃかちゃ、ちゃ、ことん、と玄関の方から音が伝わってきて、人感センサーが反応してぱちりと黄色い明かりがついたのが、ドアの曇りガラス越しに見えた。犬はドアを開ける音を飼い主のものかどうか区別できるというが、なんとなく分かる気がする。書く字に性格が出るように、ドアを開け閉めする音にも性格が出る。沙樹さんのはきちんと一つずつ、適切な音量で響く折り目正しい音だ。自然とそうなのではなくそれを自分に課しているような適切さ。それに続いてとっとっとっ、と足音がして居間のドアが開く。

「ごめんね、遅くなって……あれ、ごはん食べてなかったの？」

「今できたとこ。蓮くん早めに寝ちゃったし、眠くなかったら一緒に食べようかと思って」壁の時計を見る。九時十五分。遅いが、まあぎりぎり許容範囲内だろう。「でも先に風呂入る？　どっちでもいいよ」

「食べる！　おなか減った！　ちょっと待ってて」

「ごゆっくり」

「ありがとう！」

グリルの火を止めて大根をおろし始めると、部屋の方でどさ、ばさ、と服やバッグを解き放つ音が聞こえてきて、続いて洗面所から水音がし始める。外では常に隙がなく、おそらくはそれゆえに周囲のおっさんたちのセクハラに対抗できている彼女はこの歳(とし)になって未だに「学級委員長」の渾名(あだな)を戴いていると聞くが、家での仕草はどちらかといえば高校生みたいで、スーツのまま床にゴロンと寝たり、お腹が減って眠れない、と言って夜中に冷蔵庫をゴソゴソ漁ったりする。食卓にごはんと豚汁と温め直した筑前煮と大根おろしを添えた秋刀魚を並べ、箸(はし)を二膳並べたところでジャージに着替えた沙樹さんが出てくる。「飲む?」と訊いたが「無理!」と返ってきた。まあ、疲労困憊(こんぱい)で飲んでもいいことはないし、わりと二日酔いを残すタイプだ。少ないアルコールでも明日の仕事に差し障るだろう。俺は氷水のグラスを二つ用意した。

「ああっ配膳までありがとう。洗い物はやるから」

「いいって。食おう」

「やるから!」

「了解。ありがとう」

振り返ってみれば彼女が家にいる時、こういう必死な顔をされるのはほぼ毎日のことだった。俺は育休中で沙樹さんはフルタイム勤務。管理職だから代替不可能な仕事が多い[*18]しなかなか早くは帰れない。なおかつ混合なので蓮くんに母体の栄養を吸い取られる日々(もっとも日によってはおっぱいをあげないと張って痛いとのこと)で、しかも本人はまだ産後でバサバサ髪の毛が抜けている。[*19] だからせめて家事ぐらいはこちらに全任せでいいはずなのに、沙樹さんは頑(かたく)なにそうしたがらず、隙を突いてゴミをまとめたりちょっと目を離すと洗濯物を干したりする。夕飯一つとっても毎回感謝してくれるのは嬉(うれ)しいが、その様子は『普通は』家事育児はすべて女性一人でするもの」という理不尽な「常識」の存在を背後に感じさせていたたまれなくなる。実際、言う奴は言うのだ。「家事なんにもやらないんだって」「ほとんど家にいないで子供を旦那さんに任せっきり」——働いているのが夫の方だったら絶対にこんなことは言われず、むしろ「旦那さんは残業と休日出勤で大変なんだから妻が支えてあげなくちゃ」云々(うんぬん)と言われるのだろう。出産というのは一部の魚類や昆虫なら「完遂と同時に死ぬ」レベルの大仕事で、それからまだ三ヶ月と少ししか経(た)っていないのだが、沙樹さんは職場復帰した途端に遠慮

*18 混合栄養保育。母乳とミルクの両方で育てること。母親も赤ちゃんも様々おり、
・母親が母乳が出すぎて吸わせないと痛む／出が悪くて赤ちゃんが満腹にならない
・赤ちゃんが哺乳瓶が嫌で母乳しか飲みたがらない／母乳では満足せずミルクを欲しがる
・赤ちゃんがよく飲み母乳では足りない／なかなか飲まず大きくならない
等、千差万別なので、現代ではだいたい混合になる。

*19 個人差はあるが、多くは産後二、三ヶ月あたりから、母親は抜け毛が激増する。ホルモン量が短期間に激変したり、育児中の睡眠不足やストレスなどが重なることが原因とみられている。

なく残業・休日出勤をさせられている。夜中に帰ってきた時は大抵倒れ込むように寝てしまうが、別室で寝てはいるものの蓮くんがあまりに泣きやまない時はどうしても目が覚めてしまうらしく、かすれた声で起き出してくる。時にはそのまま授乳し、朝には搾乳して母乳を冷蔵庫に準備し、自分は十分でメイクをして出勤していく。こんな状況で家事までやらせたら俺が鬼畜になってしまうのだが、理解しない人間は多い。

だからせめて家にいる間は休んでもらいたいのだ。だがまったく、誰から事情を聞いたやらと思う。沙樹さんは座ると同時に詫びてきた。

「ごめんね。昼間、聞き込みとかしてたんでしょ？　休めてないでしょう」

「いや、そうでもない。蓮くん、散歩中はわりと寝るし。姉貴も一緒だったし」

「涼子……あとで電話しよう」

「いや、あれどう見ても姉貴が一番楽しんでるから」

学生時代は沙樹さんの方がよく姉を助けていたらしい。高校時代からの付き合いだから、片方が大変な時はもう片方が気軽に助けられるし、助けられた方が過度に恐縮することもない。個人的には「いえ結構です」と言いたいのだが、第三者の手を全く借りずに育児をするなどということは物理的に無理だと、この三ヶ月で思い知った。うちは双方の両親が遠方だったり体が動かなかったりするので、沙樹さんのことを考えると、手伝ってもらうならまず姉、と考えるべきだろう。トラブルを持ってくるから不確定の危険要素がある人なのだが、気軽に来てくれることには感謝しなければならなかった。

幸いなことに蓮くんが起きて泣きだす様子はなかった。二人、食卓に手を合わせていただきますと唱和する。ごはんは保温していたため炊きたての輝きを幾分か失っていたが、秋刀魚はよく脂がのっていて、身を箸で刺すと透明な脂がちゅくりと染み出して光る。塩焼きにしただけなのに身はぷりぷりして嚙むとかすかに甘みまである。うまみが凝縮されて甘みにまでなった感じで、今日はいい出来だぞと思った。落ち着いて食べる飯はやはりいい。前に座る沙樹さんも筑前煮の人参を取り、里芋を取り、鶏肉を取り、高速でもぐもぐ食べている。豚汁を勢いよく飲み、秋刀魚を一心不乱につつく。もともと食べる時はあまり喋らない人だが、食べているところを無言で眺めているだけでもわりと爽快だった。たとえば俺は学生の頃など、大盛りを頼んでよく食べたりすると食堂のおばちゃんたちがやたら喜ぶのが不思議だったのだが、他人に作って出す立場になると分かる。自分の作ったものをバクバク食べてくれるのは嬉しいのである。沙樹さんの場合、よく食べるわりに箸で魚を食べるのが下手で、真剣な顔をして一所懸命に秋刀魚をほぐしている姿など、職場でのイメージからは想像もつかないだろうなと思うとそれも面白い。

「お水まだ飲む？」

「ん。ありがと」

「豚汁は？　一応あと一・五杯分くらい鍋にある」

「ありがとう！　いただきます」

台所に立って豚汁を一瞬温め、残りの肉をさらって入れた汁椀を持ってダイニングに戻る。沙樹さんも秋刀魚を一段落させており、頃合いかなと思う。結婚する時「家では仕事の話をしない」という取り決めをしていたが、今回の事件は俺が個人的に巻き込まれたのだし、やはり彼女に話すのが一番まとまる。

「……仕事の話、で悪いんだけど、昼間、調べてた石森質店の殺人事件、ちょっと分かったことがあってね」

沙樹さんは無言で目を見開き、頰を膨らませてごはんをもぐもぐやりながら箸を置く。「口は開けられないが聞く」の意だろう。

「この事件において最も問題なのが、藤原西署の人間が現場をすでに囲んでいたにもかかわらず犯人の紫の方が逃走した、という点だった。このままだと藤原西署も、突入班を出動させていた本部もやばいけど、それ以前に『そもそも、どうやったらそんなことができるのか？』が問題だった」

気楽に聞いてくれ、の意味で、豚汁を一口挟む。「それに見当がついた。俺の考えがおかしくないか、ちょっと検討してもらいたいんだ」

分かった気楽に聞く、の意味だろう。沙樹さんも筑前煮の蓮根を一つ口に入れた。

俺が話を終えると、沙樹さんはお茶をこくりと飲んで腕を組み、それから半分開けた襖のむこうを振り返った。

「……蓮くん、大活躍だね」

「まったくだよ。これで事件解決したら警視総監賞ものだろ。〇歳三ヶ月での受賞は史上最年少だと思う」

沙樹さんの肩越しに襖のむこうを見る。明かりを落とした隣の部屋で寝ているはずの蓮くんは自分の大活躍など知ったことではないという様子で、両手をバンザイにして静かに眠っている。

沙樹さんは座り直してこちらを見た。「たぶん、当たってると思う。少なくとも検討する価値は充分にあるんじゃない?」

「了解。ただ問題は姉貴の目撃証言が根拠ってことなんだよな」

「涼子、五感が常人と違いすぎて目撃証言とかが証拠にならないんだよね」沙樹さんも頷く。「高校の頃も『あんなに遠くからはっきり見えるわけがない。嘘だ』とか言われてた」

となると。俺は言った。

「……俺がまず、直接会ってみるよ」

8

その人のところに蓮くんを連れていくかは正直、迷った。危険はない、と思う。だがそもそも、捜査一課刑事の仕事に赤ちゃんを同伴させるのはどうなのか。「常識的」にそうも考えた。だが結局、抱っこ紐で連れていくことにした。今回はそう邪魔にはなるまいし、何より、預ける場所がないので連れていくしかない。姉に預けることはできるが、そうすると今度は姉が蓮くんごとついてくるので、結局連れていくのと同じことになる。というわけで今日も、例によって姉が同行している。

石森正臣宅は昨日すでに訪ねている。昨日は訪問はせず、路地のところで石森正臣が家を出るのを待っただけだったが、今日は上がり込むつもりでいる。どこにでもある住宅街の一戸建てであり、おそらくは娘の菓恵が生まれる前からずっとここなのだろう。門扉、屋根、足元の敷石など各所がだいぶ古びている。リフォームしなかったのは単に面倒だったか、それともやはり金に余裕がないのか。いずれにしろ、石森正臣はもう店を閉める。金の余裕などはないままだろうが。

玄関のドアを開けた石森正臣が用件を訊いてきたので、俺は自分の身分を伝えた。訪ねてきたという時点で俺に対して「何かある」とは思っていたようだが、さすがにもろに捜査一課の刑事だというのは予想外だったようで、石森正臣は目を見開いた。

俺は「あの時、現場にいたのは完全に偶然だった」と伝えたが、石森正臣は拒否しても無駄だと理解しているのか、予想外に早く納得し、俺たちは余計な問答をすることなく招き入れられた。もっとも、俺に続いて当然のように蓮くんを抱いた姉が上がり込んできたことには何か言いたそうではあったが。

外から見た印象通り、中も古く雑然とした普通の家で、俺は両親の住む実家を思い出した。この家は娘の菓恵にとっては「実家」であり、どうも実家というものはみなどこか似た空気を持つようだ。通された埃っぽいリビングの隅にベビーベッドを見つけた。本棚には、うちにもある絵本。はっきりしたコントラストで縞模様や渦巻き模様が描かれており、〇歳児でも反応するというベストセラーだ。座卓の前に姉や蓮くんと並んで座り、正面にどっかりと胡座をかく石森正臣を見る。石森正臣は突然の俺たちの来訪を歓迎していない、というより明らかに怪しんでいる様子で、普通なら視線を外してしまうような据わった目をしていたが、当然のことながらこちらも現職で、今は仕事モードになっているのでその程度で萎縮するはずがない。蓮くんが眠っているのを横目で確認すると、正面から見返した。

「……警察は井手口岳の行方を追っています」俺は先に口を開いた。「教えていただきたい。県警が抱えている事件は本件だけではありません。現在も管轄内では他に強盗事件が起き、強制性交事件が起き、無数の窃盗犯と詐欺犯を警察は追っている。そちらを追わせてください。長引かせれば長引かせるほど、その連中が逃げおおせる可能性が大きくなっていく」

率直なところを言ったのだが、石森正臣は動かなかった。警察慣れした常習犯でもないのに視線もそらさないのは立派と言ってもいい。

ならば、すべて言うだけのことだった。

「捜査本部には昨夜、伝えました。娘の菓恵さんの家庭状況、それに菓恵さんの息子の」俺は居間のベビーベッドに目をやる。当然、中は空だ。「……つまりあなたの孫の理人くんの死因について確認してほしい、と。本部は『井手口岳の逃亡先』を割り出す方針だったので、そこはノーマークだったようです。あなたの孫が亡くなっていたことくらいは把握していたようですが、それが重要だとは考えていなかったようですね」

石森正臣はそれを言っても、俺から視線を外さなかった。胡麻塩の無精髭がわずかに伸びた口許を動かし、逆に訊いてくる。

「あんたは……なんで分かったんですか」

「昨日、お会いした時です。それに考えてみれば、犯行直後から真相を指し示すヒントはいくつもあった」隣の姉を親指で指す。「うちの姉はなんというか特異な個体でして、視力や記憶力が異常なほどいいんです。あなたの携帯の待受画像もはっきり見ていたし、覚えていた」

姉が脇腹に肘を入れてきた。「ひとを犬みたいに言わない」

「まあ、それでおかしいところに気付いたわけです。げほ」意外と強く入ったらしく、脇腹が苦しい。「石森正臣さん。あなたは携帯の待受画像を赤ちゃんの写真にしている。生後三ヶ月くらいの。それが引っかかりました」

「……なぜですか」

「ただの赤ちゃんの写真なら、別に普通です。菓恵さんから送ってもらった理人くんの写真、というだけで、初孫ができた人が子供から送ってもらったその写真を携帯の待受にすることはよくあることです」というより、個人的には初孫ができた人の八割はそうしているのではないかとすら思う。「ですが、今は十月です。なのに設定していた画像が明らかに冬服を着た赤ちゃんで、しかもピントが怪しくてあまりいい出来でない写真――となると話が違ってくる。写真の赤ちゃんはもこもこの服を着ていたから、遅くても三月に撮られたものです。どうしてもっと新しい写真でなかったのでしょうか？　〇歳の赤ちゃんは、七ヶ月も経てば別人になります。十ヶ月にもなれば三ヶ月の頃よりよく笑うようになるからいい写真も撮りやすくなるし、何より孫の成長が楽しいなら、待受も最新の写真にしているのが自然です。うちも両親には頻繁にこの子の写真を送ってるので、毎週更新してますよ。今週のベストショット、って言って」

石森正臣はかすかに眉を上げた。やはり、そこについては自覚がなかったのだろう。そう分かると、どうしようもなく胸が痛む。だが仕事なのだ。手加減はできなかった。「では、なぜあなたは、待受にまでしているお孫さんの画像を七ヶ月も前のものにしたままだったのでしょうか？　娘さんと疎遠で、なかなか写真を送ってくれなかった？　そういうわけではないですよね。あなたは赤ちゃん慣れしていました。蓮くんをすんなり抱っこした」最初から抱いていた違和感が、そこではっきりしたのだ。「あなたはご存じないかもしれませんが、他人の赤ちゃんを差し出されてすんなり抱っこできる人間は少ないんですよ。普通は怖がるものなんです。抱き方が分からないとか、何かあったらどうしようかとか思ってね。すんなりできるのは自分の育児経験があるか、孫ができて頻繁に抱っこしているか、まあだいたい、そのどちらかです」

このあたりは完全に蓮くんのおかげである。昨日俺は、それを確かめる目的もあって石森正臣に蓮くんを抱っこしてもらった。石森正臣の抱き方は全く不安がないものだったし、首が完全に据わりきっていない可能性がある、という点にも配慮してくれていた。実際、育児経験というか、赤ちゃんとある程度関わったことがある人間かどうかはすぐに見分けがつくのだった。関わったことがある場合、大部分の人間は「育児スイッチ」が入る。

育児スイッチが入ると、いくつかの変化が起こる。抵抗なく赤ちゃんを抱っこするようになり、赤ちゃんを見ると笑顔になり、個々人が開発した「赤ちゃん向けの声」であやす。いわゆる「猫撫で声」というやつである。それに加えてとりわけ男性には抵抗のある「おっぱい」「うんち」といった単語を自然に発するようになるし、赤ちゃんのうんちも特に汚いと思わなくなる。驚くべきことに、全く関係のないよその赤ちゃんですら可愛くて仕方がなくなり、道ですれ違ったベビーカーの赤ちゃんどころか、おむつのCMを見ただけで顔が緩んでしまうようになるのである。

おそらく育児スイッチは、哺乳類に備わった本能のようなものなのだろう。目の前に赤ちゃんを置いたら、スイッチが入った人間と入っていない人間では、脳の活動状態が異なるはずである。そして育児スイッチは赤ちゃんとある程度関われば性別も年齢も関係なく入るし、一度入れば何歳になっても入ったままであるらしいのだ。道で行きあった老夫婦に声をかけられ、スイッチの入っている奥さんが笑顔になる横で、入っていないご主人がもじもじしている、という図を、俺は何度も見ている。そしてスイッチが入るきっかけは、自分の子供でなくとも、孫や甥っ子でもいい。夫が初孫をあやす姿に「この人がこんな顔をするなんて」と妻が驚くケースは多いが、スイッチが入る前と後ではそれほどの差がでる。

無論、誰でも育児スイッチがすぐ入るわけではない。自分で産んだ沙樹さんは産後すぐだろうが、実は俺は、蓮くんが生まれて一週間くらいしないと入らなかった。そして世の中には一定の割合で、育児スイッチが入らないまま育児をしなければならない人もいる。だが一旦スイッチが入ってしまうと、人は赤ちゃんの前で別人のようになる。まるで全人類の無意識の底からやってきた巨大な「親」の人格が、個々人に憑依して同じ顔をさせているかのように。

だから育児スイッチは、ごまかしようのない証拠なのである。その人の周囲に赤ちゃんがいたことがあるかどうかの。

「あなたは『娘の面倒全く見なかったから』と言っていたし、あなたの年齢だと、最近甥っ子や姪っ子を頻繁に抱っこして慣れている、ということも少ないでしょう。とするとあなたが赤ちゃん慣れしていたのは、孫とわりと頻繁に会っているから、と考えるのが普通です。それならばなぜ、携帯の待受画像が七ヶ月も更新されなかったのか。不自然な点は他にもあります。俺は今みたいにこの子を抱いていって、あなたも抱っこした。

あなたに同じくらいの孫がいたら、『うちにも同じくらいの孫がいて』と、話題にしないのはおかしいです」

実際、外で年配の男性に話しかけられた場合、ほぼ確実にその話になる。年配の男性の場合、そもそも孫がいるからこそ赤ちゃん連れに話しかけてくるのだ。

俺はそこから可能性を検討した。石森正臣には孫がいるはずなのに、今は会えていない。しかも口にも出さない。ということは、孫が「いる」のではなく、孫が「いたが、今はいない」のではないか、と。そしてなぜか、その事実を隠している。

「そこを不自然に思ったので、お孫さんの理人くんについて、確認してもらったんです」

横目で居間のベビーベッドを見る。石森正臣は気付いていないのか、それとも気付いていながら片付けられないのか。あのベビーベッドは理人くんが健康に成長していたら、そろそろ卒業して片付けられていていいはずのものだ。

「理人くんは生後三ヶ月と少しで亡くなっていますね。死因はＳＩＤＳ……乳幼児突然死症候群でした」

石森正臣はそこで初めて目を伏せた。隣で衣擦れの音がした。蓮くんが姉の腕の中で体をよじって手足をもぞもぞと動かし、またもとの姿勢に戻って寝始めた。

その様子を見て反射的に安心している自分に気付く。蓮くんが生まれたばかりの頃は怖かったのだ。いきなり呼吸をやめて死んでしまいそうな生き物なのである。寝ている時も、寝息や身じろぎが聞こえてくるとほっとした。ああ生きている、と。

ＳＩＤＳは怖かった。まだ可能性はあるから、今も怖い。おそらく井手口菓恵も、その父のこの人も怖かっただろう。

「ＳＩＤＳの最大のリスク要因はうつ伏せ寝ですが、その次に挙がるのが温めすぎや柔らかい寝具の使用、そして家族の喫煙です」

これらのことから、ＳＩＤＳの原因は体を温めすぎたことにより産熱を抑制するため体が呼吸機能を低下させようとし、それが誤作動を起こして呼吸を止めてしまうことだと考えられている。日本の厚労省などは母乳育児がリスクを減らす、としてやたらと強調しているが、これは日本の政治家の間にあるくだらない母乳信仰に過ぎず、実際には人工乳の温めすぎや、母乳育児の方が頻繁に起きることになるため、赤ちゃんの様子を確認する回数が増えることが原因だろう。

温めすぎやうつ伏せ寝は保護者が気をつけていればほぼ避けられる。だが喫煙は、他人が配慮してくれるのを待つしかないのだ。

「赤い帽子の男――灘大聖は煙草を吸っていましたね。それが頻繁に菓恵さんの家を訪ねていたという。あなたの義理の息子である井手口岳も吸っていた。子供が生まれたというのにね。そして理人くんはＳＩＤＳで亡くなった」

石森正臣はまだ目を伏せていた。だが畳の上に置かれた右手が握られている。

「……仇討ち(あだう)のつもりだったんですね？」

俺は言った。自白を得るために、美しい動機に見えるよう言葉を選ばなければならない。「理人くんは井手口岳と、頻繁に家を訪ねては煙草を吸っていた灘大聖に殺された——と。あなたの目的は灘大聖を殺し、井手口岳をその犯人に仕立て上げることだった。井手口岳に、殺人犯というふさわしい立場を与える」

　そして、そのついでに自分が被害者になり、保険金を得たところで先行きのない質屋を閉めるつもりだった。

「私の目的……」石森正臣は呟くように言った。「……とは、何ですか。私は被害者ですが」

「いいえ。あなたが犯人です。赤い帽子の灘大聖を射殺した『紫の帽子の男』はあなただった」

　これが結論だった。

「警察はずっと悩まされていました。現場周囲はしっかり固めていたはずなのに、殺人犯である紫の帽子の男はどうやって現場から脱出したのか。可能性は一つしかありませんでした。男は脱出していなかったんです。紫の帽子の男の正体は、被害者であるはずの、店主のあなただった。あなたは灘大聖とグルになって、自分の店を襲わせたんです。紫の帽子の男が『関西弁らしきアクセントで喋っていた』などとすぐにばれる嘘を言ったのは、『井手口岳をかばっている』という印象を与えて自分への容疑をかわすためです」

「……どういうことですか」

「その前に」姉が口を開き、生首バッグからICレコーダーを出した。「……これからの会話、録音してもよろしいですか？」

「なぜです」石森正臣はいきなりそんなものが座卓に置かれたことに驚いたようで、途端に敵意を表してこちらを窺う。「さっきから何なんです。私は被害者です」

姉は退かない。「なら、録音しても差し支えありませんよね？　それとも何か不都合でも？」

「……好きにすればいい」石森正臣は明らかに気分を害した顔で言った。

俺は横からICレコーダーの録音状態を確認した。内心「なんでばらすんだよ」と思っていた。実は俺も自分のICレコーダーを持ってきてはいるが、こっそりするつもりでいたのだ。俺は警察官であるし、実質的にこれは捜査だ。だから録音したとしても証拠能力は怪しいのだが、少なくとも捜査本部に渡す重要な資料にはなる。そういうつもりだったのが、これで駄目になった。おそらく以後、石森正臣は何一つ喋ってはくれないだろう。

どうするのだ、と思っていたら、姉が腿をつついてきた。「ほら、続き」

「あ、うん。はい」

誰に頭を下げたのか自分でも分からなかったが、とにかく俺は座布団の上に座り直し、石森正臣に向き直った。

「……続けさせていただきます。ええと」さっきよりはっきり睨まれている。「まずあなたは灘大聖にこう持ちかけます。『店を閉めたいが金が欲しいから、強盗のふりをしてうちを襲ってみないか。金庫の中身はやるし、保険金が出たらその一部もやる』。もともと石森質店にたかりに来ていたほどの灘大聖はこれに乗った。「被害者」であるあなたが協力してくれれば『強盗』は絶対に成功しますからね。灘大聖はあなたとの打ち合わせ通りに石森質店に押し入り、シャッターを閉めて邪魔が入らないようにし、あなたを『脅して事務室の金庫を開けさせた』。しかしその直後、突然裏切ったあなたに射殺された。あなたは金庫の中身を隠し、ブルゾンを着て紫の帽子をかぶることで『強盗犯の仲間』に化け、我々の前に姿を見せた。強盗犯は二人組だった、という印象を与えるために」

その証拠に、赤い帽子の男と紫の帽子の男を一緒に見たことは一度もない。そして店主を赤い帽子の男がバックヤードに連れ去り、その後に紫の帽子の男が現れている。「紫の帽子の男」と「店主」も、一度も一緒に姿を現してはいない。

つまり、強盗犯は本当は一人だったのだ。俺たち人質は二人組だと思わされていた。

「その後、あなたは拳銃とブルゾン、それに紫の帽子を隠し、今度は『気絶させられていた被害者の店主』になって現場に倒れた。石森質店にいた『帽子の男』は灘大聖とあなたであって、警察が追っている井手口岳はもともと何の関係もなかったんです」

この計画のためには、店主と一緒に人質にとられる客が必要になる。それが常連の美濃充子さんだ。もちろん彼女でなくてもよかったわけだが、とにかく店舗内に客がいる時を狙って灘大聖は押し入らなければならなかった。俺と姉が店に入った時、店主の石森正臣は電話をしていたが、あれがまさに、灘大聖への「開始」の合図だったのだろう。

　石森正臣はまだ黙っていた。だが完全に観念したわけではないようだったので、俺は言った。

「証拠もありますよ。一つは、『赤い帽子の男』は強く煙草の臭いがしていたのに、『紫の帽子の男』はしていなかったことです。赤い帽子の男はおそらく犯行前に一服していたのでしょう。それなら、一緒にいたはずの紫の帽子の男には、どうして煙草の臭いがついていないんでしょうか？　井手口岳なら一緒に吸うはずです」

　石森正臣は煙草を吸わない。理人くんが生まれた時にやめたのか、娘が生まれた時にやめたのか、それともそれ以前から吸っていなかったのか。

「それにもう一つ。紫の帽子の男が脱出したはずの裏口のドアは開け放されていましたが、その横にある曇りガラスの窓には鍵がかかっていました。これは妙です。裏口から脱出したはずの紫の帽子の男は、出る前に一度も、窓を開けて外の様子を窺わなかったのでしょうか？　シャッターを閉めたため外の様子が分からず、警察が来ているかもしれないのに？　人質の携帯を集めるほど慎重だった男が、外を窺うために、開けた途端に外から突入されるかもしれない裏口のドアを開けるとは思えません。すぐ横にもっと安全な窓があるし、ドアを開けても、向かって左側はドアの陰になって見えない。にもかかわらず窓を開けた跡がない、ということは、紫の帽子の男は外に脱出などしていない、という事実を示しています」

よく考えてみれば、おかしなことは他にもあった。たとえば、赤の帽子の男が持っていたのがモデルガンだった点だ。最初に登場し、店主と客を脅して拘束しなければならない赤の帽子の方が、なぜ一丁しかない本物の拳銃を使わなかったのだろうか。最初にあれを使って一発、二発撃っておけば、後から登場したもう一人がモデルガンを振り回していても皆、従う。

だが、そこまで言う必要はないようだった。藤原駅前質店強盗犯殺害事件の容疑者、石森正臣は、長く息を吐いて言った。

「……いつから、そんな推理をしていたんですか？」

「事件時、すでに気になることがありましたから」俺は答えた。「紫の帽子の男——あなたは、人質など一人残っていればいい、と俺たちを脅した。なのにその後、こう言いましたね。『そこのババアも男も、殺しても構わないんだからな』と。あなたには俺と姉が赤ちゃんの両親に見えていたはずだ。それなら『赤ん坊を殺す』と言った方がよほど効果があるのに、あなたはそう言わなかった。その時にちょっと思ったんですよ。ひょっとしてこの男には、小さい子供か孫がいるんじゃないか、と」

石森正臣は、ふ、と唇を歪（ゆが）ませた。

「もう、いない。理人は灘たちチンピラどもと、井手口岳に殺された」

姉が言った。「違います。喫煙はＳＩＤＳのリスクを四倍に上げると言われている。

でも、それだけです」

石森正臣の反応が気になる。だが姉の方は全く迷っていない様子で続ける。

「子供が事故死すると、周囲の人間は誰かに責任があると考えたがるんです。公営動物園のベンチから転げ落ちた拍子に植え込みの枝が首に刺さって死んだ子供がいました。親はベンチの管理が甘かったせいだ、と市を訴えました。公立小学校の給食の白玉団子を喉に詰まらせて死んだ子供がいました。親は白玉団子なんか出したせいだと市を訴えました。みんなそうなるんです。誰かに責任があるはずだ、と思いたがる。確かに理人くんの死には、灘大聖も井手口岳も一部、責任があるでしょう。でもあくまで一部です。彼らは殺人犯ではない」

「一部でも、責任があるのは確かだろう」

「ごく一部、です」

「ごく一部でもだ」石森正臣は声を荒らげた。「ゼロじゃないだろう。なら奴らのせいだ」

「ゼロでない、というだけでそいつのせいだというなら、理人くんの死はあなたのせいでもありますよ」

いきなり突拍子もないことを言う。何を言いだすのかと思ったが、止めていいかどうか分からない。そもそも姉は石森正臣をまっすぐ見ていて、こちらなど気にしていない。

石森正臣は背中を曲げた猫背で、姉を睨み上げた。「……私のせい、だと？」

「あなたの理屈に従うなら、です。あなただって彼らが喫煙していることを知りながら、理人くんを菓恵さんの家から引き取らなかったじゃないですか。ＳＩＤＳのリスクを知っていながらやらなかった。ほら。ごく一部ですが、あなたにも責任があります。つまり、あなたのせいです。したがってあなたも殺されるべきですね。あなたの理屈に従えば」

「何だその屁理屈は」石森正臣は立ち上がった。「あのクズと一緒にするな。あいつは。あんな奴、父親の資格ゼロだ。なんであんな奴が。あんな奴に菓恵が」

「あなたが言いだした屁理屈ですよ。あなたは理人くんの死は井手口たちのせいだ、と決めつけることで、犯行の口実を作ったのではないですか？　現にあなたは本件で利益を得ていますよね。換金のあてのない質草を保険で現金に換えて、いいタイミングで質屋を畳めます。嫌いだった娘さんの夫は殺人犯になり、娘さんは家に帰ってくるでしょう」

「違う」

「あなたは利益を得ています。動機の何割かはそれだったのではないですか？」

「ふざけるな」

石森正臣は壁を殴った。大きな音がして驚くほど家全体が揺れるが、姉は平然としていた。腕の中の蓮くんは起きたようだが、泣きだすこともなく、姉をじっと見上げている。まだ、周囲の雰囲気を感じ取る能力はそれほどないのである。

石森正臣はもう一度、どん、と壁を殴った。握った拳が怒りで震えていた。

「……あ、あいつは、クズだ。殺されて当然だ」激しく怒りすぎてかえって言葉が見つからないようだった。「菓恵から聞いたんだ。うちの娘はずっと、自分を責めていた。ずっとついて見ていれば、あの子は死ななかったかもしれないのに、と。なのに、そんな娘に、あの男は言ったんだ」

石森正臣は怒りで舌が回らなくなった様子で、ふっ、ふっ、と何度か強く息を吐いた。

「『また作ればいいじゃないか』――と」

その言葉を聞いた瞬間、俺は全身に鳥肌が立つのが分かった。

だが、隣の姉が腿をつんつんとつついてくる。視線だけ動かして見ると、姉はこっそり親指を立て、それから座卓中央のＩＣレコーダーを目線で示す。

――今ので自白としては充分？

俺は肩をすくめ、一瞬だけ視線を返してイエスと答えた。自白は取った。殺された灘大聖についてだけでなく、まだ死体すら発見されておらず、立件が灘大聖よりはるかに大変になるであろう「井手口岳殺害」についての自白を先行して取れたのは大手柄だ。それも、動機まで詳細に。これで完落ちであり、しかも今日は同意録音ときている。石森正臣は怒りで忘れているだろうが、同意する声もちゃんと録音しているのだ。

石森正臣もそこで初めて、ＩＣレコーダーを見た。姉に嵌められたことに気付いたのだろう。ぐっと奥歯を噛んだが、それ以上、怒鳴ることなく沈黙した。

蓮くんが手足を伸ばしたようだ。姉が蓮くんを抱え上げて位置を直し、石森正臣は反射的になのか、表情を緩めてそれを見た。そうしてしまったことを後悔するように再び表情が厳しくなりはしたが、もう、それまでの怒りは燃え上がらないようだった。

「……秋月さん、といいましたね」

石森正臣は、ようやく落ち着いた声に戻った。「あんたはいい父親だ。その子を見ればそれが分かる。でもね……」

そして言った。

「……世の中には子供が生まれたのに、いつまで経っても親の自覚がないままの父親、というのも、たくさんいるんですよ」

袖を何かに引っぱられる感触があった。見ると、蓮くんが小さな手で俺の袖を摑み、じっとこちらを見ていた。

……なんだか、「しっかりしろ」と言われているようだ。

俺は石森正臣に視線を戻した。

「……それでも、殺されるほどのことはしていない。確かにクズですが、これは事実です」

俺は訊いた。「……井手口岳は、どこに？」

石森正臣は答えず、しかし、わずかに唇を歪ませて——確かに笑った。

9

「……で、井手口岳は見つかったの？」

姉はベビーベッドの中の蓮くんを中腰で覗きながら訊いた。

「昨日の昼頃。……頭部に拳銃で一発だってさ。貫通してなかったから弾丸が採取できて、旋条痕も石森正臣の拳銃と一致したそうだよ」

俺は両手に一つずつ湯飲みを持ってダイニングに戻り、片方をいつも姉が座る席に置いた。姉も一応客なので、家に来たら茶ぐらい出さねばならない。「まあ自白してるし、有罪は間違いない。あとは死刑になるかどうかだな。裁判員裁判になるかも」

「死刑ねえ。あれも勿体ないよね。どうせ殺すなら色々使ってからの方が償いにもなるのに」

相変わらずサイコパスだなと思うが、まあこれは昔からだ。俺は時計を見る。午後六時。さっき携帯に連絡があったから、沙樹さんもそろそろ帰ってくるはずだ。帰ってきたら皆で焼肉に行こう、ということになっている。保護者が三人いれば、赤ちゃん連れでもなんとかなるだろう。

「ほーほれほれ。にゃー」

姉は蓮くんの目の前で、どこかから抜いてきたネコジャラシの穂を振っている。うちの子は猫じゃないのだが。しかし当の蓮くんは「きゃ」「あひゃ」と喜んで手を伸ばしている。

事件から二十日余りが経過していた。藤原駅前質店強盗犯殺害事件は、石森正臣の起訴でもって県警の手を離れた。

供述通り、隣県の山中から井手口岳の他殺体が発見され、ニュースにもなった。石森正臣の娘である菓恵は、理人くんが亡くなってのち、井手口岳と別居したがっていたが、自分の実家が井手口の家と近すぎるため、強引に連れ戻されたりして、結局ずるずると同居していたらしい。石森正臣としては、娘を守るためにも井手口岳を殺さなければならないと思っていたのだろう。

現在、菓恵は遠方にいる祖母の家に身を寄せているそうで、マスコミの取材攻勢からある程度逃れられていると聞く。事件を解決することで容疑者の身内がマスコミにもみくちゃにされることは、捜査一課刑事なら何度も経験している。あれはいつもやるせない気分になるのだ。だからとりあえず、そこについてはほっとしている。捜査一課と藤原西署は面子（メンツ）を保つことができ、棚田巡査も評価を下げずに済んだ。俺の育休もとりあえず守られた。だいぶ働いたが、なんとか報われた、といったところだ。

かちゃかちゃ、ちゃ、と音がして玄関のドアが開く。「お、来た」と言って姉が立ち上がり、玄関の方で「ただいまー。待った？」「おかえりー」とやりとりをする声が聞こえてくる。

俺も立ち上がって隣の部屋のベビーベッドを見た。そこで気付いた。なんと、蓮くんがひょっこり裏返しに——うつ伏せになり、上体を持ち上げて周囲を観察している。

「うおっ」

駆け寄って仰向け(あおむ)にひっくり返し、思わず声が出た。「沙樹さんっ。蓮くん寝返りした」

「うそっ？」

「マジでっ？　あっ、なんで戻すのまだ見てないのに」

沙樹さんと姉が争うように駆け込んでくる。

「蓮くーん！　寝返りしたのー？」

「もう一回！　もう一回やってほらカメラ構えたから。ほらコツは摑んだでしょもう一回」

「いやそんなすぐにはしないって」

大人三人が大騒ぎしながら覗き込むのが面白かったのか、蓮くんはけたけた笑っていた。

瞬間移動のはずがない

1

前にいるミニワゴンとの車間距離が世界のすべてになってから、もう何十分経つだろうか。赤いテールランプが離れていく。右足から力を抜く。こちらの車が進み始める。テールランプはまだ離れていく。わりと前が空いたのだろうか、今回はアクセルを踏むところまでいけるか、と思ったところでブレーキランプが点灯する。自動化した動作でブレーキを踏むと、前のミニワゴンはすでに停まっており、結局、渋滞時の標準的な距離まで接近してこちらも停まった。

　この繰り返しが延々続いている。俺の肉体感覚は右足だけになり、するべき動作は「右足の力をわずかに抜いてブレーキを緩める」「力を入れてブレーキをかける」「時折ちょっと動いてアクセルを軽く踏む」の三つだけになった。直線道路だからやることがなく、助手席の姉も出発からほとんど後部座席の沙樹さんと話しているから口も耳も暇で、俺の脳内ではなぜか小林幸子がヴィブラートをきかせて熱唱する〈雪椿〉[*1]が一曲リピート再生され続けている。脳内ジュークボックスは選曲が意味不明である。蓮くんが生まれる前は助手席に座って飴（あめ）やら小銭やら気を遣ってくれていた沙樹さんは時折後ろ

*1　作詞・星野哲郎／作曲・遠藤実／ワーナーミュージック（1987）。

から話しかけてくれるが、十分ほど前に蓮くんが起きてむずかり始めてからはその余裕もなくなったようである。蓮くんにいないいないばあの一つもしたいが運転中では無理で、言語野が手持ち無沙汰だ。

視界にもさっきからほとんど変化がない。前方にいるのは白のミニワゴンだ。右車線にいるのは荷台にブルーシートを載せただけの白い軽トラックと、街路灯のオレンジの光の中ではよく分からないが紫っぽい色のワゴン、それに驚くべきことに帯広ナンバーをつけた黒のミニバン。その三台がメインで、こちらとあちらの車線の流れ具合によってローテーションで隣になる車が交替する。ルームミラーに映る後方の車は白のBMWで、車間距離的な意味でわりと攻めてくるので時折怖い。誰の車を攻めているのか分かっていないのだろうが喧嘩をするほど腹が立つわけでもない。

まわりにあるものと言えばずっとそれで、右車線の帯広ナンバーこそ姉としばらく話題にしたが、それもだいぶ前に終わっている。夜であるし、そもそも両側の防音壁が左右の視界をすべて塞いでいるから他に見るものもなく、ナビの表示も一次元的な高速道路表示のままなので現在地のイメージが掴めない。車がまばらな反対車線が羨ましい。

軽いエンジン音がわずかにして、どの車線もぎちぎちに詰まった中をバイクがすり抜けていく。こちらは左車線にいるのにさらにその左側を抜けていく奴もいて「道交法違反だぞう」と思うがそれでどうということもない。[*2] 隣の車線に新登場してさっきからずっとほぼ併走している白のセダンは運転手が携帯を熱心に見ている。それはさすがに危険運転だぞしょっぴくぞと思うが、これもどうしようもない。停止など求めたらこの渋滞がますますひどくなるし、そもそも俺は育休中で、妻と姉と息子を乗せて実家から帰る途中である。今、最優先ですべきは後部座席で沙樹さんに抱っこされている蓮くんが再びギャン泣きでどうにもならなくなる前に自宅またはどこか車を停めてあやせる場所に辿り着くことであるし、だいたい渋滞時とはいえ六ヶ月の赤ちゃんをチャイルドシートから降ろして抱っこしているのだから、我々の方こそ道交法違反なのだ。

ハンドルに置いた手の位置を変えて楽なポジションを探しつつ、足ではブレーキを緩めて数メートルだけ車を前に出す。そう。子供はチャイルドシートに乗せないと危険である。チャイルドシート不使用時の致死率は使用時の十六倍。たとえばチャイルドシートを使わずに親が膝の上で子供を抱っこしていたとする。車が前方の何かにぶつかった場合、衝撃で親子は前方に大きく振られる。そして親だけがシートベルトで跳ね返って座席に戻り、しっかり抱かれていたはずの子供は簡単に親の腕を抜けてすぽんと飛び出し、頭部を前の座席に強打するか、それすら越えて飛んでいく。間違いなく頸椎に損傷を生じさせる飛び方だ。子供を車に乗せる時は膝の上に抱くのではなく、ベルトをしっ

＊2　渋滞時にバイクですり抜けるのは「一応違法ではないが危ない」くらいの扱いらしい。だが左車線のさらに左をすり抜けるということは路側帯を走るということで、これは道交法違反である（17条1項）。

かり固定してチャイルドシートに乗せなくてはならないのである。だがあえて言おう。無理であると。

そもそも赤ちゃんというものは、抱っこされるでもなく動き回るでもなく一ヶ所に長時間居続けるようにはできていないのである。個体差はあるが、たとえ首が据わり、窓の外が見えるように座らされていても、二時間、三時間という長時間、退屈せずチャイルドシートにおとなしく座っていてくれる赤ちゃんなど滅多にいない（というかうちの蓮くんは車窓からの景色にほぼ興味がない）。大抵は乗せられると泣き、ひととおり泣いた後、運がよければあきらめて寝てくれる。だがそれもいつまでのことか分からず、起きたのにまだチャイルドシートの上だとさらに激しく泣く。この二度目の泣きは親が隣でいくらあやしてもどうしようもなく、チャイルドシートから降ろして抱っこするまで何十分でも続く。それゆえ高速道路は恐怖だった。途中で泣きださないか。泣きだしたとして休憩できるPAが近くにあるか。ないとしても最悪どこかの出口で降りられるか。渋滞でそれすらできなくならないか。

現在、その不安が的中してしまっている。もともと混むエリアではあったが、ラジオと携帯で確認したところどうもトンネル内で事故があったらしく、突然の渋滞で全く動かない。復旧の目処もたっていないようで、当初はトンネル付近だけだった渋滞区間がどんどん延びている。渋滞を抜けるには一時間ではきかなそうだ。だが最後の出口は過ぎてしまったし、次の出口は渋滞箇所のむこう。袋のネズミというか、逃げ場がなかった。高速に乗るだいぶ前から渋滞情報は出ていたのに、確認せずに飛び込んでしまったのが悔やまれる。そして目が覚めた蓮くんは十分ほど前から泣きだし、仕方なく今は沙樹さんの膝の上にいる。

前方のテールランプがゆるゆると前に離れていく。たいして進まなそうだが、一メートルでも前に進みたいので、ブレーキを離して車をそっと動かす。予想通り、数メートルで停まった。一瞬泣きやんだ蓮くんがまた「あえええええん」と泣き始めた。やはり限界で、抱っこ程度ではたいしてもたないのだ。しかもそろそろ午後九時。寝る前のミルクをあげる時間である。授乳ケープは持ってきているので後部座席でおっぱいをあげることはできなくはないが、沙樹さん曰く、蓮くんはケープを使うと落ち着かないのか飲みが悪いのだという。

後ろのBMWが焦れた様子で迫ってくる。仮にここで事故が起こったら、と考えてみた。運悪く今、何かにぶつかったら。それで蓮くんが死んだり大怪我をしたら、やはり我々のせいということになるのだろうか。現場から遠く離れた第三者に「なぜちゃんとチャイルドシートに乗せていなかったのか」「子供のことを第一に考えるなら、子供がどんなに泣いてもチャイルドシートに乗せておくべきだ」と正義面で非難されるのだろうか。必死にあやす沙樹さんと、後ろを振り返って変顔をしつつ加勢する姉の声をたやすくかき消し「あえええええええ。えええええええん」という蓮くんの泣き声が車内に響く。季節柄、窓をぴっちり閉めているので大音響は逃げ場がなく、車内の空気圧をぱんぱんに上げて俺の鼓膜を叩く。この状況で抱っこもするなとか無理だよなあ、と思う。

それでも、運転席にいる俺はまだましなのだろう。運転に集中するという名目があるから、泣きやませようと焦らなくていい。最初の頃は、信号で停まるたびに後部座席を振り返り、走行中でも隙を見て振り返り、ついにはルームミラーを動かして後部座席が見えるようにしていた。チャイルドシートのサイズがまだ大きすぎるため、座らせ方が悪いと体がぐにゃあんと曲がったとんでもない姿勢のまま走り続けることになって怖いのである。今はだいぶ慣れた。沙樹さんがいる時は任せておけるし、一人の時に泣きだしても、ある程度は心を鬼にして放っておけるようになった。俺は実家で充分眠ってきたのでここしばらくなかったほど元気だ。どちらかといえば、高校時代から面識があるとはいえ、舅と姑であるうちの両親に会ってきた沙樹さんが一番疲れているだろう。

前のミニワゴンがやや急にブレーキをし、車体ががくん、とひと揺れして停まった。だいぶ前からずっと前方にいるミニワゴンは白い車体にでかでかとカワウソの絵が描かれている営業車両で、「カワソ什器」のロゴが柔らかい書体でプリントされていた。「山西510　を　89-32」ずっと見ているのでナンバーも覚えてしまった。前のドライバーも大変だな、と思う。仕事帰りであろうドライバーは帰宅時間がどんどん遅くなっていくことに歯噛みしながらハンドルを握っているのだろう。

と、前のワゴンが左にウインカーを出した。ようやくここまで来たかと思い、俺もそれに倣う。「沙樹さん、そろそろ与瀬（よせ）SA入れるから」

「助かったね。そろそろおっぱいの時間だから、うまくすればまた寝てくれるかも」後部座席から返事がある。「それよりハルくん、疲れてるでしょ？　ＳＡ出たら運転代わろうか」

「いや、大丈夫。ありがとう」

　仕事で運転手役は慣れているし、沙樹さんに運転させて自分が座っている、というのは落ち着かなすぎる。俺は男なので、蓮くんが泣きだした時の最終兵器「おっぱい」も装備しておらず、それも心配だ。

　姉がにこっと優しげな顔を作る。「私が運転してあげようか？」

「いや、いい。やめて」この人は免許を取って公道に出た初日に電柱にぶつけてレンタカーを壊した前科がある。ぶつけたこと自体よりぶつけた後に「いけると思ったんだよね。次はもっとうまくやる」と言っていたことの方が問題で、こんな人間にハンドルを握らせてはいけないと思う。

　カワウソ営業車に続いて左にずれ、ＳＡに向かう。見れば走る車の半分近くがウインカーを点滅させ、同じ行動をとっていた。ＳＡに入る細い側道は休息やトイレや軽い食事や一本の煙草を求めるドライバーたちでぎゅうぎゅうに詰まっており、夜の闇に赤く浮かんで同じ方向に進むテールランプの連なりは黄泉の国に向かう死者の魂の行列に見えなくもない。

　日曜日の午後九時五分。みんな疲れているのだろう。

SAの入口近く。壁に掛けられた大型のディスプレイに高速道路の地図と渋滞情報が表示されている。現在地は与瀬SAで次の出口は叶谷(かのうや)ICだが、その区間は見事に真っ赤だ。叶谷ICまではたった一区間なのに所要時間「90分」と信じがたい数字が表示されており、渋滞状況がまだ全く改善されていないことが分かった。与瀬SAのしばらく手前に与瀬ICもあったのだが、渋滞はその手前からすでに始まっており、後から来る人たちも避けようがなさそうである。うちは蓮くんさえ寝てくれれば、大人たちだけならどうにでもなるわけで、そういう俺たちより大変な子連れや急ぎの人もたくさんいるだろう。災害の様相を呈してきた。

ディスプレイから半歩下がって周囲を見ると、俺と同じようにどことなく手持ち無沙汰な顔で立ち、交通情報を見ている男性が数人いた。いずれも中年から初老のおっさんであり、俺と同じように運転手役を務め、妻が子供をトイレに連れていったりしている間、待っている父親たちなのだろう。そのうちの一人となんとなく目が合い、(おたくもですか)(ええ、どうも)といった感じの念を飛ばしあいつつなんとなく会釈を交わす。飲食店の営業が終わって静かなSAのディスプレイ前。特になんということもないこの空間で立っている人間たちの間には、お互い夜中まで運転お疲れ様、という、うっすらとした連帯感がある。

とんとん、と背中を叩かれ、気がつくと沙樹さんが後ろに来ていた。「お待たせ」

彼女はわりとこうして音もなく後ろに来る。「どうだった？」
「よく飲んだ。寝ると思う」
どうやら満足したようで、ベビーカーの中で好きな「NIVEAの缶」をいじってい
た蓮くんは、寄り目で俺をじっと見上げると、「ふわあ」と語尾を上げて微笑んだ。一
緒にディスプレイを見ていた同志たちを後に残し、ベビーカーを押して歩き出す。お迎
えが来たパパから帰宅、という構図だ。
姉がディスプレイを見る。「渋滞、まだ？」
「与瀬から叶谷で九十分だって」
「そうか。じゃ、買い物してきて正解だね」姉は大きなレジ袋をがさがさ鳴らし、中身を
見せてきた。「授乳室で沙樹と話してさ。むしろもう徹夜コースのつもりになれば気が
楽じゃないか、って。だからほら。じゃがりこ、[*3]ドリトス、[*4]絶対甘味も欲しくなるから
コアラのマーチ[*5]で、そしてこれすごくない？　あわびの姿煮売ってた。ワインもあるし」
酒盛りする気か。「ワインって『お土産』って昨日買ってたあれ？」
「いや、私は飲まないから」沙樹さんはふるふると首を振り、しかし姉の持つレジ袋に

＊3　カルビー株式会社の棒状ポテトスナック。パーティーなどで大活躍する他、いつもこれを買っている「じゃがりこ人」なる異星人も地球人に交じって一定数存在する。
＊4　ジャパンフリトレー株式会社の三角形コーンスナック。パリパリとした食感がたまらない。

手を突っ込んで土産物の箱を出した。「与瀬銘菓　あんころもちさん」とある。「でもね。せっかくだからここのお菓子買ったの。運転しながら食べてね」

　そういえば彼女は土産物が好きで、どこに旅行しても土産物屋であれこれ買い込む。しかし隣町の銘菓を「せっかくだから」と買い込むほどだとは思っていなかった。「……ありがとう」

　沙樹さんはあんころもちさんの箱をもう一つ出した。「たくさん買ったから、遠慮しなくていいからね」

「……うん」二十個入りと書いてあるがなぜ二つも買った。

「まあ私らは飲もうよ。飲め沙樹も」姉はあんころもちさんの箱を持ってニコニコする沙樹さんの肩を抱き、レジ袋をガサガサ鳴らして笑顔である。「大丈夫！　おっぱいはさっきあげたんだし、次は朝方だからアルコール抜けてるって。[6]今夜は車で飲もうよ。あー楽しくなってきた。学生の頃みたい」

　姉はフランス語で「Je hais les ―― dimanches!（ジエレエエエエエディモオオオオオウス）」とこぶしをきかせて歌いつつレジ袋をガサガサ揺らして出ていく。あんた日曜日大好きじゃないかと心の中でつっこん[7]でいると沙樹さんがぱたぱたと手を振る。「いや、あのね。私は飲まないから」

「いや、大丈夫。距離的にはあと少しだし、あとは俺が運転するから」どうせ姉に運転させるわけにはいかないのだ。「今日、疲れたでしょ。あとは飲んでていいよ。ただし、蓮くんを見ててくれるなら」

沙樹さんは最初、ぶんぶん手と首を振って抵抗していたが、最後にはキスしてきた。姉が自由に飲んだくれるのはいつものことだが、沙樹さんも実は姉に劣らぬ酒好きで酒豪だということは知っている。二人が高校卒業後もずっと仲がいいのはそれも理由だろう。沙樹さんが妊娠判明後、自制心をフル稼働させて禁酒していたことも知っている。[*8]ついでにさっき、一瞬だけ袋の中のワインボトルをちらりと見たことも。

＊5　株式会社ロッテのコアラ形チョコレートスナック。寿司を握ったり気象予報士をしたりとスーパーマリオ並みに多芸なコアラの絵が描かれており（別個体である可能性もある）、「まゆ毛コアラを見つけると幸せになれる」「盲腸コアラを見つけると幸せになれる」などの噂が流れた。ちなみに実際にはまゆ毛コアラは「顔に皺が寄っている」だけで、盲腸コアラも「お腹を怪我して泣いている」だけらしい。

＊6　授乳時の飲酒については色々と見解があるが、母乳中のアルコール濃度は飲酒後三十分～一時間程度でピークになり、二時間程度までは高いので、最低二時間は空けるべきとされている。もちろん飲酒の頻度や量も重要である。ただしアメリカ小児科学会は母乳のメリットが大きいため「飲酒のために母乳をやめるべきではない」という見解を出している。

＊7　〈Je hais les dimanches〉シャルル・アズナブール作詞／フロランス・ヴェラン作曲。シャンソンの名曲で邦題は〈日曜日はきらい〉。

＊8　妊娠中の飲酒に関しては、以前は「ビール350ml程度なら大丈夫」とされていたが、現在ではどんなに少量でもリスクはゼロではない、とされている。つまり「できるだけ控えましょう」である。

外に出ると、渋滞を避ける人たちでSAの駐車場は満車だった。というより満車を超えて駐車スペースでない道の脇、中央分離帯の周囲、入口及び出口の路肩にも車が鈴なりになっている。それなりに時間をかけてから車に戻ったつもりだったが、渋滞は少しも解消された様子がないようで、うちの車の向かいにはずっと前にいたカワウソワゴンが停まったままになっていた。溜め息が出るが、蓮くんはカワウソワゴンの絵柄に興味がでたらしく、ベビーカーから手を伸ばして触ろうとする。ベビーカーから見る外の景色にあまり興味がない彼としては珍しい反応だ。だが引き離しても別に泣きもしなかった。

エンジンを再始動させ、同乗者の二人に買い忘れ置き忘れはないかと確認して発進する。姉は停まっているカワウソワゴンに手を振りつつもうワインの栓を開けている。まあ気楽にやるがよろしい。俺としては、あとはとにかく渋滞に耐え、家まで事故を起こさず運転するだけである。運転は慣れているし夜中に寝てはいけない状況も慣れている。偉いさんを乗せているのでも犯人車両を尾行しているのでもないのだから、勤務中よりかなり平和だ。

と、思っていたのだが。

よく考えれば姉が一緒な時点で、何も起こらないはずがないのだった。

2

「……当然の流れとして真面目な顔で『一酸化炭素中毒では特徴的な兆候はないと思ってください』とか言うことになるわけ。後ろでめっちゃ縮瞳（しゅくどう）してるし！　有機リン系の毒物だし！　ってもう爆笑必至で」

「あははははは。ひどい。でも戻ったらもう一度消化管内の腐食部の画像が出るわけでしょ。そこに『この人の場合』って」

「そう。実際そうなったの。『次は有機フッ素剤の……おうっ？』ってなって学生大爆笑」

「あはははははは」

「思い出してまた笑えてきた。今のあんたに縮瞳出てるって。あはははははは」

知らない固有名詞が頻発するし運転に集中していて断片的にしか聞いていないので全体像は不明だが、何やら毒殺関連の物騒な話をしているらしいというのは分かる。まあ、酔っぱらいはとかく思い出話をするものであるし、酔っぱらってする思い出話は楽しいものだ。ガサガサと菓子類をつまみながらこの爆笑ぶりなので、車内は賑やかに加温された空気が充満している。しかし生まれてからしばらくの間、人が多くて賑やかな沙樹さんの実家にいたせいか、蓮くんは周囲が賑やかでも全くおかまいなしに寝る。ルームミラーを動かしたら、これは大丈夫なのかすでに折れていないかと心配な角度まで首をくてっと倒して熟睡していた。

車はようやく渋滞区間を抜け、80km/h程度で真夜中の高速を走っている。カーナビの時計が示す現在時刻は23：30。まもなく叶谷ＩＣだが、与瀬ＳＡを出たのが21：25頃だったから、与瀬トンネルを抜けるたった20km程度の区間に二時間以上かかったことになる。トンネル内の事故現場の付近も通ったが、何台もの消防車両とパトカーが並ぶ中、充満する白煙にいぶされながら忙しそうに働く高速隊の人たちを見るとこっちの渋滞くらいなんだという気にはなった。後ろを向いて喋っている姉が時折口に菓子を押し込んでくるのをキャッチしながらということもあって眠くはない。叶谷ＩＣの分岐でウインカーを点け、左側の側道に出る。あまり利用者のいないマニアックな出口であるため、降りてすぐの下道は蛇行できそうなくらいに空いていた。ようやく解放された、と思う。叶谷ＩＣから姉の家までは三十分。そこで姉を降ろして藤原市内の自宅まではまた三十分。日付が変わってしまうが、まあ睡眠不足はいつものことだ。明日しっかり勤務の沙樹さんは大丈夫なのだろうかと思うが、彼女はそのあたり、おそろしく強い。

「……しかもさあ必ず最後に『まあ、君はなさそうですけどね』ってつけるの。『君は』じゃねえよって思わない？」

「思う。でもいるよねそういう人。それで本人は『僕は配慮してますから』って思ってるんだよ絶対」

「絶対そう。とりあえずお前に硬膜下血腫が疑われるわ、っていう。そもそも柔らかい布を巻いた鈍器で生じた反衝損傷のケースの話をしてたのにどうしておおおおっ？」

早口で物騒なことを喋っていた姉が突然スリップしたような奇声をあげたため、隣の俺は物理的に車をスリップさせそうになった。

「何だよいきなり」

「停めて停めて早く」姉はシートベルトを外したと思うと腰を浮かせて足を伸ばし、ブレーキペダルに乗せていた俺の足の甲を踏んだ。

「いてっ。おっ、ちょっ、待て危ねえ」

がくりと車が揺れて停まる。後部座席から沙樹さんの悲鳴も聞こえた。

「馬鹿。何やってんだ」

助手席からブレーキペダルを踏んでくる奴がどこにいるか。俺は怒鳴ろうとしたが、姉は横からハンドルを摑み、シフトレバーに手を伸ばす。「戻って戻って。バック。ほら早く」

中段内受けでその手を払いのける。「阿呆か。危ねえだろ離せ」

「それどころじゃないって。怪奇現象」

「は？」

とにかく姉の足を押しのけてハザードを点滅させ、路肩に寄せる。他の車がいなくてよかったが、姉は「戻って戻って」と繰り返して結局勝手にシフトレバーをRに入れた。

「バック。今のとこ戻って。怪奇だってば」

「勝手に触るな。殺す気か」こいつは二度と助手席に乗せない、と心に誓った。

「死ぬならまず戻って、あそこ。あそこの建物の駐車場」

「どこ？」

　姉が指さしているのは左後方、フェンスに囲まれた何かのビルの駐車場である。とにかく周囲を確認し、ゆっくりと車を後進させる。建物の感じからしてマンションではなく何かの社屋のようだった。建物の隣は駐車場で、ミニワゴンが数台、停まっている。オレンジ色の常夜灯が点いているだけなので暗かったが、車体に描かれたカワウソの絵には見覚えがあった。

「あっ、ここなのか。カワウソワゴンの会社」

　門の前で車を停める。門の横に「カワソ什器株式会社」と書かれた銀色のプレートがあった。叶谷ICは以前から使っていたが、ICへの乗り降りに気を取られて素通りしていた。

「涼子、怪奇現象って？」沙樹さんは食べかけのあんころもちさんの箱を抱き、事故を警戒してか空いた手でドア上のアシストグリップをしっかり摑んでいる。

「沙樹、見てあそこの車。ナンバーも」

　姉はカワソ什器の駐車場を指さしている。だがナンバーと言われてもこの距離と暗さでは見えない。

「……あれ、高速でずっと前にいた車と同じやつだろ。カワウソの」

「そう！　それが瞬間移動してる」姉はドアを開け、さっさと歩道に降りてしまう。「ほらやっぱり！　どういうこと？」

後部座席の沙樹さんと顔を見合わせる。お前がどういうことだ、とつっこみたい気分ではあったが、とにかくエンジンとハザードをそのままにして車を降りる。「おい寒いぞ。コート着てけよ」

姉は一月の夜気などおかまいなしで白い息を吐き、冷たいだろう駐車場のフェンスに張りついて中を見ている。生まれて初めて新幹線を見た幼児のようだ。

「涼子」沙樹さんは蓮くんを暖かい車内に残すことにしたらしく、かわりになぜか「あんころもちさん」の箱を持って降りてきた。「何かあった？」

「沙樹、ほら見てあの車。一番左端のやつ。怪奇現象だって」

姉はもどかしいらしく、ぴょんぴょん飛び跳ねんばかりである。酔っぱらっているのだろうかと思ったが、指さした方を見た沙樹さんも「えっ？」と言ってフェンスを摑んだ。

「嘘……？」

「……どうしたの？」

「ハルくん、見てあの車」沙樹さんが指さしているのも一番左端の車だ。

「ああ、高速でずっと前にいた車と同じ会社のでしょ。カワウソの」

「鈍すぎる」姉が横で吠える。「ああもう、うちの弟は。父さんにそっくり」

「ほっとけ」

「ハルくん、その車のナンバー覚えてない？　私と涼子は覚えてるんだけど」

「覚えてるよ」ずっと前にいたのだ。「８９‐３２でしょ。山西ナンバーの」

「そう。だからほら、見て」

沙樹さんはフェンスの隙間に人差し指を突っ込んで左端の車を指し示す。それでようやく俺も、おっと思った。「同じだね。山西ナンバーの８９‐３２」

姉がまた吠えた。「だから！　ああもう、このぬらりひょん！」

「どういう意味だよ」

「同じ車でしょうが。与瀬ＳＡで私らが追い抜いたのと！」

「え？　いや営業車なんだから、希望ナンバーをまとめて取ったとか……」言いながら目の前のミニワゴンを見て、俺もようやく気付いた。

そして声が出なくなった。

山西510　を　89‐32

高速で見ていたのと全く同じナンバーだった。つまり今、目の前に停まっているこの車は、渋滞の間、ずっと前にいたあのミニワゴンなのだ。与瀬ＳＡを出る時、蓮くんが興味を示し、俺たちが出発した時にはまだ停まっていた。ドライバーもいなかったしエンジンも切られていたはずだった。俺たちよりだいぶ遅れて出発したはずなのに。

「ちょっ、待て」気付くと俺もフェンスに張りついていた。「あの車かよ。なんでここにあるんだ？　俺たち今、出てきたとこだぞ」

「やっと分かったか。このぬっへっほふ」姉が腕を組む。どうやら語感だけで適当に罵倒しているらしい。「だから怪奇現象なんだってば。この車、ＳＡで私たちに追い抜かれたよね？　その後もずっと渋滞だった。なんで先にいんの？」

俺は思わず走ってきた道を見た。叶谷ＩＣからここまではすぐで、おそらく五、六百メートルしかない。一本道で抜け道などなかったし、そもそも叶谷ＩＣを降りた時、周囲にはほとんど車がいなかったし、降りてからここまでは一台にも追い抜かれていない。

「俺たちのすぐ後にこの車も出発したとして……」振り返ってうちの車を見る。「……渋滞の間にこっそり追い抜かれた？」

「ないよ」

「ない」

姉と沙樹さんが同時に首を振った。

「外は見てたし、あれに追い抜かれたら絶対見つけてる」

「そもそもあの車、私たちが出てもエンジンもかかってなかったよ。出発したの、私たちよりだいぶ後だと思う」

与瀬SAから叶谷ICの間に他の出口はない。そして一つ手前の与瀬ICの時点で、すでにどの車線もぎちぎちに混んでいた。つまり少なくとも与瀬ICから与瀬SA、そして叶谷ICまでの間、高速道路は巨大な密室だったはずなのだ。脱出して、俺たちより先にここに着いていることなどできるはずがない。

がしゃ、と音がして、何かと思ったら姉がフェンスをよじ登り始めた。

「ちょっ、何やってんだよ」

「あの車、よく見てみる」言いながらもうフェンスをまたぎ越えている。「そこで待ってて」

「おい、やめろって」建造物侵入罪だ。

「大丈夫だって酔っぱらってるし。沙樹、見張りお願い」

「了解」

了解しないでくれよと思うが、姉はよくそのロングスカートで、という軽やかな動作でフェンスから飛び降りた。

「……監視カメラとかあったらどうするんだよ」

「あるよ？　あそこに」姉は社屋の玄関の方を指さした。「こっちはたぶん映ってないから大丈夫」

よく見えるなと思ったが、うちの姉は視力が鷹並みで夜目も猫並みである。そもそもさっき、前を通り過ぎただけのこの駐車場に停まっている車のナンバーが見えていたこと自体が人間離れしている。動体視力もトンボ並みなのだ。[*9]

問題の車に近寄った姉が驚いた声をあげた。「ちょっ、ヤバいよ」

「だから戻ってきてって」

「違う」姉はよその車のフロント部分をばんばんと叩く。「エンジンルームが冷たいの。完璧に冷めてる。これ、だいぶ経ってるよ」

「うそ？」沙樹さんが驚く。

確かに、ますますありえない事態だった。一月中旬である。今夜は暖かめだから今の気温は5℃くらいだろうか。だがそれでも、ずっと高速を走ってきた車のエンジンルームが完全に冷えるまでには二時間近くはかかるのではないか。

わけがわからなかった。一緒に渋滞につかまっていたはずの車が高速を降りた先でひょいと出現し、とっくの昔に停まっていた様子でエンジンまで冷えている。姉が言っていた通り、確かに怪奇現象だった。

「高速に抜け道……は、ないよな」

与瀬ＩＣから叶谷ＩＣまでの道を考える。約20㎞。その間、点検路や何かといった別の出口はない。与瀬ＳＡは上り線、下り線双方にあるが、両者は接続しておらず、たとえば「与瀬ＳＡの上り線側から下り線側に強行突破。下り線に移動して手前の与瀬ＩＣ

＊9　トンボの動体視力はヒトの約十五倍。ネコは四倍程度である。

まで戻り、下道でここまで来た」ということも不可能だ。そもそも下道で来たらかなり時間がかかる。渋滞を避けようとした車で下道も混んでいたから、高速より時間がかかるくらいかもしれない。少なくとも「すでにエンジンが冷えている」などということはありえない。

「抜け道とか裏技みたいなので、二時間近くも早く来られるとは思えない」沙樹さんが首を振った。「だって渋滞だもん。渋滞をスルーする方法なんて、もし本当にあったら日本中が大騒ぎになってないと」

そうなのである。ないからこそ新東名や新名神が整備され、ETCが普及し、谷町JCTだの天王山トンネルだのといった地名にドライバーはげっそりするのだ。だが目の前のミニワゴンは何食わぬ顔でそれを成し遂げ、さっさとエンジンを冷ましている。

吐く息が街路灯の明かりで白く見える。夜気の冷たさがセーターを透過してくる。上着を持ってくればよかったと後悔した。

「ナンバー……間違いないよね」

「間違いない」姉が振り返って答えた。「こんな覚えやすいナンバー、間違えるわけないって。『山西（510）、後藤を扼殺（89-32）』って覚えてたもん」

「あっ、そっちの方がいいね。私どうしても『ヤクザ（893）』の方に引っぱられちゃって『山西組をヤクザが二人で』とか考えてた」

「ぴったりでしょ？」

「うん。さすが涼子」

やっぱり仲がいいんだなと思うが、それはそれとして正直どうでもよすぎる。

「……どうよこれ？　わけわかんなくない？」姉はフェンスのむこうで腕を組み、社屋を振り返った。「訊いてみようか。この車、ワープ航法とかできるタイプのですか、って」

「いやいやいや」不法侵入中であることを忘れているのだろうか。「とにかく姉ちゃん、こっち戻って。やばいから」

「ん。車も特に異常ないし、ずらかるか」

姉はまたフェンスをよじ登り始めたが、沙樹さんが慌て始めた。

「あっ、涼子隠れて」

「ん」

「人が来た」

「げっ。ヤバい」

「早く下りろ。逃げるぞ」

いい大人が三人で何をやっているのだろうと思うが、とにかく姉をフェンスから落として隠し、沙樹さんと車に駆け戻る。後方から犬のリードを引きつつジョギングをする男性が走ってきて、追い抜きざま、俺たちの車を不審げに覗いていったが、蓮くんを構うふりをしてごまかした。

姉が乗り込んできた。「いやあ焦った。いろいろ考えちゃった。殴り倒そうかとか」「今の人は何も悪いことしてないだろ」俺はギアをDに入れた。「やばいから早く行くよ」その後も帰り道で、ああでもないこうでもないと話をした。姉の家までは三人で。姉の家からうちまでは二人で。ナンバーの見間違いではないか。偽造のナンバープレートではないか。与瀬SAに秘密の出口があってカワソ什器株式会社の庭先に通じているのではないか。どれもありそうもなかった。道にも車にも特に異常はなかったのだ。そもそも沙樹さんが言う通り、渋滞をスルーする方法などという、そんな便利すぎるものが現実に存在するわけがない。

翌朝、姉からSNSのメッセージで「昨夜九時半頃からは下道の国道も渋滞してた」「与瀬ICから叶谷ICの間で違反走行をしてた車もない」「あと調べてみたけどあの車、希望ナンバーじゃないっぽい」と来た。月曜の朝っぱらから何をやっているのかとも思うが、どの情報も事態の不可解さを加速させるだけのもので、カワウソワゴンの瞬間移動はますます怪奇現象の様相を呈してきた。

だが、それだけではなかった。俺は忘れていたのである。この件が姉絡みであることを。

3

普段どんなに手がかかる子供でも、寝ている時は天使だと言われる。実際、子供の寝顔というのはやたらと可愛い。閉じられた眼(め)のところから伸びる、きれいに揃(そろ)ったまつ毛。どこまでも滑らかで温かい、ぷっくりしたほっぺた。なぜその姿勢で眠れる、という恰好で小さな手足をぱたんと投げ出して力尽きている子供は見るものに身震い混じりの保護欲を生じさせ、「寝ている子供はなぜこんなに可愛いのだろう」「いや、そもそも寝ている子供に似たものを『可愛い』と感じるようになっているのだから当然か」などと無意味な禅問答を誘発させる。

ただし、熟睡していてくれるならば、である。

「あええええええ。いえええええええええん」

泣き声まで可愛い、などというのはこちらの体力気力時間的余裕が充分な時限定の話であり、睡眠不足で脳味噌(のうみそ)がしわしわの時には騒音以外の何物でもない。縦に抱っこすると赤ちゃんの口が耳からわずか十五センチの位置にくるのに、その距離で絶叫されるのである。だが蒲団に置けばますます泣くし、泣きながら突然海老反りになったり丸まったり手足を突っぱったりするから、体から離した力の入らない姿勢では危なくて抱っこできない。釣り上げられた直後の鯖(さば)のようにピチピチ暴れる体をなんとか保持しつつ、耳元で絶叫され続けるしかないのだった。いいかげん目眩がしてきた。この凄まじいエネルギーを発電か何かに使えないだろうかと思う。こんな小さな体で、片腕に収まる胴体とおまけのような手足でどうしてこれだけの声を出し続けられるのだろうか。大人だったら、全力で五分も叫び続けたら声は嗄れ息は上がり、汗だくで「ようし一キロ痩せた」などとガッツポーズをしているところである。

「ぎえええええ。いえええええええん」

個人的にフィーバー状態と呼んでいるこれがもう二十分間、休みなく続いている。時計を見ると夜十一時三十七分。数分寝ては起きて泣き、半分寝たまま泣き、原因不明のままとにかく泣き、のいわゆる「謎泣き」が始まった時から計算するともう二時間弱になる。通常、蓮くんに対する抱っこには仰向けに寝転んで腹の上に乗せるレベル1から座って抱っこするレベル2、立つレベル3、立ってゆっくり揺するレベル4と各段階があり、泣きの強度に応じて戦力を逐次投入するのだが、今回はいきなり「立って歩き回るレベル5」から入った。それなのに全く歯が立たなかった。ちなみにレベル5が俺の出しうる最大出力であり、これ以上は子守歌を歌う等の望み薄なオプションを試すしかない。だが。

「ぎえええええええん。にぃええええええん。いええええええ」

今夜の蓮くんは全く寝ず、泣きやまなかった。謎泣きが始まってからの二時間で、とれるオプションはすべて試した。時には優しく時には激しく揺れつつ〈ゆりかごの唄〉*10から〈Another One Bites the Dust〉*11まで、知っている歌を十数曲歌った。毛布で手足が縮まるように包む「おくるみ」も試し、おしゃぶりを咥えさせてみた。成長痛か何かが原因かもしれないと考えて足を揉んだ。コートを着込んで蓮くんを毛布でくるみ、近所の公園の周囲をぐるりと一周、歩いてきた。いずれも無駄で、俺は巨大不明生物と戦う自衛隊の気分になってきた。子守歌全弾命中、しかし効果を認めず。おくるみ突破。おしゃぶり全種、二秒で吐出。お散歩で一時沈黙するも目標、帰宅直後に再度起動。もはや打つ手がない。ミルクは然るべき時刻に飲ませてしまったから哺乳瓶は使用禁止。湯冷ましも飲ませたが飲み終わるなり泣き始めたし、男の俺には最終兵器も配備されていない。

「えええええええ。あええええ。いえええええええええん」

育児に関して、男でよかったと思うことは山ほどある。腕力にまかせて抱っこしたまま無理な体勢になっても平気だし、手が大きいので指を一杯に広げればお風呂で洗う時に両耳を同時に塞げる。[*12] 今はまだやると泣くが、いずれ身長を活かして超高高度の高い高いをすれば蓮くんも喜ぶだろう。何よりゴツい男だと、外で赤ちゃんが泣きやまなか

＊10　作詞・北原白秋／作曲・草川信。三番の歌詞に出てくる謎の動物「木ねずみ」は要するにリス（ニホンリス？）のことらしい。

＊11　邦題〈地獄へ道づれ〉。英題は直訳すると「もう一人くたばる」であり、邦題はキャッチーにするための意訳。Queen の名曲の一つだが、曲の途中でフレディ・マーキュリーが明らかに「Oh, チャゲ！」「まだだって！」と叫んでいる。

＊12　赤ちゃんをお風呂に入れて頭を洗う時は、耳にお湯が入らないよう指で耳たぶを畳みながら洗う。これをやるとしばしば指がつりそうになる。

ったり電車内でベビーカーが人の足に当たっても舌打ちされない。子連れに対してうるさいだの場所を取るなだのとナメた暴言を吐く屑は「相手が女性だから」やっているのだ。まあ、仮に暴言を吐かれたら「なんだコラ」と凄んでやろうと思う余裕もあり、それだけでだいぶ気が楽である。

だが一つだけ、男ではどうにもならないものがあった。おっぱいである。無論おっぱいは万能ではないし、興味がないどころか嫌がる赤ちゃんもいる。フィーバー状態では口に含んでもくれなくなることも多い。だがそれでも「いざとなったらおっぱいを咥えさせればいい」というオプションがないというのは、財布を持たずに外出するような不安感がある。いざという時に採れる最後の手段がないということだからだ。こういう時は思う。おっぱいさえあれば、と。だがこれは、こればかりはどうにもならないのだ。

「えええええええええ。ぎえええええええええええええん」

必死であやしているのに、泣き声はさらに激しくなった。電灯を消してタンスや姿見の輪郭が灰色の濃淡になって浮かぶだけの暗い寝室で、悲鳴のような泣き声が空気を激しく揺さぶっている。ただ泣くだけならまだしも、「自分は苦しめられています」という声を出すのはやめてほしい。

「ぎええええええええええええええええ」

「くそっ、なんでだ」

蓮くんは体を反らし、俺の腕から逃れようとする。逃れたら落ちてしまう。頭から落ちれば首が折れて死ぬのに、まったく赤ちゃんという生き物は、なぜこうも熱心に死のうとするのだろう。

「えええええええええ」

なぜ泣きやまないのだろう。ミルクはちゃんと飲んだ。その前にうんちもしたからお腹も張っていない。なぜ今日に限って寝ないのだろう。いつまで寝ないのだろうか。こちらはもう眠いのだ。深夜に必ず起きるせいで、夜から翌朝までまとまった睡眠がとれない日々が続いている。二、三時間も寝ればお前の泣き声で起こされる。朝からこの時間までそれに耐え続け、耐え続けながら家事をし、ようやく一日で最もまとまって休める時間が訪れたところだったのに、それすら許されないのか。

「ぎえええええええええええええん」

泣きたいのはこっちだ、と思う。朝が来ればまた忙しく動き回らねばならないのに、貴重な睡眠時間が減っていく。

疲れている時に一番難しいのは、明るく元気に笑顔を作ることだと思う。どんなに疲れていようが、寝ていなかろうが、子供を抱っこして家事をすることはできる。階段を上り下りして重い買い物袋を運ぶこともできる。走れと言われれば20㎞でも走ってみせる。だが笑顔でいるのは辛い。なのに、子供は当然のようにそれを要求してくる。それならせめて夜、泣かないでほしい。お腹いっぱいで、暖かい蒲団があり、うんちをすれば寝ているだけでおむつを替えてもらえる。抱っこして寝付くまでずっと揺すってもらい、歌を歌ってもらえる。なのに。

「えええええええん」

「何が不満なんだよ！」

怒鳴った後、一瞬だけ沈黙が訪れた。

それから、さらに激しく泣き声が再開した。俺は蓮くんの背中を強く摑んで持ち上げていたことに気付き、慌てて胸の中に抱きしめた。

……俺は今、何をしようとしていたのか。

泣き声の暴風雨の中で熱くなっていた頭がすっと冷えていく。ごまかすことはできない。強く摑んで、たぶん床に叩きつけようとしていた。

「えええええええん」

とんでもないことを考えていたと思う。あえええええええええん」

頸椎骨折か脳挫傷で死んでいただろうか。完全に虐待だ。強く揺する。叩きつける。顔を蒲団に押しつける。ニュースでよく聞くそういう行為だ。

子供ができるまでは、テレビで児童虐待のニュースを見るたび、「自分の子供に対して、どうしてこんなことができるんだろう」と腹を立てていた。愛する我が子に対し、暴力など絶対にありえないと。「犯人」は理解不能な、どうしようもない奴なのだろうと思っていた。テレビの中でもキャスターやコメンテーターが顔をしかめ、沈痛な面持ちで「どうしてこういうことができるんでしょうねえ」と言う。ネットニュースではコメント欄に、親に対する罵倒の言葉が溢れる。何の罪もない子供にこんなことができるなんて悪魔だ。クズだ。死刑にしろ……。

今、俺がそうなるところだった。こんなにも簡単に。

それはぞっとする発見だった。実際に育児をしてみれば、虐待の可能性はどこにでも、誰にでも存在すると分かる。ちょっとした油断で誰でも交通事故の加害者になったり、ネットに流れるデマの拡散に加担してしまうように。

ひとくちに虐待と言ってもその内容は全く違う。継続的に子供を強姦する性的虐待や、ストレス解消のためにサンドバッグ役にして罵倒する精神的虐待、果ては売春させたり万引きをさせて自分が金を得るという形の最低の虐待もある。自分がカルトにはまり、子供を洗脳して入信させるというのも虐待だろう。だがそうした親と、ワンオペ育児で周囲の理解も援助も得られず、どうしていいか分からないまま追い詰められてしまった挙句につい強く揺すってしまった、という親を同じ「虐待」でくくってしまっていいのだろうか。親が子供を食い物にする「利得的虐待」と、とっさにカッとなって出てしまった「衝動的虐待」を分けるべきではないのか。前者に必要なのは子供を親から離すことだが、後者に必要なのは親への支援だと思う。それともそれは、俺が今、やりかけたから思いついただけの自己弁護なのか。

蓮くんはまだ泣いている。はっとして壁を見る。そう壁の薄いマンションではないが、それでも少しは隣に音が届くだろう。蓮くんが生まれた時に両隣と上下には挨拶をした。

だが今、隣の住人は疑っているのではないか。「虐待じゃないの?」と。

「ぎゃあああああああ」

「ちょっ、蓮くんちょっと静かにして。ほら。ほらほらばー。ね。静かに」

あやしながら居間に出る。寝室は壁の向こうがすぐ隣家の寝室だ。泣き声が聞こえ続けていると通報されるかもしれない。通報を受けて来た人間に、隣の奥さんが話しているのが想像できた。「尋常じゃない泣き方でした」「何時間もずっと泣いているんです」そして言う。「隣は、旦那さんがいつも一人で子育てしているみたいなんです」

そんなことはないのだ。沙樹さんは家に帰ればソファに座ることすらせず働いてくれる。蓮くんにミルクも離乳食もあげるし、お風呂にも入れる。うんちの「気配」がしたら飛びつくようにしておむつを替える。だがそんな事情は、周囲の人間には分からない。「あそこの家は父親が平日の昼から家にいて」「育児をしている」「だから変わっている」――そう認識され、その意識がバイアスをかける。「なら虐待もありうるのではないか」と。そしてただ疑惑があるだけでもニュースにされてしまう。「警察官が虐待の疑い」と。冗談ではない。

「やばいやばい」

慌てて蓮くんを揺すり上げ、とりあえず泣かせたまま蒲団に置いて居間に戻り、深呼吸をする。赤ちゃんが泣きやまなくて頭が沸騰した時の対処法は、人づてに聞いていくつか知っている。泣かせたままでいいのでとにかくいち早く、赤ちゃんを安全な場所に置いて離れる。深呼吸をする。ベランダに出て外の空気を吸う。大事なのは赤ちゃんに対して対等な立場での「不満」をもたないことで、そのためには、泣く赤ちゃんから勝手に何かの意図を察するのをやめることだ。赤ちゃんは「不快だから自動的に泣いている」だけであって、「親の至らなさが不満で責めている」わけではない。育児経験がない、あるいは忘れている人ほど、赤ちゃんが泣きやまないことに原因を探す。「抱き方が悪いんじゃないの」「どこか悪いんじゃないの」「やっぱりママがいないから」――そういう糞意見は頭から追い出すべきだ。原因は探すが、ひととおり探して見つからないなら安心すべきだ。充分よくやっていても、どうにもならない時がある。それが赤ちゃんというものなのだ。まだそういう生き物なのだ。

「いええええええん」

泣いているな、と思う。元気でよろしい。それに「YEEEEEEEEEAH!」と快哉(かいさい)を叫んでいるようにも聞こえるではないか。

それでも泣き声を隣に聞かれたら虐待だと思われるのではないか、という不安は消えない。寝室に戻り、蒲団の上で手足をわしゃわしゃ動かしながら泣き叫ぶ蓮くんを抱き上げる。困った。外に出てもいいが、泣き声がますます響くことになる。一旦しっかり起こしてリセットしようにも、この状態だと半醒状態になってしまい、かえってこじれることが多いのだ。かといってこのままだと通報されるかもしれない。

どうしたものかと思ったら、ローテーブルの上の携帯が鳴った。沙樹さんだろうかと思って画面を見たのだが、そこにはぎょっとする文字列が表示されていた。

着信中▽係長

なぜあんたが出てくる、と思う。今は家庭内の場面なのに。それに何時だと思っているのだ。

だが俺はソファに座り、泣きながら反りかえる蓮くんを膝の上の安定する位置に置いた。どうせギャン泣きだ。気分転換にはいい。「……秋月ですが」

——お、起きてたか。ちょうどいい。吉野、ちょっと現場に来い。

「は」だから今は秋月姓だというのに、と思うが、それどころではない。「いえ、どういうことでしょうか」

——お前の証言が欲しいんだよ。ついでに意見も。殺人事件(コロシ)だ。まだ未遂だが、被害者(ガイシャ)は意識不明の重体だ。それなりの確率で死ぬ。

「いえいえいえいえ」相変わらずのひどさだ。状況説明の足しになるかと思い、蓮くんの頭をちょっと持ち上げて携帯のマイクに泣き声を吹き込む。「こちら、こういう状況です」

——おお元気だな。分かってる分かってる。今、六ヶ月だったか？　なら少しくらい目を離しても大丈夫だろう。

「そんな馬鹿な」分かっていないじゃないかと思う。「まさか置いていけと？」

——連れてきてもいいぞ。第七強行犯捜査四係（うちのしょくば）は子連れ出勤ＯＫだ。どうだ「子連れ刑事純情派」。主演は柴田恭兵だな。

どうやら徹夜仕事でハイになっているらしい。四係（うち）の石蕗係長は仕事がきつくなればなるほどハイになり、一度など現場で〈労働讃歌〉[＊13]をラップ部分まで正確に歌い、その様子を見ていた所轄の捜査員が管理官に告げ口したため問題になった。

「自分は育児休業中でありますが」こんな当然のことを何回言わなければならないのだろうか。

——だから堅苦しい書類仕事は免除してやる。まあ家のことがあるだろうにすまんが、与瀬市内だから車なら片道一時間だろう。今は高速も空いてるしな。

ぜんぜんすまないと思っていないじゃないかと思うが、出てきた地名が気になった。

「……与瀬市ですか？」

——そうだ。だからお前が要るんだ。吉野お前、昨夜遅く、与瀬ＩＣ付近で『山西５１０を　８９-３２』のミニワゴンを見ただろう。上からその話が降りてきてな。吉野涼子准教授にはすでにお話を伺っている。

＊13　作詞・大槻ケンヂ／作曲・Ian Parton。ももいろクローバーZの曲だが、後に大槻ケンヂの所属する筋肉少女帯もカヴァーした。

「それは……確かに見ましたが」

確かに怪奇現象ではあったが、あれは完全にプライベートな、うちの家庭内の話だったはずである。なんだか家庭内が係長に監視されているように感じて薄気味悪かったが、とにかく訊いた。「まさか、あのワゴンが何か事件に関係してるんですか？」

――間違いなく関係している。そこでまず質問だが、お前、与瀬IC付近で例のミニワゴンを最初に見たのは何時頃だ？

記憶を探る。渋滞につかまって、ほどなくしてあのカワウソワゴンの後ろについたはずだ。「二十時三十分頃……かと思いますが」

――叶谷ICを出て、その車を再び発見したのは。

「二十三時三十分頃、です」

――吉野先生の話と一致するな。

係長はメモを取っているようである。つまりこれは事情聴取だ。「それが事件に関係を？」

――そうだ。だから貴様も参加しろ。何分で出てこれる？

「いえ、あの」腕の中の蓮くんを見る。そういえば泣きやんでいる。「今から来いということですか。どこに」

――いや、迎えにきてやった。今、お前の部屋の前にいる。

思わず玄関を見た。ホラーではないか。

係長は当然のように言った。

——すぐ出るぞ。四十秒で支度しろ。

4

——ですから、言ったはずです。秋月巡査部長。あなたは育休中です。

電話越しに聞く課長の声には困惑と呆れと溜め息が二割くらいずつ混じっていた。眼鏡を光らせて眉間に皺を寄せる仕事中の顔が浮かぶ。

——石蕗係長に代わってください。警察が法令違反をするわけにはいきません。

「いえ、あの、一応は自分も希望したわけでして」

——立場が弱い者の「希望」は自由意志に基づくものではありません。

硬い言い方をなさる。「いえその、私事ですが、息子の夜泣きがひどいもので。ちょうどドライブに出るところでしたので。ついでに」

——捜査は子守のついでにするものではありません。何よりちゃんと睡眠はとれているのですか？　休まなければ。

「恐縮です」上司としては係長よりだいぶまともだと思う。「しかし、息子もちょうど寝始めたところですので。さっと見てすぐに帰宅します」

前の席の石蕗係長が親指を立てる。課長は電話越しに聞こえる溜め息をついたが、

「ほどほどにしてくださいね」と言って許可してくれた。電話を切りつつ、余計な業務を増やして申し訳ありませんと思う。しかしまあ、こんな時間まで働いているのだから課長殿も同じようなものなのだ。しかもどこから聞いたのか、俺が係長たちに連行されたと聞いて慌てて電話をしてくれた。

係長に報告する。「課長から許可、出ました」

「よし。……まったく、俺たちの仕事は規則、規則だからなあ」現にその規則を大胆に無視している係長が嘆息する。なぜあんたが嘆息する、と思うが口には出せない。

それにしても尻が落ち着かない。座っているのに、どう頑張ってもシートから尻が一ミリ浮いてしまい接触しないかのようである。うちの車に乗っているのに連行されていく気分になる。まあ実際に蓮くんともども連行されているのだが。事件現場に。

原因ははっきりしている。乗っているのは確かにいつものうちの車だが、俺は運転席ではなく後部座席で、蓮くんを膝の上に乗せている。隣にあるのはチャイルドシートで、前には無駄に男前な顔貌(がんぼう)をフロントガラスに映す石蕗係長と、いつもの無表情でハンドルを握る四係の絹山(きぬやま)巡査部長が座っている。なぜうちの車を絹山さんが運転していて、助手席に係長が乗っているのだろうか。なぜこの二人と一緒なのに俺が運転せず一番偉い席にいるのだろうか。なぜこんな時間に与瀬市に向かっているのだろうか。なぜ。疑問は尽きないが、蓮くんが泣きやんでくれたのでよしとした。

「この感じだと、現場までは五十分てとこですね」

絹山さんが言い、携帯で何かを確認していた係長は頷いてこちらを振り返る。「おお、泣きやんだな。強い子じゃないか。親に似たか」

まだ一歳にもなっていないのに強いも弱いもないが、そこはどうでもいい。「事件の概要をまだ伺っていませんが」

「今、教えてやる。焦るなよ。よだれが垂れてるぞ」

「いえ」あんたじゃないんだからと思う。

「今から約二十八時間前の昨日二十時十五分頃、『女の人が頭から血を流して倒れている』という内容の一一〇番通報があった。現場は与瀬市すずらん台二‐十六‐三コーポ張本104の玄関前。今向かっているところだ。被害者は意識不明の重体だが持ち物で身元が判明。先月から現場に住んでいたパートの女で三木幸那（みきゆきな）二十六歳。単身者用のアパートだが生後九ヶ月の赤ん坊がいる。そこのと同じくらいだな」

係長は振り返る。うちの蓮くんはまだ六ヶ月だから全然違うのだが、まあそれは揚げ足取りの部類なので黙っている。蓮くんは俺の袖をぎゅっと摑んだまま寝ており、かすかにプスー……プスー……と鼻息をたてている。

「通報を受けてすずらん台駅前PB（交番）の交番員が現着。一一九番もされていたようで救急隊も前後して来た。被害者の三木幸那は鍵のかかっていない玄関ドアの外に、うつぶせに倒れていた。外行きの恰好で靴を履いていたし、横には赤ん坊の荷物を入れたトートバッグを下部の籠（かご）に詰め込んだままのベビーカーが置いてあった。玄関の上り框のところにも近所のスーパーで買い物をしたとみられるレジ袋が二つ。犯人による偽装の痕跡はなかったから、買い物に行き、帰ってきたところを後ろから殴られたようだな。凶器は焼酎の空き瓶で、被害者の横に落ちていた。どうやら隣の105号室の住人が出しておいたゴミらしい。104号室の玄関ドアは開いたままで、室内には洗面室のところに靴跡があり、一部物色されたようだったが、部屋や台所を始め、それ以外の場所には異状が認められなかった。カード類や被害者の財布もそのままだったから、物盗りとは考えにくい」

「赤ちゃんの方は。まさかこの寒さで外に？」

「目のつけどころが違うな。いいぞ」係長はなぜか満足げに頷いた。「まあ心配するな。三木幸那は帰ってきた後、買い物袋だの何だのを家に運び込んでいる途中でやられたらしい。赤ん坊……三木佳音ちゃんの方は発見時、すでに室内のベッドに寝かされていた。現在は保護されて、三木幸那の実家にいる」

とりあえずほっとする。だが。「単身者用アパートで、母親はパートだという話でしたね。父親は」

「容疑者だ。名前は大内田佳基。被害者の三木幸那とはつい先月、離婚したようだが、その際に親権だの財産分与だので揉めていたらしい」係長は喋りながらタブレットを見ると、一つ二つ操作してからダッシュボードを開け、放り込んだ。「大内田の勤め先は藤原市内。つまり、お前らが昨夜、不法侵入したカワソ什器株式会社だ」

「あ、いえ」なぜ侵入したことまでばれているのだと思うが、姉が気軽に喋ったのだろう。「ということは」

絹山さんが黄信号で丁寧にブレーキを踏み、車が停まる。係長はひと呼吸置いてから言った。

「そうだ。大内田はカワソ什器の営業部員で、普段はお前らも見た、カワウソの絵がラッピングされた営業車で市内外を回っている。昨日は日曜だが、カワソ什器は営業の性質上、そういう日にもルート内外の店舗を回る、というやり方をしていたようだな。社長の方針が『他人が休んでいる時に働く奴が勝つ』だそうだ。合理的だな」

ブラック企業のにおいがぷんぷんするが、まあそのあたりは労基の仕事だろう。「では、事件時も大内田は営業車で」

「そう証言している。そして聞き込みの結果、二十時頃、現場アパートの前に路上駐車している営業車と、スーツ姿の男も目撃されている。もっとも証言した奴は記憶が曖昧で、ナンバーはもとより、あくまでカワソ什器の『営業車らしき車』ということだが」

俺は蓮くんの位置を直しつつ考える。与瀬市に昨夜二十時頃だとすると、犯人は帰り道、俺たちとほぼ同じタイミングで渋滞にぶつかったことになる。「まさか……」

「その、まさかだ。事件時、大内田が乗っていたのが、山西ナンバーの510、を89-32。お前らが見た車だ。カワソ什器の営業車で軽のハイゼットカーゴ。リースではなく自前の車で、ナンバーは特に希望ナンバーではない」

俺は瞑目してシートに背中をあずけた。あのカワウソワゴンはただでさえ怪奇現象だったのに、殺人未遂事件に絡んでいるときている。

「いえ、しかし」俺はシートから背中を離す。「それなら決まりでは？　自分らがその車を見たのは与瀬IC付近からで、時間帯も二十時半頃。大内田がその車に乗って現場からの帰り道だったとすると、時間的にもぴったり一致します」

「ああ。そこは証言してもらうが……」

係長はダッシュボードに入れたタブレットを出した。俺は首をかしげた。これだけ証言があれば決まりではないか。令状も取れるだろうし、あとは大内田を逮捕すればいい。だが、係長は黙ってタブレットを差し出してきた。

左手は蓮くんの下に敷いているので、体を捻って右手を伸ばし、なんとかタブレットを受け取って膝に置く。どうやら防犯カメラの映像のようだ。カラーだが、夜間らしく色は少ない。どこかの建物の玄関先だろうか。敷地内から門を映している。左上に時計表示がある。二十一時三十九分。いや、この門には見覚えがある。「これは……」

「お前らが侵入したカワソ什器の社屋玄関についている防犯カメラの一つだ。最近、塀に悪戯書きをするガキがいるそうで、対策としてこのカメラだけこういう角度にしていたらしいが」

映像はしばらく動かなかった。だが、二十一時四十分十秒を過ぎたところで、信じられないものが映った。

門の外に車が停まる。営業車のミニワゴンだ。そこから男が降りてきて、外でゲートを操作して開ける。男が車に乗り込む。カワウソが描かれたミニワゴンがゆっくり発進し、入ってくる。カメラに向かってまっすぐに入ってくるので、運転席の男の顔まではっきりと見えた。それに、車のナンバープレートも。

――山西510　を　89-32。

とっさに画面を叩いて一時停止し、少し巻き戻して再び再生する。カーブで体が右に寄り、蓮くんがずり落ちそうになって支え、その拍子に落ちたタブレットを拾い上げてまた再生する。

間違いなかった。時計表示を見る。二十一時四十一分。

「……馬鹿な」

思わず口走っていた。大内田はこのたった一時間余り前に現場にいて、この車は二十時三十分頃からずっと、俺たちと一緒に渋滞につかまっていたはずだ。俺たちが与瀬SAを出たのが二十一時二十分過ぎ。その時、この車はまだSA内に停まっていた。それがなぜ二十一時四十一分にここにいるのだろうか。せいぜい与瀬SAを出たところのはずなのに。

やはり姉の言う通りだったのだ。完全に怪奇現象だ。瞬間移動する車。それが殺人未遂事件に絡んでいる。

「……つまり、大内田がアリバイ主張を？」

「そうだ。自分は昨夜、与瀬市には行っていない。二十一時四十分頃には会社に戻っていた。防犯カメラに映っているはずだ、とな」係長はタブレットを指さした。「それでこの映像が出てきた。二十一時四十分に映っている以上、二十時頃に与瀬市内にいたということはありえない。実走してみたが、現場から最寄りである与瀬ICまでは早くても三十分。そこから叶谷ICまでは通常なら十五分ほどだが、昨夜は渋滞の影響で二時間半以上はかかった。つまり昨夜は、現場からどんなに急いで帰っても、カワソ什器に戻れるのは二十三時頃のはずなんだ。なのにこいつはその一時間二十分も前にカメラに映っている」

「N[*14]は」

「まだ回答がない。そもそも移動区間が短すぎて設置箇所を通っていない可能性がある。与瀬ICから現場までの国道には一基あるが、裏道を通っていればかからない」

「ETC記録は」

「照会中だ。だが大内田がもともと被害者宅に侵入するつもりで営業車を使ったとしたら、行きの段階ですでにETCカードを外しているだろう。与瀬市内は営業ルート外らしいからな」

「カワソ什器側では、営業車の出入りはどう管理しているんですか？」

「帳簿に借りた車両と目的地を書き、給油した場合は給油量を自己申告するだけだとさ。いいかげんな会社だ。犯罪捜査に協力する気があるのか」

会社は犯罪捜査のために営業車の使用記録をとっているわけではないが、それはまあいい。捜査本部が大内田の逮捕に踏み切れていない理由が分かった。現時点で、大内田の車が現場に行ったという物的証拠がないのだ。対して「現場に行っていなかった」という物的証拠は、映像というはっきりした形で示されている。これでは逮捕状が取れるはずがない。

蓮くんの体温で太腿のあたりが蒸れてくる。

唸らざるを得なかった。これでは不可能犯罪だ。昨夜、沙樹さんが言っていた。渋滞を高速で通過できる方法など、あったら大騒ぎになっているはずだ。不可能に決まっている。

「だがな」係長は言った。「任意で引っぱって話を聞いた感覚だが、奴はクロだ。防犯カメラの映像もすんなり出てきすぎているしな。何らかの方法であの映像を作ったんだ」

係長が俺を連れてきた理由がようやくはっきりした。俺たち三人は実際に、大内田の車が渋滞につかまっているところをはっきり見ているのだ。それは大内田が与瀬市内に行ったという確かな証拠だった。だが一方で俺たちは、二十三時三十分の段階ですでに例の車のエンジンが冷えていた、という事実も知っている。これはどういうことなのだ

＊14　Nシステム。正式には「自動車ナンバー自動読取装置」。全国の主要道路に設置し、通った車のナンバーを自動的に記録、手配車両と照合して通報する装置。

ろうか？

「……難しいですね」

「そいつをなんとかしてもらう。まずは現場を見ろ」

係長は少しも諦めていない顔で言った。ガラガラの高速を走っていた車がウィンカーを点け、与瀬ＩＣに向かって速度を落とし始めた。

5

日本では母子世帯の平均年収が二百五十万円に満たない。そしてこれはあくまで「平均」であり、貧困率で言うと五十パーセントを超え、ＯＥＣＤ加盟国の中では最悪なのである。結婚・出産で退職した母親が育児をしながらフルタイムの職に戻るのが難しいことだけではなく、別れた夫から養育費を受け取っている割合が二割に満たないことも原因だろう。それまで数字でしか認識していなかった事実だが、三木幸那の自宅に行くと実感として分かった。

現場のアパートは不便な場所にあった。最寄りのすずらん台駅までは徒歩二十五分といったところだろうか。すずらん台という地名が示す通り丘の上なのだが、山の手を装って実態は「駅近くには便利な土地がもうないのでそれまで林だった傾斜地を無理矢理造成した」といった感じの場所であり、まず坂を下って丘から下りなければコンビニにも行けない。バス停も丘の下にしかないし、そもそもバスが二十分に一本しかない。そんな場所に建つ木造二階建ての「コーポ張本」はこの真夜中にざっと見て分かるほどの安普請であり、郵便受けが錆びてまだらになり、二階に上る階段の手すりは金属が毛羽立って、摑むと手を切りそうだった。

蓮くんはベビーカーに置いた途端に身じろぎをして「あえぁ」と泣いた。抱き上げると目を開け、目覚めてすぐ父親の顔を確認できたからなのか、にこっと笑った。かわいい。仕方なく揺すり上げる。まあ、抱いている方がこちらも暖かいのだが。

「相当、生活が苦しかったようですね」自転車置き場には塗装が剝げたり籠の凹んだシティサイクルが二台。車を持っている住人はいないというか、そもそも駐車場のない物件だった。「離婚時に争っていたと聞きましたが、養育費はもらってるんですかね」

「まだ確認していない。本人から聞きゃ早いんだが、昏睡状態だしな」係長は寒そうに腕をさする。「殴られたくらいでだらしない被害者だ。さっさと目覚めて証言してほしいもんだ」

係長は証人に、というか人間全般に優しくない。「まあ被害者と大内田の仲が悪かったとしてもよかったとしても、信用性は疑問ですね。……あれ、現場ってあの部屋ですか」

おかしい、と思ったのは現場の１０４号室だけドアが開き、明かりが点いていたからである。中から漏れた光で、玄関前に白のテープで描かれた人形が見えた。殺人未遂事件の現場なので、もちろん１０４号室の玄関周囲はテープが張られて封鎖され、所轄の人間が番をしている。だが現場検証も済んだはずなのに、こんな時間に現場で誰が何をやっているのか。

と思ったら、玄関の中には姉がいて、番をする役なのであろう制服警察官と「からあげクン」を分け合いながら食べていた。

「ハル、遅い」姉が残ったからあげクンを口に押し込む。

「なんでこんな時間にからあげクン食ってんだよ」いや、そこはわりとどうでもよかった。「そもそもなんでいるんだよ?」

「事件だし」

「だからなんで事件だというんだよ?」

「俺が電話した。快く呼び出しに応じてくださった」係長は姉に対しては丁寧に頭を下げた。「ご足労いただき感謝いたします」

どちらにしろ非常識な時間によく呼んだものだと思う。制服警官が食べかけのからあげクンを慌てて口に入れながら敬礼しようとして熱さにむせつつハフハフしているので、落ち着けとなだめる。蓮くんの方は「キャー起きてるのー。えらいねー」と猫撫で声になった姉にあっという間に奪われた。

「蓮くーん。んー、このムッチムチの手が。手首のところの肉が輪ゴム巻いたみたいだねー。ハムだねー。ブランデーと醤油でソテーかなあ」

「人の子供のレシピで悩むな」

「病院側に頼んで診断書と被害者本人の状態を確認しましたが」姉は突然猫撫で声をやめて早口になった。「皮下出血のみで頭蓋損傷も血腫(けっしゅ)もなし。殴られて揺さぶられた衝撃で昏倒、つまりただの脳震盪(のうしんとう)ですね。もともと体力が低下していたのか、なかなか目覚めないようですが」

「電気ショックなんかですぐ起こせませんかね。記憶が薄れる前に証言してもらいたいんだが」証人に優しくない係長が頭を掻く。

「目覚めてもたぶん、犯人の姿は見ていないでしょう。凶器はそこのそれで間違いないようですが、傷の位置からして真後ろからガツンですから」

姉が指さしている地面のあたりには、数センチくらいの大きさでテープが輪を作っている部分がいくつかあった。もちろんテープだけで、そこにあったものはすでに回収されている。俺が周囲を見回すと、係長が隣の部屋のドア前を指さして説明してくれた。

「凶器の酒瓶はわりと派手に割れて飛び散っていた。隣の住人が出してそこに置いてあったらしいな。いつも置いてあったというわけじゃなく、昨夜はたまたま出しておいただけ、とのことだが」

「『天孫降臨』[*15]だそうだ」車を置いて後ろに来ていた絹山さんがぼそっと呟く。「昔飲ん

＊15　宮崎県高千穂町の神楽酒造株式会社が提供する本格芋焼酎。黒麹の「黒麹天孫降臨」もあり。

だが、旨(うま)かったな」

その情報はどうでもいいが、要するに犯人はここを訪ねてこっそり何かをしようとし、そこで被害者と鉢合わせして焦ったか何かで、とっさに殴ったということなのだろう。つまり犯行には全く計画性がなかったことになる。まあ「殴って気絶させようとした」という時点でそこは間違いがない。ドラマなどでは未だによくあるシーンだが、現実には後ろから酒瓶で殴ったくらいで人間を昏倒させることなどそうそうできない。今回たまたま被害者が倒れてくれたというのが、そもそもかなり珍しい偶然なのだ。

だが、とっさの犯行となると。「指紋は」

係長は首を振る。「ゼロだ。部屋の中からもな」

カワソ什器の営業車で来たなら工具一式、車内に揃っているだろう。部屋に侵入するつもりなら軍手をしていたかもしれないし、この季節なので最初から手袋をしていた可能性もある。

「殺すつもりだったらなんで瓶の縁で殴らないかね。どうせ失敗したらあとで『殺意はなかった』とか言い訳するためでしょ。卑怯(ひきよう)だよね」姉がうちの子を抱いたまま青山二郎みたいなことを言う。[*16]「殺意の認定は難しいかもしれないけど、まあ思いっきり殴ってるから『死んでもいい』くらいのつもりはあったかもね。私が鑑定してたら『その他』欄に『殺意ありと推認される』って書くと思う」

「いつも検案書にそういう余計なこと書いてんの？」

そもそも今回の被害者は生きている。まあ殺意については「未必の故意[17]」ということになるだろうが、気になるのはそこではなかった。俺は玄関前に貼られた白枠のところにしゃがむ。白枠はちょうど万歳をするような形の人形と、凶器の酒瓶が飛び散った場所らしきいくつかの他に、七十センチ程度の四角形に囲ったものがある。

「これがベビーカーですね。事件時、被害者がどういう状態だったのかが、具体的にいまいち分からないんですが……」

「近所のスーパーから帰ってきたところだったらしい。で、ベビーカーを外に置いたまま荷物を置いたり何やらしている時に後ろから殴られた、ということらしいな。犯人はどこか、そこらの柱とか消火栓の陰に潜んでいたんだろう」係長はふう、と白い息を吐いて腕を組む。「赤ん坊絡みだからお前を呼ぼうと判断した。どうだ、育児経験者として何かないか」

＊16　「汚れつちまつた悲しみに……」の中原中也は飲むと人に絡んで暴れるどうしようもない奴だったらしく、批評家の中村光夫に「殺すぞ」と怒鳴ってビール瓶で殴ったことがある。それを見ていた美術評論家の青山二郎が「殺すつもりなら、なぜ壜の縁でなぐらない。お前は横腹でなぐったじゃないか。卑怯だぞ」と怒ったらしいのだが、怒り方が斜め上すぎてわけがわからない。

＊17　結果発生を積極的に狙ってはいないが、「別にそれでもいいや」で犯罪をした場合のこと。普通の故意と同じ扱いをされる。

「いえ、そんな簡単には」雑な判断だ。「それより、犯人が何をしに現場に来ていたかが気になりますね。部屋に侵入するつもりだったようですが」

「上がって見てみろ」

係長が部屋の中を指さすので、靴を脱いで玄関に上がる。コーポ張本は最近リフォームしたばかりなのか内装は綺麗で、真っ白い壁紙には染み一つなかったが、間取りまで変わるわけではない。玄関の靴脱ぎは単身者用アパートによくある極めて狭いもので、置いてあるのはサンダル一つ。傘立てを外に出しているにもかかわらず、俺と姉と絹山さんの靴が並ぶと一杯になってしまった。

上り框のところにいくつかの白い枠がある。これが被害者が置いた買い物袋と荷物だ。それとは別に、廊下の上に点々と作られている囲いがあるが、これは血痕などではなく、侵入した犯人の足跡痕のようだ。足跡は正面の居室には入らず、なぜか手前の洗面室にまっすぐ向かっていた。失礼、と小さく断りつつ進む。

足跡は洗面室に入り、洗面台のところに続いていた。洗面台の下の戸が少し開いている。

「……ここを犯人が探ったんですか」

「被害者のシャンプーは『TSUBAKI』か。赤いやつってことは、しっとりまとめたかったらしいな」[*18]後ろから来た絹山さんがどうでもいい情報を言った。「ここも事件時のままだ。ただし何がなくなっているかは分からない。金目のものは部屋の方に全部残ってたしな」

「産後は髪質がバサバサになったりしますからね」

なんでそこに返しているんだろうと自分でも思うが、とにかく犯人は上がり込んでまずここを探り、そして一発で目的を果たして出ていった、ということらしい。部屋の方も見ようと廊下に出たら、足元にいきなり赤ちゃんがいてつまずきそうになった。「うわっ。なんで蓮くんいるの」

「はいはいしたいって言うから。おー、元気だねえ。夜更かしさん」

蓮くんは「ちゃー」などと言いながらずりばい[19]で移動し、廊下の足跡痕に立てられたプレートに手を伸ばす。慌てて抱え上げて後退させる。「ちょっ、蓮くん現場荒らさないで」

「あー」

「現場の空気、好きか。よしよし」怒るべき係長がなぜか腕を組んでにこにこしている。

＊18　株式会社資生堂の商標。「しっとりまとまる」「さらさらストレート」「ふんわりつややか」の三種類がある。

＊19　両手と両膝だけで体を支えて移動するのが「はいはい」で、腹や足を床に擦りつつ匍匐前進のように移動するのが「ずりばい」。まだ体幹を持ち上げることができない赤ちゃんがはいはいの前段階として習得することが多いが、いきなりはいはいをする強者もいる。

「そうだ。刑事はそのくらいでないとな」

やめてくれと思う。本人が望むなら仕方がないが、警察官になってくれとは父母ともに思っていない。だがそもそもこの間、強盗犯に人質にとられた上に射殺体を見ているというのに、またこうして殺人未遂事件の現場を這い回っている。どれだけ血のにおいのする赤ちゃんなのだろうか。

「まあ、そういうわけでな。侵入したくせに部屋の方に入った痕跡が全くない。そのあたりを見ても犯人は大内田佳基で間違いないわけだ」係長は仕事の口調に戻った。「昨日、宮崎からはるばる来てくれた三木幸那の両親に確認した。被害者は、大事なものを洗面所に隠す癖があったらしい。それを知っているのは相当親しい人間だけだということだ」

預金通帳やら実印やらを家の中のどこに隠すかは人によって違う。「冷蔵庫の中」だの「本棚の間」だの、人によって「ここが最も狙われにくい」と考える場所はいろいろある。もっとも、慣れた空き巣などはそのパターンを知り尽くしていて、たとえば冷蔵庫の中などは真っ先に漁られるのだが。

なるほど動機、目撃証言、犯行態様、あらゆる情報が、大内田佳基が犯人であると示している。犯人は間違いないようだ。通常ならとっくに大内田を逮捕しているところで、取調の進み方によっては捜査本部が立つ必要すらない事件のはずだった。

だが、捜査本部は奴を逮捕できていない。おそらくこの状況では逮捕状も出ないだろう。奴には「二十一時四十分頃にカワソ什器にいた」という鉄壁のアリバイがあるからだ。
係長が俺だけでなく姉まで呼んだ理由が分かった気がした。通常、犯罪捜査において
こういう状況は珍しい。係長の勘が「通常と異なる捜査が必要」と言ったのだろう。
「なるほど、大内田のアリバイをなんとかしなきゃいけないわけですね。具体的には、
カワソ什器の防犯カメラに残った映像を」
大内田の方も、このままでは自分がすぐに捕まると思ったからこそ、なんとかしてあ
の映像を用意したのだろう。だがその方法が分からない。
「……映像に加工でもしたんですかね」
「確認したが、それはないな。そもそも、見ての通りとっさの犯行だ。そんな手のかか
ることができたとは思えん」
つまり映像の加工はもちろん、偽造ナンバープレートだの共犯者だのを使ったトリッ
クもできない。大内田にそんな時間的余裕はない。
そうなのである。最大の問題はそこだった。あの映像がトリックだったとして、事前
に何の準備もなしに、とっさに、そこらにあるものだけでできるものだろうか？　これ
はただの不可能犯罪より、ずっと条件が厳しい。
「ちなみに、殴られたのが狂言、ってことはないからね」姉が自分の鼻を指して言う。
「鼻のここんとこ折れてたから。あれは顔から倒れたね。額もここんとこすりむいてた
し、演技でできる倒れ方じゃないよ」

あるいは、と考えかけたことを姉がさっさと否定した。

頭を掻く。黙って悩むよりとにかく足を使え、と教わっていることもあり、俺は廊下奥の居室に入った。

六畳一間という間取りは、育児をするには狭すぎるようだった。開いたドアのすぐむこうにベビーベッドがあるので、体を横にしないとそもそも部屋に入れない。そしてなぜこんな邪魔なところに、という疑問も、部屋に入るとすぐに解けた。そこしか場所がないのだ。断熱材入りのフロアマットが敷かれてピンクと青の市松模様をしている床面。そこに散らばったボールやビニールのぬいぐるみ。振ると音の出る音符形をした赤いプラスチック製品に、押すと音が出るアンパンマンのぬいぐるみ。オルゴールがついていて走らせると音楽が鳴る木製の車。複雑に曲がったレールに色とりどりの数珠玉が繋がった何とも形容のしがたいおもちゃ。育児という文脈でなければアート作品でしかありえない奇妙奇天烈なそれらの物品が床に散乱し、テレビのリモコンやティッシュの箱といった日用品ははるか上、棚の天板に追いやられている。大人だったら派手すぎて絶対に買わない原色で一杯の部屋に、ああこの光景は見たことがあるぞと思った。うちもこうだからだ。

部屋は散らかってはいるが、荒らされてはいなかった。足痕跡もドアに近付いてすらいない。犯人が偽装のため、この部屋だけは靴を脱いでから入った可能性もあるが、そもそも「真っ先に洗面所に向かう」という痕跡を残してしまっている犯人が、途中からそんなに慎重になるとは到底考えられない。

キッチンを振り返ると、ミルクがついたままの哺乳瓶がシンクに立てられたままだった。とっさに「洗って消毒しないと」と思う自分を抑える。むせかえるような生活の匂い。そしてかすかに体臭とミルク臭がする。三木幸那はこの狭く雑多な部屋で一所懸命に娘を育て、生活していた。

「あー、こら、蓮くん駄目」

「あー！　やー！」

後ろから姉と、蓮くんが何かに抗議する声が聞こえる。振り返ると、いつの間にか玄関まで移動していた蓮くんがクレ5-56のスプレー缶を両手で摑んで泣き叫んでいた。そういえば玄関には作りつけの棚があり、扉が少し開いていた。そこに置いてあったものだろう。油断していた。ずりばいに慣れてからというもの気がつくと瞬間移動していてぎょっとすることがあるが、これはまずい。

同じ判断をしたらしき姉が力ずくでスプレー缶を奪うが、すでに蓋まで外していた蓮くんは突如入った妨害にコロンと仰向けになり、絶叫して抗議する。「ええええええええ。いえええええええん」

「あー蓮くんほら、ごめんね。それ駄目」

幸い蓮くんはまだしゃぶってはいないようだったが、スプレーのボタンを押すくらいのことはもうやりかねない。急いで駆け寄って抱き上げるが、蓮くんは「ぎゃああああ」と不満を全身で表明しながら抱っこ抜けを試みるので持ち上げるのが大変だった。

「クレ5-56がそんなにいいのか。個人的には『サビ取り職人』[21]もおすすめだぞ。ひと噴きでほとんどこすらずにいける」

「いや、蓮くん最近スプレー缶が大好きなんで」どうでもいい情報を入れてくる絹山さんを止める。「あとビニール袋と新聞紙が」

なんだか分からないが、赤ちゃんはツルツルした触感のものとかガサガサ鳴るものが大好きである。そしておもちゃよりは大人が使う道具、安全なものより危険なものを触りたがる。

「よく分からん生き物だな。そういえばうちのガキもそんなんだったか」係長が興味深げに蓮くんの顔を覗く。そういえば腕の中が静かになったなと思って見ると、蓮くんはほっぺたに涙の粒を載せたまま泣きやんでいた。

「で、何かないか。いい閃きが」

「いえ、そんな」首を振る。そんな、質問すれば手がかりを言ってくれる便利アイテムのように思われても困る。

「まあ、いいがな」係長は鷹揚に頷いた。「大内田は今のところ任同にも応じてるし、じっくりやるつもりだ。心配するな。与瀬署の近くにはドラッグストアがあるから、おむつもミルクも買えるぞ」

「えっ、いえ……あの、自分、そろそろ帰宅」

「証拠品は与瀬署にまとめてあるから確認しとけ。まあ赤ん坊連れじゃ朝いろいろ大変だろうから八時にしてやる。刑事課は三階だ。大内田佳基は明日も朝から取調だから、こっそり取調室に張りついて聞き耳立ててもいいぞ。大サービスだ」

何が大サービスだ。「それ、まずくないですか。捜査本部員でもないのに」

「たまたま聞こえちまったんだから問題ない。それと与瀬署には話を通してあるから泊まっていっていいぞ」

いいぞ、じゃないだろうと思うが、係長はまるで部下のために配慮をしてやったかのような笑顔で出ていく。育休中なのに捜査本部に泊まり込めと言うのだろうか。赤ちゃん連れで。

しかし、家を出る前あれだけ泣いていた蓮くんは、腕の中でしっかり眠ってしまっている。これから連れて帰ると朝になってしまうわけで、残念ながら蓮くんは夜どんなに泣いても朝になるといつもの時間にしっかり起きるから、今から家に戻っていたらこちらの睡眠時間がゼロになってしまう。このまま近くに泊まれるなら確かにありがたいの

＊20　赤ちゃんが両手をバンザイして、するりと抱っこから抜け出す技。そのまま落下するので、突然やられるとかなり慌てる。

＊21　株式会社允・セサミが提供するサビ取り・防錆スプレー。サビに噴きかけると紫色になるのが妙に爽快。

だ。おむつにミルク、おしり拭きに着替え一式、エプロンと哺乳瓶とインスタントの離乳食一食。泊まれるだけの用意はしてきた。俺自身の身支度は全くできないが、そんなものはなんとでもなるし、どうでもいい。

子供ができてからというもの、自分の身だしなみはすっかりどうでもよくなっていた。多少みっともない恰好で出歩いたところで死ぬわけじゃなし、という変な図太さが身についている。無精鬚(ひげ)のまま出かけたりすることも多く、これでは沙樹さんにがっかりされるな、と思うが、実のところ彼女の方も似たような状態なのだった。

6

「あー。ちゃ?」

「うん。それ振り込め詐欺防止ポスターだよ。『その電話、本当に息子?』」

「あは。あー。こお?」

「これは覚醒剤撲滅運動のポスター。『一回だけなら、で人生終了』」

「こお!」

「それは指名手配犯。平田郁夫五十三歳。殺人・強盗事件の容疑者だよ。蓮くん見たことあるかなー?」

「お!」

朝っぱらから赤ん坊に何を見せているんだと言われそうだが、警察署のロビーとなると見るものが自然とこうなる。また、なぜかそういう物騒なものに限って蓮くんはよく反応し、最近覚えた「こぉ！（これ！）」で指さしをするので、親としてはつい反応が見たくて指名手配犯のポスターなど見せてしまう。不思議なことに蓮くんは家にいるより警察署の休憩室にいる方が落ち着くらしく、結局朝までぐっすりだった。こちらも珍しく六時間ほどまとまって眠れたため、ついテンションが高くなってしまう。朝八時の与瀬警察署一階ロビーには人の姿もまだ少なく、その中でベビーカーを押しているのだから目立ちに目立っているのだが、蓮くんは制服警官も好きらしく、お得意の「こぉ！」で指さしをしては周囲の空気をクリームピンクに変えている。

結局、係長の思惑通り与瀬署に泊まらせてもらうことになってしまったが、沙樹さんの帰宅は早くて今夕、蓮くんはよく寝たし機嫌よくしてもいるので、まあ結果オーライである。借りた髭剃りとタオルで一応の身だしなみもできたし、夜勤の職員もとても嬉しそうで、何やかや世話を焼いてくれた。通常は母乳である蓮くんの朝食もミルクで問題なく済んだ。蓮くんは朝飯が母乳かミルクかなんて今はどうでもよいらしく、それよりも周囲に溢れる見慣れない物品たちの方がはるかに興味深い、と言わんばかりのぞんざいな飲み方で２００mlのミルクをあっという間に平らげ、げっぷのために抱き上げられるのも嫌な様子で廊下に出たがり「あっち。え」と言っていた。「あっちへ」「あっち。出る」のどちらかだろうかまさか、と思う。助詞や二語文が出てくるのはまだだいぶ先のはずだ。[*22]

しかしとにかく朝の支度が済んだなら蓮くんの、いや係長の指示通り休憩室から出て、三階の刑事課に向かわねばならないだろう。現在、任意で出頭した大内田は三階の刑事課で取調中のはずである。蓮くんを連れている以上静かに聞き耳を立てることなどできまいが、もし見つかってもこの恰好で警察官だとばれるはずがないわけで、係長もそう計算しているのだろう。ひどいものだ。溜め息をつきつつベビーカーを押す。目の前でエレベーターのドアが閉まりかけたが、中の人が「開」を押してくれたようでまた開いた。ボタンを押してくれていた初老の女性にありがとうございますと返すと、女性は蓮くんを見て「あら可愛い」「ちっちゃいのねえ」とオーソドックスな反応をした。

しかしなぜか、俺たちが乗り込んでも女性は「開」のボタンを押したままだった。後ろに誰かいるのだろうかと振り返ったが、見える範囲には、エレベーターに乗ろうとしている人間はいない。

「……あの？」

俺がどう訊こうか迷っていると、女性の方も怪訝そうな顔でこちらを見た。「あら、ママは？」

「えっ、いえ」母親が同行していると勘違いされていたらしい。「いませんが」

女性ははっとした顔になり、切迫した声で「あらっ！　ごめんなさい」と言ってドアを閉じた。「ごめんなさいね。何も知らなかったもんだから」

「はあ」

　そこでようやく俺も気付いた。「あっ、いえ。いますいます。生きてはいます」徹夜仕事で死にかけている可能性はあるが。「今日は一緒でないだけです。自分、育休中でして」

　慌てすぎて一人称が「自分」になってしまったが、とにかく伝わったらしい。女性も俺同様にあたふたしながら「あら、そうなの」「パパ一人で」「大変ねえ」「大丈夫？」とたて続けに声をかけてきた。

　蓮くんの顔がよく見えるようにベビーカーの向きを変えつつ応対する。平日の午前中に、男一人でベビーカーなど押していると、こうしたことがよくあるのだった。この女性は六十代前半といったところだろうか。上の世代はどうも、男性が一人でベビーカーを押していると、「何か事情があるのだろう」と思ってしまう傾向があるらしい。むろ

＊22　子供の言語発達はおおよそ「アー」「ウー」（クーイング。三ヶ月くらい）→「マーマー」「ダーダー」（喃語。六ヶ月くらい）→「あちゃんでぶ。ぱっちゃあまんおぶわ。しぇぎぇちゃちゃまいぇあおむえぶ」（宇宙語。一歳くらい）・「ママ」「ワンワン」（単語。一歳くらい）→「ママ、出る」「ブーブー、もっと」（二語文。二歳くらい）という順序をたどるが、どれかの過程を飛ばしたり習得が早かったり遅かったりすることもよくあり、たとえばアルベルト・アインシュタインは四、五歳までまともに話さなかったという。

ん善意であるし、ドアを開けてくれたり荷物を持とうとしてくれたり、まるで完璧なレディファーストのごとき接し方をしてくれるので感謝すべきなのだが、ベビーカーをちゃんと押せるのか、ちゃんと抱っこができるのか、とそのレベルから心配されるので、「なんだかなあ」と思う部分もなくはない。そもそもレディファーストというもの自体、女性をか弱いもの、無力なもの扱いした上で優しくしてあげようという女性蔑視の側面があったりするわけで、そこには「守ってあげるかわりに、自分たちと同レベルとは絶対に認めない」というバーターの関係があるのだ。育児する男性に対して一部の女性がとるこうしたレディファースト的態度は、これまで自分たちが「無力な女子供」として扱われてきたことへの復讐なのだろうかと考えたりもする。もっとも現時点では単に助けてくれるだけでだいぶありがたいので、手助けをする側の心理まであれこれする段階ではないと思って黙っているのだが。

「そうよねえ最近の男の人は。パパだから育児できないなんてないわよねえ」

「そうですね。むしろ腕力があって便利です。力仕事なんで」

こちらが返事をすると、蓮くんを覗き込んでいた女性は背筋を伸ばして言った。「そうよねえ。うちの元嫁なんて女なのにひどかったもの。あっちの方が虐待よ絶対。男女差別よね」

「そういう人もいるかもしれませんね。ご苦労されましたか」

何が「あっちの方」で何が差別なのだろうかと思ったが、どうも相手の喋るスイッチを押してしまったらしい。まあ誰にでも身の上話を語りたがる人はいるし、赤の他人だから話しやすい、ということもあるのだろうが、聞き込みの時もこのくらいすんなりスイッチを押せればいいのにと思う。

「だいたい弁護士って言っても頭が古い人もいると思うのよ。子供にはやっぱり母親がいないとみたいなことをね。そんなこと言ったらこっちだってばあばがいるわよ」

「はあ。……あ、失礼ですが息子さんが離婚訴訟か何かを？」

「そうなの。そしたらね弁護士がひどいのよ。通常は親権は母親の方になるから諦めた方がいい、っていきなり」

　エレベーターが三階で停まったので降りたのだが、女性も続いて降りてきた。そういえば三階のボタンが最初から押してあったのだ。しかし、と思う。この女性は三階のどこに用があるのだろう。通常、一般市民が警察署に用があるとすれば運転免許関係か集会許可程度で、これらはすべて一階で済む。警察署の二階以上というのは、「普通の市民」なら入らない場所のはずなのだ。三階というと刑事課に用があるのだろうか。それもこの時間。加えて「息子が離婚訴訟」となると。

「じゃ、ろくに審査もしないで親権を取られたんですか？　息子さんの方はフルタイムでお勤めで、経済状態も悪くないのに」

「そうよ真面目に働いてるわよ。あらあなた弁護士さん？」

「いいえ、友人に弁護士がいるんで」

どうやら「警察官です」と言わない方がいい相手らしい。顔は知らないが、この女性は大内田佳基の母親ではないか。任意同行に応じた息子を心配して迎えにきたところなのだろう。

だとすると、ここで盛り上がれば何か情報が得られるかもしれない。女性は俺が刑事だとは全く思っていない。蓮くんを連れているのだから当然なのだが、しめたと思った。

「弁護士でも不勉強な人は不勉強らしいので、もしよければいい弁護士をご紹介します」

「あら、そうしてくれるとありがたいけど」女性は廊下の先を見る。「あなたのお時間は大丈夫なの？」

「昨夜、うちに変な人が来て」ここまでは嘘じゃないよなと思う。「通報したら、なんか調書取るから明日来てくれって言われて来たんですけど、まだ時間があるので」

「あら何。泥棒が来たの？」

「いえ、誘拐犯みたいな感じでした」嘘は言ってないよなと思う。「そちらはお時間、大丈夫ですか？」

「ええ、たぶん」女性はすでに来たことがあって慣れているのか、躊躇（ちゅうちょ）なく傍らのベンチに座りつつ、廊下奥のドアを見た。

間違いない。刑事課の取調室である。俺もベビーカーを止め、隣に座った。

「あのね話って言ってもそうないんだけど、うちの息子の嫁がどうしようもない人なのよ。がさつで、妊娠中もお酒飲んでるような人で」

ないわよねえ」

「それに息子が言うには休みの日にパチンコ行ってたっていうのよ。赤ちゃんがいるのに。離乳食もインスタントばかりで、全然自分で作ってあげないんだって。愛情が足りないわよねえ」

「はあ」目をそらす。うちも最初の頃はほうれん草だの人参だのを三十分かけてゴリゴリすり潰していたのだが、今はほとんどインスタント頼みだ。

「どうしようもないから離婚ってなったんだけど、そしたらのんちゃんの親権はあっちだって言うのよ？　母親の方がいいからって。ちょっと一方的じゃない？」

「ですね」のんちゃんというのは保護された三木佳音ちゃんのことだろう。

「でもね母親の方がひどいのよ。あんなにいいかげんなくせに勝手に連れて家を出てっちゃって」女性はコートの内ポケットから携帯を出した。「でもね、調べてみたらこんななのよやっぱり」

　女性が見せてくれた携帯には、夜に撮影した写真が表示されている。アパートの玄関ドアを遠くから撮ったもののようで、もしやと思ったが、間違いなく昨夜訪ねた三木幸那宅だ。ドアは閉まっており、ドアの前にはベビーカーだけが出ている。下の方は手前の植え込みの陰に隠れて見えないが、おそらくうちのと同じAprica の「マジカルエアー」というやつだ。軽いので重宝するが、それよりも。

「……ベビーカーだけですね」携帯を借りてよく見る。親はどこだろうか。

「そうでしょう？　これね、なんとか裁判で親権を取りたいからって、息子が探偵さんを雇って調べたの。そしたらこんななのよ。実態が」

画像の隅の方、隣の部屋のドア横に酒瓶が並べてあるのが見える。昨夜見た現場だ、と思ったが態度に出ないようにしなければならない。だが女性はそもそも俺の態度など全く見ていない様子で喋り続けている。

「これ最近よ？　真冬にねこんな、赤ちゃんだけ置いて母親は家の中にいるのよ。これどう思う？　なのにね、この母親、倒れて入院したんだけど、そしたらのんちゃん、病院が勝手に母親の実家にやっちゃったの。うちに一言の相談もなく、よ？」

「それはひどい。普通、連絡ぐらいは入れるのが常識ですよね。家の事情も分からないのに」

相槌を打ちつつベビーカーのハンドルを撫でる。まったく、この大内田の母親もよく喋ってくれる。この母親が与瀬署に来たのは佳音ちゃんを引き取らせろと訴えるためでもあったのだろうし、そういった「不当な扱い」を誰かに話したくて仕方がなかったのだろう。無関係の人間相手ならかえってぺらぺらと話すということはよくあるし、とっておきのこの画像も見せずにはいられなかったのだろう。

しかし、それにしても、だ。蓮くんがいると恐ろしいほど聞き込みがはかどる。とりあえず動機が明らかになったのだった。大内田佳基が三木幸那宅に侵入しようとした動機も、トリックを用いてアリバイ作りをした動機も。

だが、肝心のトリックは全く分からないままだ。

7

グラタンが熱くてなかなか食べられない。見たところほとんど湯気が出ておらずもう冷めたかと思うのだが、カリカリとした焦げ目のついた表面にスプーンを入れるとクリーム色の断面からは急にぼわりと湯気がたちのぼり、チーズがとろりと溶けて垂れる。口に運ぶと濃厚なチーズ味の前にまず熱さがやってきて、ハフハフとして熱さを逃がす合間にしか味わう余裕がないのがなんとも勿体ない。しかし塩味もチーズの量も適切なようだ。切り方が均一でなく厚いものなどはレシピの倍くらいになってしまったジャガイモも、かすかに芯があるかないかくらいできちんとホクホクしている。沙樹さんや姉の方には固いものがあるかもしれないと心配になって窺うが、何を作っても必ず褒めてくれる沙樹さんはともかく姉も何も言わないので、とりあえずは大丈夫なのだろう。オニオンスープもコンソメと微量の塩だけなのに玉葱(たまねぎ)の香りがほのかにきいていて、店のような味だ。最初の頃はあれもこれも足した方がいいだろうと思ってパセリやローリエや胡椒やすりおろし大蒜(にんにく)や味の素を毎回全投入していたのだが、沙樹さんの料理を見て「味付けはシンプルな方が結局うまくいくものらしい」と知ってからは一つレベルが上がった気がする。実際、スープなどは何を入れるかよりちゃんと煮込むかが大事で、玉葱や手羽先を茹でた時点でもうかなり美味しいものになっているのだ。

もっとも料理の出来など気にしているのは俺一人のようで、沙樹さんはいつも通りリスのようにほっぺたを膨らませてもぐもぐ食べている。姉はボトルで持参した「天孫降臨」を旨い旨いとぐいぐい飲んでいるがなぜその銘柄なのか。「参考のために」と言っていたが飲んだあと何に使うのか。今夜はこの人に背中を見せないようにしようと決めた。足元で何か動いたと思ったら、寝ていたはずの蓮くんもいつの間にか移動して食卓の下に来ている。最近、大人の食べるものに興味がでてきたのか、あるいは単に「自分には見えないテーブルの上」で大人たちが何をやっているのかが気になるのか、必ず寄ってくる。

「……つまり、動機は親権争いか」姉は「天孫降臨」をぐい、とラッパ飲みする。グラスを使っていたのは最初の一杯だけである。

「なんかへこむ」関係ないのに沙樹さんがうなだれる。「うちだったら絶対、親権ハルくんだよね」

「いや、どうでもいいからそれ」グラタンを吹き冷ます。まだ熱そうだ。「実際のところ、大内田佳基本人よりその母親の方が熱心なんだろうけどね。大内田佳基自身もあの母親に乗せられたか、何割かは言われて仕方なくなのか」

「親権争いに有利になるような何かを盗みに、三木幸那宅に侵入しようとしてたわけね」姉はサラダの上のベーコンだけをフォークで器用に食べた。「離婚時に切り札にされた何かがあるのかも。示談書とか診断書とか」

「診断書？」

「身体的虐待で痣ができましたーとか、精神的虐待で鬱だの適応障害だのになりましたーとかのやつ。子供に対する虐待の『証拠』なのか妻に対するＤＶの『証拠』なのかは知らないけど」

なるほど預金通帳などとは別の場所に隠す「大切なもの」となると、確かにそういうものになりそうだ。俺はグラタンを多めにすくって口に運ぶ。熱い。「そういう場合って、診断書だけ盗んだところで意味あるの？」

「ＤＶなんかは、何月何日にこれだけの痣があった、とかが大事だから」沙樹さんもグラタンをすくいつつ答えた。「日付つきで医師が証明した、っていうのは大きいと思う。痣なんかは消えちゃうし。逆に言えば、診断書なしだとＤＶなんかの主張は厳しいかも」

「あったからって絶対証拠になるわけじゃないけどね」姉は赤い顔をしてサラダのレタスにフォークを突き刺す。「患者に言われるままにホイホイ診断書書くバカが多いんだよ。鬱とか適応障害とか、あとは交通事故のむち打ちとか、結局は患者が症状を訴えたらそう診断するしかないから」

そういえば交番勤務時代、お互いの車に傷もついていないような軽い接触事故なのに、ぶつけられた方が「首が痛い」「むち打ちだ」と言いだし、結局人身事故にしなければならないことがあった。明らかに取ってつけたような主張であり虚偽告訴罪とか詐欺罪に当たるのではないかと思ったが、先輩はあきらめ顔で「本人が訴えてる以上、どうしようもない」と首を振り、ぶつけてしまった方を慰めていた。「診断書」と言うと絶対の客観的証拠のように思えるが、実態はけっこう言ったもん勝ちな部分があるのだ。

姉は「天孫降臨」をあおる。「睨むなって。そういう医者ばっかじゃないんだから」

「睨んでないって」

「医者の仕事には『患者に納得してもらう』ってのもあってさ。ああこの人は診断書もらうまでは絶対納得しないな、っていう患者もよくいるんだよ」姉はスープを一気飲みし、ぷは、と息を吐いた。「だから生きてる人間診たくないんだよね。いきなりショック起こすし輸血すんなとか言いだすし、薬は勝手にやめるし心臓グニグニ動くし、ほんとめんどくさい」

この人は本当に医師だろうかと思うが、とにかく動機はそれで間違いないようだ。そして三木幸那宅に侵入した大内田佳基は、たまたまそのタイミングで帰宅した三木幸那本人と鉢合わせになり、とっさに殴ってしまった。

大内田佳基に同情する気持ちは全くないが、母親の話が本当だとするなら、「不当に親権を取られた」と考える大内田佳基の不満も理解はできる。男だというだけで親権に向いていないと扱われ、捏造に近い形の診断書でDVや虐待があったと決めつけられたとしたら。

実際、男性に対するそういう差別は存在する。女性が「男性から被害を受けた」と訴えると警察はとりあえず聞くが、男性が「女性から被害を受けた」と訴えても、担当者がボンクラだとろくに対応しないことがあるのだ。そして男性だというだけで、平均以下にしか育児をしないし、できないものと決めつけられることはよくある。俺が普段、蓮くんを連れて歩いていても「今日はパパと一緒なのね」と言われるし、家事をすれば「奥さんうまく教育したわね」などと言われる。男性保育士となるともっと大変だ。中学の同級生で保育士になった男は、同窓会で友人に「お前ロリコンだったっけ？」と言われていたし、「子供への性犯罪の大部分は男性がやるものだから、男性保育士に娘を預けたくない」という差別丸出しの主張が平気でされる。「車上荒らしの大部分は外国人だから、外国人が管理する駐車場に車を預けたくない」と言えば差別とされるのに、男性に対してはなぜかこういう発言がまかり通るのだ。

あるいはそうした不満がこの事件の陰にあったのかもしれなかった。もっともそれと元妻を殴り倒すことは全く別の話である。それに。

「あと、あんたが見た写真だけど」姉は立ち上がり、冷蔵庫から勝手に酒盗[*23]の瓶を出してきた。「それ、もしかしたら捏造かもね。つまり犯行時に撮った」

＊23　基本的には、魚の内臓を塩漬けにして長時間発酵・熟成させたもの。名前の由来は「酒が盗まれたかのように減っていく」「酒を盗んででも飲みたくなる」で、実際にごはんやお酒に驚くほど合う危険なおつまみ。

「じゃ、奥さん殴り倒してから写真撮ってたのかよ」にわかには信じがたいが、ありうる話ではあった。「とんでもねえ」

とすると、俺が大内田の母親に見せられた写真には、倒れた三木幸那が写っていたことになる。もちろん植え込みの陰に隠れて見えないのだが、それを撮れるという神経が理解できない。

もっとも、大内田佳基からすればとにかく親権を取ることしか頭になかったはずで、傍から見て自分の行為がどれほど異常に映るかなど、頭になかったのだろうが。

「あー」

「蓮くん。危ないからこっち行ってようか。あとこのお姉ちゃん酒臭いから近付かないで」蓮くんを抱き上げ、おもちゃのボールを触らせてから食卓に戻る。「俺もそれ考えた。そもそも普通の強行犯なら、やばい自分が疑われる、って思っても、トリックで偽証拠をでっち上げようなんて考えないよ。嘘をついてごまかすか、だんまりを決め込むか、せいぜいまわりの人間に口添えを頼むくらいなんだ。大内田佳基は犯行後にあの写真を撮ったけど、自分が疑われてる状況であんなもの見せびらかせば『お前が現場で撮った、つまり現場に行っていたんじゃないか』って言われてますます不利になりかねない。そうならないためには、どれだけ疑われてもこれさえ出せば絶対大丈夫、っていう鉄壁の客観的証拠があればいい。つまりトリックを使ったのは、あの写真を見せて『母親がちゃんと育児していない』と主張できるようにするためだった」

「それでとっさに何かのトリックを使って、二十一時四十分頃にカワソ什器に帰ってきたように見せかけた……」沙樹さんがバゲットを持ったまま呟く。「でも、大内田の車が与瀬IC付近で渋滞につかまってたのって、私たち三人も見てるんだよね。しかも、そのことについては完全に偶然だった」

そうなのだ。俺たち三人がそれを見たのが偶然である以上、大内田は渋滞につかまったように見せていたのではなく、本当に渋滞につかまっていたことになる。なのにそのたった一時間後に叶谷ICを出てすぐのカワソ什器まで移動している。ただ単に二十時頃に犯行を終えて二十一時四十分頃にカワソ什器に戻った、というより、さらに不可解だ。一時間では渋滞から抜けることすらできないはずなのに。

三人ともが沈黙し、蓮くんがずりばいで壁を触って「あ」と言った。一時期コンセントに触りたがっていたが、何度か「ダメ！」と叱ったら赤ちゃんなりに理解したらしく、最近はあまり触らなくなった。もっとももちょっと目を離すと部屋中を這い回り、油断して手の届く高さに何かを置いたままにしていると、靴下だろうが電池だろうが何でも口に入れるのだが。

ようやく連続して食べられる熱さになってきたグラタンを食べつつ、結局仕事の話をしてしまっているな、と思った。「家では仕事の話はしない」という結婚前の取り決めはいいかげんになりつつある。今回は俺たち全員が関係者だから例外的に仕方ない、ということにしているが、たぶんそういう例外はそのうち常態化するのだろう。

今朝は大内田佳基の母親から話を聞いた後（結局、本当に知りあいの弁護士に電話することになった）、そろそろ時間だと言ってさりげなく去り、取調室の前に陣取って聞き耳を立てたのだが、こちらの方は不発だった。結局、大内田佳基本人も母親と同じように、佳音ちゃんが三木幸那の実家に保護されていることに抗議をしただけで、何も有用な話は聞けなかったのである。大内田の証言にはブレがなく、「その日は営業に出ていたが、与瀬市には行っていない」の一点張りで、それを裏付ける映像がある以上、こちらとしてはどうしようもなかった。結局、トリックを解いて大内田のアリバイを崩すまではどうにもならない。

だが、それが思いつかないのだった。考えれば考えるほど不可能に思えてくる。渋滞をパスして20km先に瞬間移動する方法。沙樹さんの言う通りだ。そんな便利なものは、便利故になおさら考えにくい。

後ろで何かが落ちる音がし、「あー」という声が聞こえた。振り返ると、いつの間にか反対方向に瞬間移動していた蓮くんが壁際のラックをつかみ、下から二段目のおむつの袋に手を伸ばしている。落としたのはその隣にあったノロウイルス対策の塩素系殺菌スプレーのようだ。

「あー」

「うおっ、届いたか」

「あっ、蓮くんちょっと待って。それダメ」

沙樹さんがさっと立って蓮くんを抱き、続いて俺が落としたスプレーを上の段に置く。

「二段目、届いたか。マジか」

沙樹さんも泣いて抗議する蓮くんを押さえつつ言う。「今、つかまり立ち未遂だった」

「やあああああああ」

早すぎるなと思うが、赤ちゃんの成長速度は本当に人それぞれだ。特に蓮くんは前からあのラックの中が気になっていて、なぜならあのラックには彼の大好きなスプレーや、ガサガサ音の鳴るおむつのパッケージが見えるのだった。そうなればあれを触りたい一心で、精神が肉体を超越して本来不可能なつかまり立ちを為しとげることも考えられる。実際、赤ちゃんの発達はかなり本人のやる気次第というところがあり、赤ちゃんがいつまで経っても寝返りをしない、と心配になって医者を訪ねた友人夫婦が「本人にその気がないんでしょう。その気になればしますよ」と言われて脱力して帰ってきたことがあったそうである。

「油断できないね」

「そろそろ頭のクッション買う？」

「そうだね。あれ可愛いし。でも嫌がりそうだな」

沙樹さんとやりとりをしつつ、彼女の腕の中でじたばた抵抗する蓮くんを見る。ミルクを一回200mlにしてから急速に大きくなり、手足はムチムチ、顎は二重顎、完全におデブちゃんの様相なのでまだそんなに軽快に動けはすまいと思っていたのだが、予想以上に動ける。二段目まで手が届くとなると。

そこまで考えて、俺は何かに気付いた。

自分が何に気付いたのか判明するまではだいぶ時間がかかった。だが確かに何か、重大なことを思い出したのだ。全くとっかかりがなくてびくともしない重い引き戸に爪を立てていたら、突然把手が出現したような、はっきりとした発見だったはずだ。

その実感があるので、俺はまとまるまで黙って考え続けた。途中、姉と沙樹さんが何か言っていたが、姉は「こいつはこうなると駄目」とかなんとか言っているようであるし、沙樹さんは俺が考え込んでいる時は基本的にそっとしておいてくれる。俺は考え続けた。

そして理解した。自分がすでに手がかりを掴んでいたことを。

確かに大内田佳基は三木幸那を殴った後、とっさに、そこらにあるものだけでトリックを成立させたのだ。おそらく最初はただ単に、急いでカワソ什器に戻ろうとしたのだろう。だが交通情報を聞き、それが無理だと知った。そしてその直後、「この渋滞は逆に、うまく利用すれば鉄壁のアリバイが作れるのではないか」と思いついた。

「……そうか」

俺はテーブルに戻った。自分の考えに間違いがないかを検証し、ついでに少し暑くなってきたので沙樹さんに断ってエアコンを弱める。

「……分かったよ。大内田がどうやって、たった一時間でカワソ什器まで瞬間移動したのか」

沙樹さんは目を見開いた。

だが姉は笑顔で俺を指さした。

「あーそうそう。それ言いにきたんだった」

姉が特に声を大きくするでもなく普通の口調で言ったため、俺は危うく聞き逃すところだった。

「……は？」

「言うの忘れてたけど」姉は天井を向いて「天孫降臨」のボトルを空にした。「トリックに目星がついたからさ、沙樹に教えてあげようと思って」

「えっ。ちょっと待った」

どういうことだ本当かと思うが、うちの姉はこういうところがある。「俺も今、分かったんだけど。……ていうかそれならなんで最初に言わないんだよ」

「いや、ご飯食べてからでよくない？」

「よくないだろ」立ち上がっていた。椅子が後ろに倒れそうになって慌てて手で押さえる。「係長に言った瞬間に捜査が一気に進むだろ。今まだ働いてる人もいるんだから」

沙樹さんも「涼子……」と溜め息をついているが、姉のこうした性質にはもはや慣れているのか、何も言わなかった。

「あー……そうか石蕗さんまだ働いてるのかな？」

姉は壁の時計を見て、それから物騒にも「天孫降臨」のボトルの首を持ってためつすがめつし始めた。殴るなよ、おい殴るなよ、と念を押したいが、言うと逆に殴られそうな気がする。

「まあいいや。ハルも分かった？」

「うん」さりげなく椅子をずらして姉の有効打撃範囲から出る。

「ていうか、蓮くんが教えてくれたんだよね」

「え？　ああ……まあ、そうだね」

うちの名探偵は泣きやんだようで、沙樹さんの胸元をいじって甘えている。トリックについて姉がした説明は、俺が考えたものとほぼ同じだった。先に言ってほしかったと思う反面、何も分かっていない状態でこれを聞くのは捜査一課刑事としてだいぶ恥ずかしい構図だっただろうなと思う。もっとも沙樹さんは蓮くんを抱っこしたまま、時折ふんふんと頷きつつ姉の話に聞き入っているのだが。

沙樹さんが大変納得した様子で「さすが涼子」と拍手し、蓮くんにも「ほら、おばちゃんすごいねー。パチパチパチ」とやっている。だからということでもないのだが、俺も口を開いた。

「あと、トリックとは別にもう一つ分かったことがある。大内田の罪状は殺人未遂とか強盗致傷だけじゃないかもしれない。もう一つ増えるかも」

姉がおやという顔でこちらを見る。これで互角だ、とつまらない意地を張っている自分に気付くが、とにかく俺は沙樹さんを見て言った。

「係長に頼もうと思う。とりあえず近隣住民に確認したいことが一つ。それと……」少し考えてから言う。「……事件時、三木幸那がスーパーでしていた買い物の内容を確認したい」


係長に電話すると、すぐに回答が来た。事件時に三木幸那が玄関に置いていた買い物袋は一応、証拠品として与瀬署に保管されており、その中身は粉ミルク一缶に米五キロ、鶏胸肉ひとパックにブロッコリーに人参ひと袋、あとは２００mlの野菜ジュースと『３分クッキング』の今月号だという。続いて念のため、赤ちゃんのものが入っていたはずのトートバッグの中身も確認したが、こちらは母子健康手帳類とおむつとおしり拭き、それに授乳ケープだけだった。だとすれば、決まりである。俺がそれを伝えると係長は「本当なのか？」と訊いてきたが、「うちので確かめてみます」と答えておいた。被害者の使っていたベビーカーはうちのと同じ。ハンドルの位置を変えて対面式で押すことはできず、後ろから押すタイプだ。間違いはないはずだった。

しかし当然の流れとして、蓮くんを連れ、再び夜中に出動する羽目になった。酔っぱらっている姉は正直連れていくべきか悩んだのだが、関係者であるし、置いていくわけにはいかない。時間が時間ということもあり、大内田佳基が呼び出しに応じない可能性はあったが、その場合は自宅に行くことになった。それだけの状況だったのだ。

8

「……こんな夜中にお呼びたてして申し訳ありませんね。大内田佳基さん」

「……それは、別に」

大内田佳基は予想していたよりずっと華奢(きゃしゃ)な手で眼鏡を直し、ベビーカーの中から取調室を見回して「おぉ－？」「ほう？」という顔をしている蓮くんを見た。

まあ、おかしな状況であるということに異論はない。机がひとつとパイプ椅子があるだけの真っ白で冷酷な取調室に座らされ、向かいに座るのは傍らにベビーカーを携えたよく分からない男。ベビーカーの中にはムチムチの手を伸ばしてぱたん、ぱたん、と謎ムーブを繰り返す、クマさん柄の服を着た赤ちゃん。その後ろの壁際に立つのは灰色がかった目で自分を見下ろすスーツで無精鬚の男前と、白地に「C」形のランドルト環がずらりと並んだ「視力検査表柄」のバッグを持つ謎の女。警察は公的機関のはずなのだが、公的機関の持つ堅苦しさや統一性が全くなく、旅芸人の面接を受けていると言った方が近い印象になるのだろう。それにしてもあの視力検査バッグはどこで売っていたのだろうか。

「……これ、どういうことですか。あなたがた、刑事ですか？」大内田は当然のことを問う。

「ええとね、特別捜査員」姉が笑顔で滅茶苦茶を言う。

「何ですかそれ」案の定、大内田佳基は立ち上がった。「こんなよく分からないの、お断りですよ。こんな時間にわざわざ来たのに。帰りますんで」

　まあそうなるよなと思ったが、係長が大内田の前にすっと出てまあまあ、というジェスチャーをする。「まあちょっと座ってください。帰らない方がいいと思いますよ」

　係長はほのめかすような言い方をしただけだったが、目と声は明らかに威圧していた。怒鳴りつけたり体に触れたりすれば「任意」の範囲を超えて違法捜査になってしまうが、口調と声色なら仮に威圧しても「威圧的な声だった」「そんなつもりはない」と水掛け論になるだけだ。立つ位置も大内田が部屋を出ようとすれば出られるが、そのためにはやや無理をして係長の脇をすり抜けなければならないという絶妙の位置で、立ちはだかってはいないが帰りにくくはしている。ひどい話だが、係長はこうしたことが得意なのだった。

　大内田は舌打ちをし、しかし露骨に溜め息をつきつつもおとなしく椅子に座り直してくれた。パイプ椅子ががたりと鳴る。まあ、警察官以外が捜査をしてはならないという法規などないのであるし、向かいに座っている俺は大内田の動きや今の溜め息で、かなり動揺しているなと感じた。もともと落ち着きがなく神経質そうで、動揺が外に出やすいタイプの男に見える。揺さぶれば吐きそうだ。

「……すみません。特別捜査員なんて、まあそんなものはないわけで。私は警察官ですが育児休業中。後ろの変なバッグ持った女性はまあ姉なんですが、警察関係者です。監察医の吉野涼子准教授」

その変なバッグで後頭部を殴られた。「いてっ」

「かわいいでしょこれ」

「そうか？」

「まあ、あんたはセンスがないからね」姉はバッグを肩にかけ直すと、不意に口調を変えて大内田に言った。「大内田佳基さん。あなたは一昨日発生した三木幸那さん殺人未遂事件に関し、アリバイを主張されていましたよね？　自分は与瀬市には行っていない、その証拠に二十一時四十分頃に、カワツ什器株式会社に車で帰ってきた時の映像がある、と」

大内田は姉を見上げ、すぐに目をそらしたものの、はっきりと答えた。「そうです」

「その主張、撤回する気はありませんか？　本当にまだこの主張を続けていいんですか？」

「……なんでですか」

「いえ、確認です。私は、というか警察側は、あなたに撤回の機会を与えました。そこ、いいですよね？　にもかかわらずあなたは拒否した。自らの意思で、です。よろしいですね？」

「い、いいえ」大内田はさっと顔をそむけたが、視線が揺れているのが分かった。「いいです。何ですか」

「了解しました。今の言葉、記録しましたので」

大内田の声はかすかだが震えていた。不安になってきたのだろう。膝の上に置かれた手も、おそらくは無意識のまま、ジーンズの生地を摑んでいる。

　まったく、いじめるものだと思う。もちろん、ここでどう答えたところで大内田が裁判上不利になるとか、そういったことはない。だが、いきなりトリックの種明かしをすれば、後から大内田が「自分はそんなアリバイを主張した覚えはない。あれは記憶違いだった」と言い始める危険がある。だからまず外堀を埋めたのだった。しかも、こんなふうに念を押されれば、言われた方は何かあるのかと不安になる。その不安がり方でおおよその見当はつくのだ。犯人のアリバイが本物で、ただ意味の分からない念押しをされて不安になっているだけなのか、それとも「あくまでアリバイを主張するか、路線変更するか」の二択を迫られて迷っているのか。

　大内田の反応は大きく、やはりトリックだったのだろうと確信できた。不安を紛らせようとしてか、かいた手汗をさかんにジーンズで拭う。小さな動作だから見えないと思っているのだろうが、警察官はそういうところに注目している。やはり元来気が小さく、不測の事態ですぐいっぱいいっぱいになるタイプだ。だからこそ三木幸那のアパートで彼女と鉢合わせし、混乱のあまりとっさに殴ってしまったのだろう。

　しかしそれにしても、と思う。俺より姉の方が取調がうまいんじゃないだろうか。俺は半ば呆れ気味に後ろの姉を見る。姉は視力検査バッグを撫でながら平然と話し始めた。

「あなたは一昨日二十時頃に三木幸那さんのアパートを訪ね、侵入しようとしていた。そこで帰宅した彼女と鉢合わせになり、とっさに隣室のドア前に置いてあった『天孫降臨』の瓶で彼女を殴り、昏倒させた。そこでドアが開いているのを奇貨とし、室内に侵入。洗面室の棚からあるものを奪って逃げようとした」姉は一気に言った。さりげなく丁寧語をやめて威圧感が増している。「しかしそこで気付いた。後ろから殴ったとはいえ被害者は生きているし、そもそも動機の面からして、自分が犯人であることは誰の目にも明らか。焦ったあなたは急いで現場を離れ、会社の近く、普段の営業ルートを回っていたことにしようと思ったが、おそらくは帰るまでの所要時間を確認するために携帯で交通事情を見て驚いた。高速の与瀬トンネル内で事故があり、渋滞が発生している。与瀬ＩＣ付近から叶谷ＩＣ付近まで。これでは帰るのに二時間以上かかる」

　後ろに立っている姉の方がこんなに喋るとは思っていなかったのだろう。大内田は動揺した様子で顔をこすろうとし、眼鏡の上から顔を触って眼鏡をずらし、慌てて直した。

　姉は畳みかけるように喋る。「しかしあなたは、そこで気付いた。ここからうまく渋滞を回避して短時間で会社に戻れば、絶対のアリバイができる。会社の駐車場にある監視カメラには自分の顔も車のナンバーもはっきり映る。もともと三木幸那宅に侵入しようとしていたため手袋をしていて、指紋は残していない」

　夜十時を過ぎている。廊下を通る人もおらず、取調室は静かである。蓮くんがベビーカーの中でバタリと身じろぎをする音もよく聞こえる。「あ」という声がして、それが何かを要求する感じだったので、俺は椅子から腰を浮かせ、蓮くんを抱き上げて膝に乗せた。時折ぐらりとはするが、もう体幹ができてきて、安定しておすわりができるのだ。

蓮くんは取調室の机が面白いのか、ばた、と机に突っ伏した。

「蓮くーん。こっちだよー」姉は途端に顔を緩めて手を振り、しかしまた表情を戻して言った。「そこであなたは思いついた。現場に置いてあったあるものを使えば、渋滞を短時間で抜けてカワソ什器に戻れることに」

「まさか」大内田が俯いたまま抗議する。「渋滞だったんでしょう。抜けるとか、無理に決まってるじゃないですか」

「確かに通常の方法では無理だね。事件時は下道も混んでいてもっと時間がかかるし、抜け道はない。たとえば反対車線を逆走したりすれば大騒ぎになるし、それにあなたの車——山西ナンバー510を89-32が渋滞につかまったまま与瀬SAに入ったところを、私たちも見ている」

その言葉は意外だったのだろう。大内田はさっと顔を上げたが、またすぐに俯いた。

「……それなら、無理じゃないですか」

「それが無理じゃないんだよね。問題の車はハイゼットカーゴだし、営業車として、そっくりの車がカワソ什器にたくさん停めてあるし、あなたはそれを自由に使えた。営業車の管理は自己申告の帳簿だけだったわけだから」

ごり、という音が取調室に響いた。おやと思って膝の上を見ると、蓮くんが取調室の机の縁をガジガジと齧っている。

「あっ、やばい」

慌てて椅子を引いて机から離れる。おそらく生え始めの歯がむずむずするのだろう。最近の蓮くんはハムスターよろしく、齧れるものは何でも齧ろうとする。俺はポケットからハンドタオルを出して机を拭く。与瀬署の備品に齧った跡をつけてしまったかもしれないが、怖いので確認しないことにしつつ言う。「失礼。うちの子、何でも齧るんで」

「手の届くものは何でも触るしね。そのおかげでトリックのヒントが見つかったんだけど」

姉は蓮くんを見下ろして微笑む。こういう時は普段とは全く違う顔をするので、本当に可愛くてしょうがないのだな、と思う。

「現場を見ていた時、この蓮くんが『クレ5‐56』の缶をいじっちゃったの。この子、スプレー缶大好きで、とにかく這ってって触ろうとするから。可愛いでしょ？」

取調中にそんなことに同意を求められても困るだろう。大内田はただ蓮くんと姉を見比べている。

姉は笑顔で続けた。「で、あとになって気付いたの。これってどういうことだろう、って」

俺も同じことに気付いたのだが、それにはまる一日、夕食時、蓮くんが這っていって棚のものを落とすところを見るまでかかった。

「三木佳音ちゃんは現在九ヶ月。うちの蓮くんよりはお姉さんだけど、まだまだどこにでもはいはいしていって、手の届くものは何でも口に入れる時期だよね」姉は蓮くんに「ねー？」と話しかけながら推理を喋る。当然ながら蓮くんの方は意味が分かっていないので、なんとなく曖昧に小首をかしげて微笑み返すだけである。「母親である三木幸那さんもそれは把握していて、家では佳音ちゃんの齧りそうなものは全部高いところに置かれていた。テレビのリモコンもティッシュの箱も」

この時期の赤ちゃんの事故で増えてくるのが誤飲である。赤ちゃんは活発に動き回り、棚にしがみつき、引き出しを開け、手の届く範囲にあるものは何でも口に入れる。煙草の吸殻、乾電池、小銭、化粧品の瓶。なぜそんなものをというものに限って口に入れる。そういう時期なのだ。したがって親は、赤ちゃんに触れられたくないもの、つまりおもちゃ以外のほぼすべての物品を棚の上に、引き出しの中に、他の部屋に避難させなくてはならず、一時たりとも置きっぱなしは許されなくなる。置いて目を離した瞬間、赤ちゃんは瞬間移動してそれを摑み、気がつくともうちゅぱちゅぱとしゃぶっているからだ。

「だからこそ、おかしいと思ったの。危険なスプレー缶を、どうしてうちの蓮くんが触れたんだろうか。どうしてそんなところに置いてあったのかな、って」大内田を見る姉の目つきが鋭くなる。「母親の三木幸那さんがそんなところに置いておくわけがない。

だとすればあのクレ5-56は、他の誰かがあそこに置いたんじゃないか、ってね」

俺は大内田の顔だけでなく、膝の上に置いた手も見ていた。そのおかげで分かった。

大内田の手が今、ぴくりと動いたのだ。

どうやら、スプレー缶を動かしたのは大内田で間違いないらしい。だが大内田は、それがバレたことがどんな結果になるかは分かっていないようだった。犯行時、手袋をしていて、スプレー缶からも指紋は出ていないのだ。一見、犯人には結びつかないように見える。

「それなら、犯人は何かの目的があってわざわざクレ5-56をそこに置いていった？　それは考えにくいよね。物的証拠をわざわざ残すなんて。可能性が高いのは、もともと部屋にあったクレ5-56を犯人が落としてしまい、棚の下の方に戻した。あるいは持ち去ろうとしたけど、やっぱりその必要はない、と気付いてやめて、棚の下の方に戻した。私はこっちじゃないかって思ってるけど」

大内田は膝の上でもぞもぞと指を動かし、自分の爪をいじっている。

「で、私はそこで気付いたの。どうして三木幸那さんはクレ5-56を持ってたんだろう、って」姉はすっと俺の横に来て、蓮くんを奪って抱っこした。「うーん、ぷにゅぷにゅ！……考えてほしいんだけど、クレ5-56って普通、何に使う？　家のドアの蝶番(ちょうつがい)とかが錆びてたのかな？　でも現場のコーポ張本はリフォームしたばかりでピカピカだったよね？」

大内田は動かない。だが、答えははっきりしている。クレ5-56は、普通は自転車に使う。あっという間にサビが落ちて滑らかになるから重宝するのだ。だが。

「三木幸那さんは自転車を持っていなかった」姉は言った。「コーポ張本の自転車置き場にあったのはシティサイクル二台だけ。チャイルドシートつきのママチャリすらなかった」

育児をしてみると思い知るが、よほど便利のいい場所に住んでいるのでない限り、育児には電動アシスト付自転車が必須と言ってよかった。昔の母親はアシストなしでよくやっていたものだと思う。ぐにぐに動く最大荷重十数キロの生き物を運搬するのだ。まして三木親子の住むコーポ張本は高台にあった。

「どういうことだろう、って思って考えたの。自転車なしでは生活できない。でも自転車がない。犯人が盗んだ？　何のためにだろう。自転車で高速道路を走った？　まさか。目立つ上に時間がかかりすぎるよね」姉は軽快に跳ねて蓮くんを揺すり上げ、俯く大内田を見下ろした。「それで思ったの。三木幸那さんが持っていたのが自転車とは限らない。もしかしたらバイクかもしれないって」

「ついでに言っておくが」姉と並んで腕組みをしていた係長が口を開いた。「このことはすでに確認している。役所にはまだ照会中だが、保育園の職員が証言している。三木幸那は小型のバイクで職場への行き来や保育園への送り迎えをしていたらしいな。娘を紐で背負って」

「でも現場にはバイク本体はもちろん、ヘルメットとか、バイク関連のものもなかった。

つまり、犯人であるあなたが持ち去ったの。三木幸那さんの家にバイクがあったことを隠すために。もっとも、そんなに本格的なバイクでないなら、持ち去るものはせいぜい玄関の棚に置いてあったヘルメットくらいでよかったし、先月まで一緒に住んでいたあなたはそれを知っていた」姉は蓮くんの頬を指で撫でる。「うーん。プニプニ陶器肌。……でも本当は、『バイク関連のもの』はもう一つあったの。それが同じ棚に置いてあったクレ5-56。あなたはそれをバイク用だとは思わずに見落としてしまった。クレ5-56はサビ取りには万能だけど、バイクのチェーンなんかには使うなって言われてるからね。でも三木幸那さんは、そのことを知らなかった」

「明日になれば与瀬市役所に確認ができる。自動二輪車の登録がされているはずだからな」係長が言った。「本当はすぐに確認したかったが、与瀬市役所の連中、誰も出なかった。何をさぼっているんだかな」

俺は「電話したんかい」と頭の中でつっこむ。人間が全員、自分同様に三百六十五日二十四時間働いていると思わないでほしい。

とにかく俺も、それに気付いた時、謎が解けたのだった。なぜ三木幸那のバイクがなくなっているのか。当然、犯人が持ち去ったからだ。トリックのために。

「……もう、分かったでしょ？　諦めな」姉がきっぱりと言う。「随分無茶をしたね。ミニワゴンにバイクを積み込んで移動するなんて」

カワソ什器の営業車はハイゼットカーゴだった。軽のミニワゴンだが車載スペースは広く、荷室長は１９１５㎜。対してミニバイクの全長は１７００㎜程度が多い。シートを倒せば入る。

「あなたはバイクを車に積んで与瀬ＳＡに向かった。最初からバイクでもよかっただろうけど、現場近くに車を置きっぱなしにするのが怖かったんでしょうね。渋滞は当初、与瀬トンネル付近だけだったから、あなたは与瀬ＳＡまではすぐ行けると思ったんだろうけど、実際に走ってみると与瀬ＳＡのだいぶ手前まで渋滞が延びていて、あなたはそれにつかまった。……私たちが見たのはこの時だね」姉が言う。「そして与瀬ＳＡに着くとバイクを降ろし、次に車の方のナンバープレートを外す。手間を考えればおそらく、前の方だけでしょう。前のナンバープレートは封印もないし、車に積んであった工具で簡単に外せるから。これをやると車の方はナンバープレートがない状態になるけど、夜、ＳＡのすみっこに停めておくだけならまあ大丈夫だろうしね」

不安なら何かで覆っておけばいい。走行しなければ特に誰も気に留めないだろう。姉は滑らかに続ける。

「で、車の方は置きっぱなしにして、手に入れた車のナンバープレートを持って、バイクで与瀬ＳＡを出る。バイクならどんな渋滞も簡単に抜けられるからね。叶谷ＩＣを出てカワソ什器に着いたら、他の営業車で外に出て、持っていたナンバープレート——山西５１０を８９‐３２のプレートにつけかえる。そしてその車で戻ってくる姿を防犯カメラに映す。これでアリバイは成立。あなたは与瀬ＩＣから渋滞につかまっていたにもかかわらず、山西５１０を８９-３２のミニワゴンは『二十一時四十分頃に、カワソ什器に帰ってくる』ことになる。つまり瞬間移動したのはあの車じゃなくて、ナンバープレートと犯人自身だけだった、っていうわけ」

いったんその映像さえ作ってしまえば、あとは手間こそかかるがどうにでもなる。バイクで再び与瀬ＳＡに戻り、置いてあった車に他の営業車から外していたナンバープレートをつけ、バイクを積み込む。それから翌朝になってもいいのでゆっくり渋滞を抜けて会社に戻り、二台の車のナンバープレートをもとに戻す。さすがに日曜夜から翌朝にかけてのその時間、会社には人がいなかっただろう。

大内田は俯いている。顔を上げれば動揺を悟られると思っているのだろう。しかし姉はつかつかと机の横に歩いてくるとゆっくりとしゃがみ、蓮くんを抱いたまま下から大内田の顔を覗き込んだ。「間違いないね？」

ほんとこの人刑事やればいいのに、と思う。係長も口を尖らせて口笛を吹く真似をする。「証拠もあるぞ。カワソ什器には防犯カメラの映像と営業車の使用記録を提供させた。一昨夜は二十時以降、営業に出ている車は他にない。にもかかわらず二十一時半過ぎに出ていった車が一台あり、翌朝七時頃も一台、入ってきている」

ドライバーの顔は映っていなかったそうだが、係長はそれを言わなかった。

だがこれで、俺たちが見た時、エンジンがすでに冷えていたことも納得がいくのだった。俺たちがカワソ什器で見たのは渋滞の中など走っていない、全く別の車だったのだ。

「それに今、道路公団に確認中だが……おっと、来たか」

係長は携帯を出し、二、三のやりとりをしただけですぐに切った。

「道路公団から回答だ。二十一時三十分頃、バイクで一般出口から出た奴がいたそうだ。そいつは『間違って出された』と言って、普通車の通行券を出してきた。料金は二輪車で払い、そのまま通したようだが」係長はにやりと口角を上げ、無精鬚の顎をざらりと撫でた。「料金所にいた職員が優秀だったようだな。『車体の大きさや排気音から125cc未満ではないかと疑いをもったので、ナンバーを覚えていた』そうだ。ナンバーを言った方がいいか?」

決定打だった。それ以上言う必要はないし、完璧にパズルが組み上がった感触があった。

大内田は投了するように言った。

「……間違いありません。私がやりました」

9

その言葉を聞き、姉がすっと立ち上がって机から離れる。言うべきことは言った、といったところだろうか。係長は再びどこかに電話した。逮捕状をとり、捜査本部に残っている応援を呼んで引き続き取調をするつもりなのだろう。

「大内田佳基さん」俺は言った。「三木幸那さんに対する殺人未遂、および家宅侵入の上での窃盗を認めますね？」

「いや、ちょっと待ってください」大内田はぱっと顔を上げた。「殺人未遂はないでしょう。殺すつもりなんてなかったです。それに相手が誰なのかも見てないんです。いきなり出てきたからつい、びっくりして」

どうせこういう言い訳をするだろうと思っていたが、予想した通り、ほぼそのままのことを言う。溜め息が出る。「そういう主張は法廷でしてください」

姉はうんざりという顔をしている。「通らないと思うけどね」

「本当だって」大内田は必死だった。口が尖り唾が飛んだ。「俺だって追いつめられてたんだ。幸那に脅されてたんだ。親権を渡さなかったら娘を虐待していたことにしてやるって。職場にもばらすぞって。あいつの方は犯罪じゃねえのかよ」

強要罪とか脅迫罪といったものはある。だが、それをわざわざここで、大内田に教えてやる義理はなかった。

「それは担当官に言ってください。事件性ありと判断すれば捜査しますよ」実際にはいくらわめいたところで、問題にもされないだろう。「ただ、そのことであなたの罪が軽くなるとは思わない方がいいです。罪を軽くする方法はまあ、これ以上嘘を言わずに素直に取調に応じることですね」

「俺だって被害者だ。佳音は勝手に転んだだけなのに、医者の診断書とってきやがった。俺がやったとか嘘ついて」大内田は立ち上がり、その勢いで倒れた椅子が足に当たったらしく顔をしかめた。「差別だ。男だとすぐ虐待にされるんだ。医者の野郎、むこうの言い分だけ丸々聞いて診断書書きやがって」

やはり姉が予想したような事情があったのだ。俺たちが黙ったことで優位になったと感じたのか、大内田の声が大きくなる。「医者も近所のやつらも、すぐ虐待だ虐待だって騒ぎやがる。事故くらいあるだろうが」

大内田の言いたいことは俺にもよく分かった。だが現実には、「すぐに騒ぐべきではない」と見過ごされているうちに虐待死する子供が出ているのだ。緊急地震速報などと同じく、百回外すより一回見過ごす方がまずい、という性質のものなのだから、騒がれることぐらい仕方がないと考えるべきだった。少なくとも俺はそう思ってこらえている。

もっとも、「虐待」の定義については考え直さなければならないとも思う。たまたまカッとなってつい乱暴に床に置いたら転んで頭を打ってしまった、というだけでも、子供がそれで怪我をし、医師の診断書があれば虐待になりうる。その一方で、東大に行かせるためと称しておもちゃや遊びをすべて取り上げたり、ネトウヨ化して事実無根の陰謀論で洗脳しても虐待にならないというのは、どう見てもおかしい。「児童虐待」は“child abuse”の訳だが、これは正確に訳すなら「児童濫用」であり、海外では前出のようなケースも“abuse”と認定されている。暴力がなければ虐待ではないかのように思われているのは日本だけであり、それが「虐待」の認定に歪みをもたらしている。

その意味では、大内田としても言いたいことはたくさんあったのかもしれないが。

「……つまり、その嘘の診断書があってはまずい、と盗みに入った？」

「嘘なんだからいいだろ！　あいつの方こそ母親の役目なんてろくに果たしてない。妊娠中でも酒飲んでたことがあるし、子供こっちに預けてパチンコ行きやがって。離乳食だってインスタントばかりだし、今は抱っこ紐でバイクに乗せて保育園に連れていってるんだぞ。子供のことなんてどうでもいいんだ。俺は佳音を守るために」

よくねえよ馬鹿、という言葉を飲み込む。「警察に言っても仕方がありませんよ。民事不介入の原則がありますから」

「ほら見ろ。警察はすぐそう言って逃げる。むこうが悪いのに」

「『むこうが悪い』――ですか」

いいタイミングだと思った。こうなれば、すべて本人に確認できるかもしれない。俺の方は、まだ確認したいことがあるのだ。

「では事件時、あなたが真冬の屋外に佳音ちゃんを放置して逃げたことに関しては？これは保護責任者遺棄罪という、立派な犯罪ですよ」

「放置……」

大内田の動きが止まった。視線が急に左右し、自分の失敗を思い出そうとしているようだ。「いや、放置なんて……」

「現場の状況から明らかです。認めますね？」

「いや、待った。違う」大内田は下がろうとし、さっき自分が倒した椅子につまずいて派手に尻餅をつき、悲鳴をあげた。

　さすがに大きな音がしたせいか、蓮くんが泣きだしてしまう。姉も係長も動かないので、俺はゆっくり立ち上がって手を貸そうとしたが、大内田は触れたら頭の中を読まれる、とでもいうように拒否し、反対側の壁際に逃げた。「違う。放置なんてしてない。だってそうじゃないか。佳音はちゃんとベビーベッドで見つかったって」

「佳音ちゃんがベビーベッドにいたのは、騒ぎを聞きつけた隣の住人が移動させたからです。すでに確認もとれていますよ。隣の方は外に出て、倒れている三木幸那さんを見て驚いたそうですが、佳音ちゃんが外で泣いているので、とにかく玄関から見えたベビーベッドに移したそうです。それから一一九番通報をした。でも関わり合いになるのは嫌だし、人の家に勝手に入ってしまったからまずいと思い、後に聞き込みに訪れた捜査員にもそのことは黙っていたそうです」

「そ、いや、違う」大内田はこの室温なのにこめかみに汗を流していた。「違う……」

「状況を聞いた時、最初はこう思いました。『被害者は買い物から帰り、まず佳音ちゃんをベビーベッドに寝かせ、それから買い物袋と荷物を玄関に置き、最後にベビーカーを畳んで入れようとしていたところを殴られた』と。おそらく捜査本部もそう考えていたと思います」

　現場を思い出す。佳音ちゃんはベビーベッドに、買い物袋は玄関の上り框に、そして下部に荷物が入ったベビーカーが玄関の外にあった。

「でも、よく考えてみればこれは変です。この通りだったとすると、あなたは被害者が最初に出てきた時は何もせず、被害者もあなたの存在に気付かずに買い物袋を取って部屋に戻った。そして再び、今度はベビーカーを畳みに出てきた時になって、ようやくあなたが動いた、ということになる。最初の時に気付かれなかったなら、そのまま隠れてやりすごすか、さっさと逃げればいいのに、です」

捜査本部の中にもこの点を疑問視する者はいただろう。だがそこが重要だとは誰も思わなかったようだ。

「それに被害者は発見時、靴を履いたまま倒れていました。被害者宅の玄関にはサンダルがあった。まず佳音ちゃんをベビーベッドに移したなら、その時点で靴を脱ぎ、次に出てくる時はサンダルになっているのが普通です」

「それが、何か……」何か反論しようとしたらしいが、大内田の声はすでに震えていて、言葉も出ないようだった。「……それは」

「だとすれば、実際の状況は違ったのではないか。被害者はまず買い物袋を中に入れ、次に佳音ちゃんを入れようとして顔を出したところを殴られたのではないか。つまり事件時、佳音ちゃんは外のベビーカーにそのまま残されていた。こう考えないと辻褄が合わないんです」大内田を見る。明らかに動揺していた。「最初は、あなたが佳音ちゃんをベビーベッドに寝かせたのかと思いました。でも違う。あなたは洗面室にしか入っていない。つまりあなたは犯行後、佳音ちゃんを真冬の屋外に残して逃走した。九ヶ月の赤ちゃんでは命の危険すらあります」

「違う」大内田はようやくそれだけ言った。「隣の奴は嘘をついてるんだ。証拠なんかないのに」

「ありますよ。被害者の買い物の内容が証拠です。事件時、三木幸那さんはかなり大量の買い物をしていた。特に、五キロの米です。これは相当な量でしょう？」

大内田は沈黙してこちらを見ている。俺がまだ説明を続けると思っているらしい。

「お分かりにならないんですか？　おかしいな。あなた本当に、ちゃんと育児をしていたんですか？」

そう挑発しても、大内田はまだ沈黙していた。本当に分からないのだろう。

民事不介入、ではある。だが弁護士に証言を依頼されたら、法廷で話すつもりはあった。母親ともども妻の育児についてあれこれ文句をつけていたこの大内田佳基は、自分ではろくに育児をしていないようだ。

「いいですか？　事件時、三木幸那さんは赤ちゃんの荷物の入ったトートバッグをベビーカー下部の籠に詰め込んでいた。その状態で五キロの米を含む大荷物を持っていた。ベビーカーの籠は通常、下部にしかありません。それは塞がっていたんです。それなら、重い買い物袋はどこに入れていたか？」

説明のため、主のいないうちのベビーカーの、後部のハンドルを叩く。下部の籠に入れられないのなら、こうするしかない。

「つまり買い物袋はベビーカーのハンドルか、背もたれの裏側に取り付けたフックに掛けてあったことになる。だとすれば、被害者は家に着いて『まず佳音ちゃんをベビーベッドに移した』はずがない。……まだ分かりませんか?」

大内田は本当に分からないようだ。この男、本当はベビーカーを押した経験もないのかもしれなかった。

「被害者が使ってたベビーカー、これと同じやつなんですけどね」俺はベビーカーのハンドルを叩く。「ベビーカーのメーカー各社は軽さを競っていますからね。このApricaの『マジカルエアー』も重さはたった三、四キロだそうです。普段、押すことを考えても、畳んで運ぶことを考えても、この軽さは大変ありがたいんですが、それゆえの注意点もあります。赤ちゃんが乗っている状態なら大丈夫ですが……」

俺はベビーカーのハンドルを上から手で押した。ベビーカーはくるりとバランスを崩し、音をたてて倒れた。

「乗っていない時だと後ろに倒れやすいんです。事件時は下部の籠にトートバッグが入っていましたが、その中身も軽かった。この状態で、ハンドルに五キロ以上の荷物を提げたまま赤ちゃんを降ろしたりしたら、確実に後ろに倒れるんですよ。だから親は経験上、まず重い荷物を先に玄関に上げ、それから赤ちゃんを降ろす。荷物をハンドルに提げたまままず赤ちゃんを降ろした、なんてことはありえないんです」ベビーカーを立てる。「つまり事件時、佳音ちゃんはまだベビーカーに乗せられたままだった。そしてあなたは部屋に入っていない以上、佳音ちゃんはそのまま放置された。あなたはそれを写真に撮って『母親がベビーカーを置いたまま家から出てこない』と訴えていたようですが……」

「……あんたがどう言おうと、これは立派な『虐待』だね」姉が言った。「だいたい、あんた奥さんの育児についてあれこれ言ってるけどね。あんた自身は注文つけられるほど育児してんの？　あんたは妊娠中の奥さんの前でガバガバ酒飲んでたんじゃないの？　休日には当然のように遊びに出てたんじゃないの？　遊びにいくなっつってんじゃないんだよ奥さんも遊びにいかせろっつってんの。離乳食は手作りでないと駄目だなんて謎のこだわりがあるなら、自分で作ればいいじゃない。休日にまとめて作って小分けして冷凍庫にストックしとけばいいのに、なんでやんないの？」

　横から付け加えさせてもらうと、あれをすり鉢か何かでやろうとすると手首が死ぬ。俺も以前、挑戦して腱鞘炎になり、抱っこが困難になって「これでは本末転倒」と諦めたのだ。

「自分は何もしないくせに注文はつけるとか最低だから。酒なんて程度問題。パチンコぐらい行かせてやれよ。バイクは危険だけど、他に手がないならしょうがないでしょ？　離乳食なんてインスタントでいいんだよ。最高級のプロ以外に完璧を求めるとか、ありえないから」

　姉はぎらりと目を光らせ、なぜかぐるりとこちらを見た。「分かった？」

「えっ。俺に言ったのかよ」

「一から手作りのグラタンにオニオンスープにベーコンのサラダ。普段買わないバゲットまで買って」姉はぷいとそっぽを向いて大内田に向き直り、しかし明らかにこちらに向けて言った。「少しは手を抜きなさい。あなたは昔っからそうやって、あとになってパンクする。沙樹もそう。……まったく。似たもの同士でくっついちゃって」

「うっ」

そういえば結婚する時も誰かにそういうことを言われた気がする。育休を取る、と言った時も、母から「子供なんて放っといても勝手に大きくなるんだから手を抜け」と言われた。その時は「そんないいかげんな」と思っていたのだが。

「ま、吉野の家庭事情はどうでもいいがな」係長は咳払いをし、大内田に向き直った。「というわけで大内田佳基。逮捕状がさっき出た。殺人未遂、窃盗、及び保護責任者遺棄罪……」

壁にはりついていた大内田が突然向かってきた。俺の横を抜け、ドア前に立つ姉に駆け寄る。一瞬、しまったと思った。姉は荒事はできないし蓮くんを抱いている。俺はベビーカーが邪魔で出遅れた。

が、係長がいた。まるで大内田がそうすることを分かっていたかのように姉の前に出た係長は、素早く大内田の袖を取り、シュッと靴底を鳴らして隅落で倒した。「……と、暴行罪もつけて逮捕する」

「おー」姉が無邪気に拍手する。「ほーら蓮くん。今の隅落っていうんだよ。できるかな一？」

できるか、とつっこみつつも、とにかく係長に手を貸し、大内田をうつ伏せにねじ伏せる。こんな深夜なのに、係長はちゃんと手錠を持っていた。「四係の石蕗係長は昼飯にも手錠と警棒を持っていく」の噂は本当だったのかもしれない。

10

「……はい。いえ、わざわざありがとうございます。はい。それでは。失礼いたします」

電話を切ると、沙樹さんが洗濯物をたたむ手を止めてこちらを見ていた。「……石蕗さん？　何だって？」

「ん」また家で仕事の話をしてしまうな、と思うが、まあ、これはもう仕方がない。「例のミニワゴン瞬間移動事件、被害者の三木幸那さんが退院したって。後遺症も大丈夫みたい」

沙樹さんは微笑んだ。「よかった」

携帯をソファに置いて隣に座り、洗濯物をたたむ作業の続きをする。沙樹さんは「家にいる時は私がやる」と言うが、休みの日ぐらい少しは休んでほしいものだ。「とりあえず引っ越しするみたいで、佳音ちゃん連れて実家に帰ることになったらしい。まあ、一人で育てるよりその方がいいと思う」

「そうだね。……あ、待ってそれはいい。自分でやる」

「ん。ああ、失礼」

授乳用ブラを沙樹さんに渡す。一緒に住むようになった直後から洗濯はどちらかというと俺がやることが多かったが、沙樹さんは未だに下着を俺が干したり畳んだりするのを嫌がる。妊娠してからはますますそれが顕著になったが、本人曰く「夢も希望もない機能優先のマタニティ下着をまじまじと見られるのが辛い」とのことである。

「石蕗さん、本部から？　まだ帰ってないのかな」沙樹さんは壁の時計を見る。午後八時四十五分である。

「仕事がないなら掘り返してでも探す感じの人だから」

「上がそうだと部下が帰りにくいんだけどね」職場では同じく管理職の沙樹さんが溜め息をつく。「まあ、私のまわりにもそういう人、多いけど」

「育休取るぐらいがちょうどいいかもしれないのにね」蓮くんの口拭き用のハンドタオルをまとめ、壁際のラックに持っていく。「今回はそのおかげで解決できたようなもんだし」

沙樹さんはベビーウェアをまとめて持って立ち上がり、苦笑した。

大内田佳基は送検され、現在、勾留中である。来週にも最初の公判期日があるようだ。事件の背景が背景なので、逮捕後にはわりとマスコミに取り上げられた。ただ、三木幸那さんが「ちゃんと」育児をしていなかった、という大内田側の主張はマスコミに出ず、単に虐待扱いされた大内田が診断書を盗みに入った、とだけ報道されたから、俺としてはひと安心である。理不尽もいいところだが、もし大内田の主張がマスコミに流れていれば、バイクで送り迎えをしているだの、パチンコに行っていただのと、被害者のはずの三木幸那さんを叩くものも出てきていたはずだからだ。もっとも大内田の「すぐ虐待扱いされる」という主張はテレビなどでも取り上げられており、一時はこのテーマでだいぶ議論がなされた。テレビの影響などで通報を躊躇う人が出ませんようにと祈るのみだ。もともと、相手との関係悪化を恐れて通報を躊躇う人は多い。通報した上で、虐待でないなら「はいそこまで。この問題終わり」にすればいいのに、日本人というのはそこでつい「気まずく」なったりして、なかなか上手に切り替えができないのだ。

「今回も蓮くんに助けられた。うちの子、まさか名探偵なのかな。あんな高速で移動してヒントを……」振り返って見ると、さっきまで俺の横でシャツをしゃぶっていたはずの蓮くんが消えている。

おやと思った瞬間、沙樹さんの驚いた声がした。「ハルくん、見てっ。蓮くんが」

普段あまり聞かない焦った声なので何事かと部屋を見回す。蓮くんはいつの間にか居間に瞬間移動しており、ソファの座面にしがみついていた。よく見ると両手で座面につかまり、膝立ちの姿勢だがおしりは浮いている。

「うおっ、つかまり立ち？」

「もう？　早くない？」沙樹さんも目を丸くして駆け寄ってくる。「おー蓮くんすごい！」

どうやらソファの座面がつかまるのにちょうどいい高さだったらしい。手を握って歩行練習はさせていたものの、六ヶ月というのは早すぎて油断していた。思わず二人で拍手するが、当人はしがみつくことに必死で、「ううううう」と唸りながらおしりをゆらゆらさせている。しかしそもそもあんな短い、筋肉の存在などうっすらとしか感じられないムチムチの脚では無理だろう、と思ったら、次の瞬間、ひょい、と両脚を伸ばして立った。

「立った」

「マジか」

「すごいすごい立ってる！　維持してる！　あっカメラカメラ。蓮くんまだそのままね？」

「ちょっ、これ大丈夫か。がんばれがんばれ」

蓮くんは後ろで大騒ぎする親になどかまっていられない、という様子で必死だが、その両脚はちゃんと床に踏ん張って、なんだか急に大人びて見えた。

「あ」

蓮くんが自分のしたことに自分で驚いたかのような顔をする。沙樹さんが携帯を持ってどたどたとやってくる。

大騒ぎだったが、その中で俺はふと、妙なことを考えた。まさかこの子、捜査に参加すると成長するのではあるまいな。

お外に出たらご挨拶

1　君塚浩二（きみづかこうじ）　二月二十日　14：39

県警の本部庁舎は「上」と「下」に二分されている。階数が一桁である九階までが「下」で、十階から先は「上」。

県警本部も警察庁も、公式にはそんな呼び方はしたことがない。だがここで働く警察官及び警察職員の間では、この本部庁舎ができた二十年前からずっと存在する呼び方だった。現場は「下」だ。デカ部屋と呼ばれる刑事部各課の大部屋も、一一〇番を受理する通信指令センターも、警察関連の建物にあっては伝統的に最上階に配置されることが多い道場すら九階にある。そして「上」は幹部たちの空間だ。本部長室を始め、各部長級、課長級の執務室。来客ではなく来賓用にのみ設けられた赤絨毯の応接室。椅子の背もたれの分厚さが「下」のものとはまるで違う、幹部用の会議室。

この構造は使用開始当初から、内外の人間の揶揄と批判にさらされてきた。一般の捜査員が使うエレベーターホールとは別の場所に、九階以上のエリアに直通している通称「御用エレベーター」が設置されていたこともそれに油を注いだ。もともと現実の警察内部では、ドラマのような対立はない。捜査一課の人間が所轄を馬鹿にすることもなければ所轄が捜査一課をひがむこともない。キャリアとノンキャリアにしてもお互い「別世界の人」程度の認識で、表だってぶつかることはなかった。だが新庁舎のこの構造が、それまで「別に口に出して言うほどでもなかった」両者の対立を表面化させてしまった。「下」の人間は言う。新しい本部庁舎、十階から先は警部補以下立入禁止らしいぜ。エレベーターまで別だってよ。幹部殿らは、俺たち下々の者の顔すらご覧になりたくないらしい。おっと、気をつけろよ。上の方々に聞かれたらお前、明日から行方不明者（M号）だぜ。

本部庁舎がなぜ、本来連携を密にすべき現場と幹部の距離をあえて遠ざけようとするこんな構造になったのかは分からない。設計当時の本部長が徹底したノンキャリア蔑視の男で、ひたすら上に媚（こ）びへつらって出世してきたからだというのがもっぱらの噂であるが、真偽は定かではない。だが醸成されてしまった暗い空気はどうしようもない。最上階である十四階は一部が展望ラウンジとして一般公開され、見学コースにも入っている——ということすら、「下」の人間は露骨なアリバイ作りととらえている。高層型の公的建造物としては一般的なことなのだが。

そしてこうして歩いてみると、確かに「上」は、廊下の空気からして「下」と違うのだった。どたどたと職員が駆け回ることもなければ、外の埃を纏（まと）ったままの制服警官が駆け込んでくることもないため静かで、床面は掃除が行き届いている。天井に等間隔で設置された無機質なＬＥＤ照明が、硬質な壁と柱を冷淡な公正さで照らす。しかし壁にはきちんと内輪向けのイベント告知や連絡事項の掲示があり、指名手配犯のポスターまで貼ってある。そこは警察の建物らしいと言えなくもないが、見る者によってはこれもアリバイ作りの空疎な掲示に見えるのだろう。

では自分はこの「上」をどう思っているのだろうかと、刑事部捜査一課長補佐官・君塚浩二警部は考える。二年前に管理官という立場になるまでは、自分はずっと「下」にいた。大卒の二十二で警察に入り、約半年後に巡査を拝命して要町（かなめちょう）交番に配属されてから三十一年間、ずっと現場だった。自分は現場の人間だと思っていたし、その空気が、所作が、思考が、体の芯まで染みついていると思っていた。

だが階級が警部に上がり、管理官になり、「上」に出入りするようになって、わずか二年やそこらでそれが揺らいでいる。最初から警部補で半年後に警部、一年かそこら研修を積んだらいきなり警視でどこかの署長という、国家公務員総合職試験通過のキャリア組。彼らの無機質で等質で、融通のきかない顔つきが自分にも伝染しているのではないか。官僚臭さが顔つきに出てきたのではないか。人間の体細胞の大部分は二、三年で新しいものに入れ替わるという。だとすればそろそろ、「上」の生活が染みついた細胞が大部分になっているはずだ。まだ「下」でやっている昔の同僚たちと飲んだら、俺は「変わった」と言われるのだろうか。それとも変化途中の不気味な状態なのだろうか。夏に下の息子が笑いながら見せてきた、後ろ脚だけが生えたオタマジャクシのような。

廊下の静けさにそんなことを考えながら歩いていると、知った顔が前から来た。組織犯罪対策本部長の九木原（くきはら）警部だ。九木原は上に出入りしながらも、所属する部署のせいかまだ「下」の空気をはっきり残している男で、「上がった」直後は君塚にとって比較的話しやすい相手だったものの、今では会う機会もめっきり減り、苦手にすらなりつつある。九木原は前から来たのが君塚だと知ると、ああ、と息を吐いて中途半端に会釈をする。同僚に向けるそれと幹部に向けるそれのどちらにしようか迷っている、ということが露骨に分かる仕草だ。わざとそうしているのだろうかと思えなくもない。

「どうも」

「どうも」

「君塚さん、課長室ですか」

「ええ。ちょうど今、いると聞いたもので」すれ違ってしまう前にと君塚は急いで言う。

「驚きますよ。うちのボス、あれでほとんど執務室にいない」

「へえ」九木原は捜査一課長室がある後方を振り返る。「AI殿なら、リアルで現場に出る必要はなさそうですがね」

今年度の途中から新たに就任した捜査一課長を「陰口の時に使う方の渾名」で呼ぶ九木原の微笑にわずかな敵意と蔑視がちらつく。自分に見せるためにちらつかせているのだ、と分かるので君塚は思う。やはり俺はこの男が苦手だ。「まあ、あれでなかなか現場志向の方でしてね」

「ほう。……まあ、それでこっちに来たわけですからね」

九木原は訳知り顔で言い、おっと無駄話は、と言って会釈をする。君塚も九木原を振り返らずに課長室に向かう。

三年前の俺なら、と思う。三年前までの俺なら、確実に九木原と一緒に「AI殿」の陰口を言っていただろう。いや、管理官になってからもだ。だが今はどうしてもその気になれない。それは課長補佐という役職に染まってきたからなのか、それとも「上」に出入りするうちに「下」の気持ちを忘れたのか。

　だが君塚は、どちらも違うという気がしている。「下」の者、特に胸を張って「下」を自認する者たちから敵意と偏見をもって見られ続ける我が主。ノンキャリアの最終到達地点であるはずの「捜査一課長」という椅子に、上からさっと降りてきてすとんと収まってしまったキャリア組の警視。年齢はまだ三十そこそこだ。何を考えているか分からないようで、実はひどく単純なのではないかと時々思えるあの人の補佐に収まって七ヶ月。しかし、実際に就いてみると予想したような不快さは全くなかったのだ。君塚は作法通りにノックをし、中からの反応を待ってドアを開ける。「入ります」

　ドアの真っ正面。メタルフレームの眼鏡を光らせ、キーボードを高速で打ちながらAI殿がちらりと君塚を見る。「どうも」

　君塚は実は分かっていた。たぶん俺はこの、突然変異種の課長殿が嫌いではないのだ。

「……では、こちらの増員規模は五、六名ということでよろしいですね」

「はい。ただし春日署にお願いして、商店街の方に顔のきく捜査員を一名、入れてもらう必要があります」

「了解。適当な者を見繕います。それと本牧署の捜査本部ですが、あちらに西間君を行かせてはどうか、という意見があります。小津と二人体制になりますし、その方が自分で判断する機会が増えて、彼にとっても勉強になるかと」

　書類に押印していた課長の手が止まる。普段、こうした業務連絡の途中にも手を動かしていたりする人だが、よく考えて判断すべきポイントになると動きを止めるのだ。そういう仕草は確かに機械のようで、まばたきの回数すら自分で加減しているのではないかと見える時もある。

「了解しました。そうしてください。春日署の方に補充は必要ありませんね？」

　言いながらもう手を動かしている。君塚は「問題ないかと」と応え、鞄から書類ひと束を出す。すぐに確認すべき書類ではないので机の端に置いた。課長は一瞥しただけでそのままにし、押印が終わった書類を手早く束ねて幾枚かをクリップで留め、交換で君塚に差し出してくる。書類を扱い慣れている動作であり銀行員に見えなくもないが、まあ銀行員めいた印象というのは官僚共通の特徴である。というより、そもそも大手の銀行は国家機関の側面があるから、銀行員の方が官僚めいていると言うべきなのだろうが。書類の束を受け取りつつ、君塚は自らの主を見る。いつもの通り感情の見えない無表情だ。それはおそらく周囲の、特にノンキャリアから向けられる敵意の視線に対する、この人なりの処世術なのだろう。課長は署内を歩いているだけでそうした視線を向けられることがある。

　そして課長に対する敵意は必ず、その隣にいる君塚への同情とセットになっていた。

「本来は」県警本部の捜査一課長というポジションに就くのはノンキャリアの管理官と慣例的に決まっており、年齢も一課歴も最も上の君塚がその最有力とみられていたからだ。そして前任者が就任直後に急病で倒れた。だが、急に空いたその椅子に座ったのは君塚でも他のノンキャリア管理官でもなく、警視庁捜査二課にいた三十そこそこのキャリアだった。周囲から見れば君塚は予約席を奪われた不運な被害者であり、課長と、この異例の人事を仕組んだと言われる県警本部長は加害者だった。だが当の君塚自身は、別の印象を持っていた。

君塚は昔から「公正」を大切にしてきた。やはり警察官であった父から「銃を持つ人間が最も公平・公正でなければならない」と言われてきたこともあったし、度重なる異動と上の方針転換に長く付き合わされてきた警察官人生の中で、迷った時に拠り所とする自分の「芯」が必要だと感じていたからだ。だから周囲から「お飾り」のくせに「いけ好かない」と見られていたこの課長に関しても、純粋に実力だけで、公正に見極めるつもりでいた。そうして見ると、実際に課長は優秀だったのだ。仕事ぶりは極めて丁寧で迅速。気配りもでき、頭の回転が速い。

君塚は考えていた。県警本部のほとんどの者はこの人を「課長」ではなく「課長代理」と見ている。もともと時期的にも中途半端なのだ。来年度にはこの人はどこかにいなくなり、予定通り君塚が捜査一課長になる。そう言って慰めてくれる同僚もいるが、君塚は今後に別の予想をしていた。この人は意外と定着し、反対派を実力で黙らせていくのではないか。

しかし当の課長はいつも通り、何を考えているのか分からない。君塚に今渡した書類を指さしつつ軽快に立ち上がる。「私はこれから千歳川署の方に入ります。あちらの進捗がどうも気になるので、現状を直接聞きたい。君塚さんはそれと春日署の方が済んだら合流してください」

「了解。春日署の再配置が済み次第、千歳川署の捜査本部へ向かいます」君塚は敬礼する。相手が相手なので背筋が伸びるが、腕時計もちらりと見る。「ところで課長、昼食がまだでは」

「移動中に済ませます。車はＤブロックの方に回してください」

「了解」

相変わらず執務室にいない人だと思うが、そういえばこの人が食事をとっている姿をきちんと見た記憶がほとんどない。大抵が目を離した隙に食事をとって戻ってきている感じで、まるで忍者である。警察官は通常、現場経験が長い奴ほど早飯で、おにぎりだのパンだので済ますことも多いが、この課長はそれすらとっている雰囲気がない。あるいはＡＩと呼ばれる一番の原因はこの人間味のなさかもしれない。「毎晩、家で油をさしてもらってるんじゃないのか」などとにやにやしながら言う奴もいるが。

「ああ、それと君塚さん」

「はい」

「なんとなく、お顔を見るとお疲れに見えるのですが。体調は大丈夫ですか」

「は」君塚は空いた手で顔を撫でる。朝、適当に剃ってきたため頬のあたりに残った髭がざらりと鳴った。「いえ、大丈夫です。恐縮です。ありがとうございます」

生活サイクルを見れば明らかにあんたの方が心配だ、と思うが言えない。君塚はなんとなく中途半端なタイミングで踵を返す。時折、不意にこういうのが来るのだ。ロボットだって笑顔くらい作る、と言う同僚もいるが。

結局、課長と同じタイミングで部屋を出ることになり、君塚は慌てて前に出てドアを開ける。

だがそこで、なぜか課長が突然立ち止まった。廊下に一歩踏み出した姿勢のままだ。

「課長」

「君塚さん」

課長はなぜかドアの外、壁越しの床付近を見ており、さっと手を広げて君塚を部屋に押し戻した。現場に出る時の癖で眼鏡を外している。「離れてください。不審物です」

そのきな臭い単語が、君塚の精神状態を一瞬で現場に戻した。「どこですか。爆発物ですか」

「ドアの外です」

課長は開けたドアに背をつけて距離を取りつつ、片膝をついて床を見ている。不審物はドアの外、出てすぐのところに置かれているようだ。

君塚は自分の職務に従って動いた。課長の前に出て不審物を確認する。ドアの前にいきなり、ぽんと置かれている小型の段ボール箱。小脇に抱えられるサイズだが、C4などの強力な爆発物であった場合、あの量でも自分と課長は確実に吹き飛ぶ。

「あれはいつから」

「君塚さん、下がってください」課長が君塚の袖を引く。「分かりませんが、無断でいきなり置かれていました。爆発物の可能性がありますので触れないでください。あそこに置いたということは、振動か接触を感知して作動する可能性があります」

君塚はその言葉に思わず下がり、部屋の中に体を戻した。

あれは確かに完全なる「不審物」だ。あんなところに物を置く人間はいない。箱には伝票も何もないし、小包などは直接この部屋には来ない。そして捜査一課長の執務室を狙ったとなると。

君塚はにわかに緊張してきた。テロだ。警察に対する。悪戯程度ならいいが、「遊び心」の全くない無機質な箱は悪戯には見えなかった。

置いた奴はどこだ、と、君塚は反射的に廊下の左右を見た。誰もいない。そして課長の言葉を反芻する。確かに正解だった。時限装置で勝手に作動するとか、ただの接近で作動するならもっと隠そうとするだろう。ドアを開けてすぐ目につく位置に置いたということは、触って開封してほしかったということだ。

「少し手間がかかりますが、爆発物処理班に連絡を」課長は溜め息をついて言った。

「君塚さんは部屋に入っていてください。部屋の前に置いていったというなら、部屋の中にいれば安全なはずです」

それも正解だった。ドア越しにいける威力があるならさっさと作動させればいい。君塚は知らずにまた乗り出していた体を引っ込め、携帯を出す。鼓動が速くなっているのが自分でも分かった。今この瞬間にも爆発するのではないかと思い、一瞬だけ妻と子供の顔が浮かぶ。大丈夫なのかとつい外を見たくなる。

だが見た瞬間、箱が揺れた。ごそり、という音がする。あの動き方は機械ではない。

「……何か生き物が？」

「の、ようですね」

課長はドアから離れて箱に手を伸ばした。確かに生き物が入っているなら、毒物や爆発物が同梱されていることはなさそうだが……。

箱の蓋が破裂音を響かせて光った。課長はとっさに手を引く。白い煙がひと筋、かすかに立ち上る。箱の蓋がふわりと開いてゆっくりと持ち上がり、中から、ずるりと長い生き物が出てきた。

「……蛇か？」

「これは、確か」課長は後じさり、箱からうねりながら出てくる赤黒まだらの蛇を見た。

「……サンゴヘビですね」

「毒蛇ですか」

「猛毒です。日本固有種ではないので、血清もないかもしれません」

冗談じゃない、と思うが、課長はゆっくりと移動し、毒蛇の前に出た。箱から完全に体を出したまだらの毒蛇が頭を持ち上げる。かなりでかい。一メートルくらいはあるのではないか。

「課長」

「庁舎内に放せば死者がでる可能性もあります。処分しましょう」課長は床を指さす。

「この距離なら噛みつかれませんから、君塚さんはここに立っていてください」

本気か、と思うが距離的には安全そうだ。君塚は課長が動くと同時に廊下に飛び出してその位置に立ち、毒蛇と向きあった。毒蛇は君塚に狙いを変えたようで、ぐっと頭を上げた。おい、ひょっとしてこれが「鎌首をもたげている」という状態なんじゃないか、と君塚は息苦しさを覚える。噛まれたら死ぬ。

だが、その間に毒蛇の背後に回った課長が、ふっ、と音を立てずに踏み込んだ。蛇の頭がそちらを向く。危ない、と思った瞬間、課長の革靴が、爪先で蛇の頭を蹴り飛ばしていた。

蛇が仰向けになり伸びる。しかしまだ尻尾（しっぽ）はうねっている。課長は靴でその頭を踏みつけると、相手が絡まってくるのも構わず踏みにじった。めり、という嫌な音がして、蛇が急に、棒になったように固まってぱたんと伸びた。

「課長」

「死にました」

課長が脚をどけると、頭蓋骨を踏み潰されたらしき蛇はもう、ぴくりとも動かなかった。

君塚は大きく息を吐く。「……冗談じゃねえぞ。毒蛇だと。なんでそんなもんを」

課長は腹を見せて伸びている蛇を見下ろし、呟いた。「……赤い蛇。『赤蛇(チイシウウ)』」

その名前は知っていた。「……奴ですか？」

「ご存じなのですね。……警視庁では少し有名な、中国人半グレグループのリーダーですよ。『赤蛇』と名乗り、本名は姜子軒(ジャンズシエン)」課長は蓋の開いた箱に無造作に近づくとポケットからハンカチを出し、箱に手を突っ込んだ。「……やはり、間違いないようですね」

よく手を突っ込めるなと思いつつ、蛇の死骸を回り込んで避(よ)け、課長の隣に立つ。廊下のむこうで今さらドアが開き、「何だ」とか言う声が聞こえてきた。

課長は指紋をつけないようハンカチを挟み、箱に入っていたその紙をつまんで持ち上げていた。Ａ３くらいの紙に、筆で太く漢字が書かれている。

近年者此度無事満期勤上候
自由之身ニ付好日ニ御礼申上ニ参上仕度奉存候
貴殿並県警之各々叩潰奉タク候
御覚悟為様御座候

赤蛇

「これは……」達筆ではなく、それがかえって書いた人間の粗暴さを想起させる危ない手紙だった。漢字ばかりなので中国語かと思ったが、よく読むと日本語である。「御礼」。「御覚悟」。つまり。

「『満期出所したので、県警と私に復讐に行く』そうです」課長は平然と言い、無表情で文面を見ている。『満期勤め上げ』と書いてありますが、たしか懲役一年程度だったと思います。暴行と住居侵入だけだったので」

「たしか課長が以前……噂ですが」

「逮捕しました。当時は警視庁にいましたが、緊急のため、こちらの所轄と一緒に現場に急行して」課長は手紙を箱に戻した。「その復讐だそうです。私と県警に」

無表情でそう言う課長の横顔を見ながら、君塚は思った。この人の未来。来年度初めに飛ばされるか、「正式な」捜査一課長として定着するか、の二択だと思っていたが、それだけではない。

君塚は嫌な予感を覚えていた。この人は、任期途中に何かの事情でいなくなるのではないか。

2　秋月春風　二月二十三日　11：09

最初に感じるのは「気配」である。昔の布おむつだとどうなのかは分からないが、少なくとも現代科学の結晶たる四層高分子構造の吸収剤とウエストギャザー及び横もれ防止ギャザーの前では、おむつのつけ方が甘いかよほど赤ちゃんが動き回るか長時間放置するか、あるいは赤ちゃんの体調が悪くて変な下痢をしているかのどれかでない限り、うんちの臭いなど至近距離でしか分からない。まあ、こちらが日々他の家事に追われている中、赤ちゃんは目を離すとすぐ成長して動き回るようになるわけで、そのどれかがわりと起こるのであるが、とにかく親が最初に感じるのはうんちの臭いではなく「気配」なのである。

気配を感じると親はこうして赤ちゃんを抱き上げ、鼻をくっつけんばかりにして尻を嗅ぐ。子供ができると「他人の尻を嗅ぐ」という通常まずお目にかからない珍行動を毎日するようになる。やはり、していた。さすがに0距離だとはっきり臭う。俺は蓮くんをそっとバスタオルの上に寝かせる。蓮くんは即、うつぶせになってどこかに這っていこうとする。最近よだれの量がすさまじいので、ちょっと這っただけなのにもう床が濡れている。移動した跡がぬめって残るカタツムリと大差がないなと思いながら拭き、蓮くんを摑んでバスタオルの上に連れ戻す。移動を妨害されて不本意な蓮くんが「むううううう」と始めた抗議にはいはいはいはいと連呼しながら空いた手を伸ばし、ラックからおむつとおしり拭きとおむつを捨てる専用のビニール袋を出し、ベビーパウダーを出し、ついでにおしりの荒れ対策で最近塗っている薬も出す。その拍子にメリーに手が当たって倒す。本当に家の中が狭くなったよな、と溜め息をつきつつ、立て直している余裕はないのでメリーは放置する。赤ちゃんを寝かせるタオル、おむつ本体、おしり拭き、汚れたおむつを入れる専用のビニール袋、脱がせたついでに塗る薬、おむつ専用のビニール袋を捨てるための臭いの漏れない専用のゴミ箱。おむつ替え一つとってもこれだけの品々が必要になるとは、赤ちゃんが生まれる前には思っていなかった。物入り、というレベルではなく、蓮くんが生まれた七ヶ月前と比較すると、うちは三、四割狭くなった。置くと泣くため全く使えなかったレンタルのバウンサー（揺りかご）を二日で返却したうちですらそうなのだから、もっと手狭な家もいくらでもあるだろう。

あらかじめおしり拭きを一枚二枚出しておいてから蓮くんの前に膝をつき、ロンパースの横にずらりとついているボタンを一気に外してめくりあげる。病院で着る前開きの検査衣のような新生児肌着を着ていた頃はどこに紐があってそれをどこと結べばよいのか毎回混乱して往生したが、ロンパースになったらなったで股下のボタンがいくつあってどことどこを留めるのか分からず結局混乱している。留めるボタンを間違えないよう色をつけてくれている商品も多いから、メーカーのせいではなく俺の空間把握能力が足りないのだろう。腰の左右にあるテープを剝がしておむつを開くと、便の臭気がふっと鼻に届く。離乳食の割合が増えてきたため、以前は乳っぽくてさして悪臭とも思わなかった便が徐々に「ウンコの臭い」になりつつある。便を観察する。水様便ではなく未消化もない。離乳食で人参を食べたせいかやや赤いが健康なようだ。[*1]片手で両脚を掴んで持ち上げ、もう一方の手で外したおむつをどかして、おしり拭きを使っておしりを丁寧に拭き上げる。赤ちゃんの便は常に軟便であり、毎回尻全体にうんちが広がるため臭い中のこの作業はひと苦労である。肛門周囲と両の尻肉だけでなく腰のあたりまでついているし、男の子なので睾丸をめくって周囲の皺を丁寧に拭かなくてはならない。一番辛いのはその間ずっと泣かれていることだ。おむつ替えを喜ぶ赤ちゃんというのは寡聞にして知らないが、うちの蓮くんも最初の頃より随分抵抗するようになった。泣きながら脚を曲げ、伸ばし、蹴る。腰をくねらせ海老反りになる。蹴る力もだいぶしっかりしてきたので最近は頭の中で「おうおう良い蹴りじゃ。やはり武門の子よのう」と時代設定不明の武術家ごっこをして凌いでいるが、脚を持つ手を離すとどけたおむつの中に踵（かかと）落としをかまして足がうんちまみれになったりするのでこちらも必死である。

おしりが綺麗に拭けたら掴んでいた脚を離し、おしり拭きとおむつを一緒に包んで丸める。ばたばた動く脚を再度捕まえて肛門周囲のあせもにパウダーをはたき、薬を塗る。

＊1　一歳くらいまでの赤ちゃんはまだ離乳食を完全に消化できないためか、赤いものを食べたら赤いうんちをし、緑のものを食べたら緑のうんちをする。カタツムリに近い。

そこでやっと新しいおむつを取る。可哀想なことに現在は肛門周囲が荒れて赤くなってしまっているが、おむつ替えで赤ちゃんのおしりを見るたびになんと美しい肌だろうと思う。極限まで滑らかで凹凸が一切ない。ぷにぷに柔らかくて温かい陶器だ。あまりに美しい質感なので、特に何の実用性もなしにただ愛でるだけの目的で「赤ちゃんのおしり」という商品を売り出したらヒットするのではないかとすら思う。薬を塗った指をおしり拭きでさっと拭い、新しいおむつを引き寄せる。おむつを穿かせる作業には丁寧さが必要で、脚の付け根と腰回りにあるギャザーをちゃんと引っぱり出さないと後悔することになる。指を入れて素早くそれを済ませ、じたばたする踵で蹴られつつロンパースのボタンを留める。我ながら随分慣れて、流れるような手際だと自画自賛する。今回などおしりがわりと汚れていたにもかかわらず一分以内だろう。「おむつ替え世界選手権」のようなものがあったらかなりのところまでいけるのではないか。熱い実況と大歓声の中、ベルトコンベアに並んだ赤ちゃんのおむつを次々替えていく出場者たちの図を想像しながら丸めたおむつを袋に入れ、それを速やかにゴミ箱に収め、自分は洗面所に移動してすぐ石鹼で手を洗う。手を洗うのは汚いからではなく、感染症の予防のためだ。奇妙なことに、育児を始めると衛生観念が変わり、吐物やうんちですら「汚物」ではなく「危険物」という認識になる。鼻水やおしっこも濡れたら拭くべきもの程度の認識でこぼしたお茶と大差なく、よだれなど水である。いちいち汚いなどと言っていられなくなると、人はわりとすんなり順応するらしい。[*2]

手を洗っていると居間の方から蓮くんの泣き声が聞こえてくる。急いで戻ろうとして、部屋で電話をしていて戻ってきた沙樹さんとぶつかりそうになる。

「おう」

「ごめん。……あ、うんちしてた？」

「うん。通常便」

「ありがと」

「電話、大丈夫？」

「うん。もう済んだけど、またかかってくるかも」

「了解」

二人、縦列を作って居間に戻り、蓮くんは沙樹さんに任せて自分の身支度のため隣の部屋に入る。姉が駅前まで来ているので、買い物とお散歩を兼ねてお出かけである。蓮くんの服がそろそろサイズアウトしてきたので西松屋へ。それにベビーフードを普段用とお出かけ用各種、さらにストロー練習用のマグの蓋が閉まりにくくて今ひとつ使いにくかったので代わりがほしい。おむつはこの間買ったがおむつ袋が減ってきている。最

＊2　赤ちゃんはハイハイをする頃になるとよだれをたらしながら部屋中を這い回り、進路上のあらゆるものをしゃぶって回るようになるので、いちいちすべて拭くのは物理的に不可能になる。ただ、離乳食が進むまでは「唾の臭い」のようなものは基本的にない。

近つかまり立ちでよく倒れるので頭につけるクッションも試してみたい。

　こうしてみると日々随分買い物があるなと思う。家族が一人増えたのだから当然かもしれないが、それでも多い。ミルクにおむつにおしり拭きにベビーフード。毎日何かしらが足りなくなるのでドラッグストアではもはや上得意である。赤ちゃん用品はもともと過剰なほど家にあった。出産祝いで山ほどベビー服とタオルとスタイと食器のプレートをもらうし、先に赤ちゃんのいた友人知人から山ほどおもちゃや本ももらえるからだ。だがそれでも不足するものがでてくる。そのおかげで、週末は家族プラス姉の四人で、沙樹さんが忙しい時は三人で、毎回どこかに買い物にいっている。

　居間に戻るとインターフォンも鳴らさずに入ってきたのか姉がいきなりいて蓮くんを抱っこしている。沙樹さんは部屋から普段見ない巾着袋を出してきて、何やらこそこそとバッグに入れている。わりと大きな巾着袋で、そういえば明後日が俺の誕生日だな、と思い出したが、気付かないふりをすることにした。そういえばいつも蓮くんが生活の中心で、自分自身の誕生日など全く意識していなかった。だが、嬉しい。

　お出かけ用トートバッグは沙樹さんが用意してくれており、姉は蓮くんを抱いてもう玄関に出ている。戸締まりと電気を確認して靴を履く。行き先はいつも通り本藤原（ほんふじわら）駅前のショッピングモールだ。

　ここまでは、少なくとも平和なただの土曜日だった。もちろんこの時の俺は、この後、県警史上例のない凶悪事件に巻き込まれることになるとは、全く予想していなかった。

後々まで県警、いや日本全国の警察組織内で語り継がれることになる、捜査一課長襲撃事件である。

3　君塚浩二　二月二十一日　9：26

事件が起こったのは「上」の捜査一課長室前だったが、捜査員が集められたのは「下」の会議室だった。長机の上には証拠品としてジップロックに収められた例の予告状。場の中心はそこで、捜査員たちはその周囲に集まる、という状態は捜査会議としては異例だが、客観的に見れば、これがそもそも捜査会議なのかが分からない。毒蛇の襲撃があった翌日、課長は会議室に九木原本部長以下、組織犯罪対策部の人間を集められるだけ集めていた。といっても極秘に、本来の業務と並行してなので、集まっているのは九木原以下、ベテランの軽部（かるべ）や関（せき）などの精鋭、十名ほどである。

「しかし、これはまた」九木原の隣から手を伸ばし、軽部が予告状を取り上げる。「候、候ってヤクザみてえに。気合い入ってんなあ。中国人だろあいつ」

軽部はにやついている。普段はもっと愛想がないのだが、緊張してくるとにやつく男である。

その隣の関は真面目な顔をしている。「赤蛇……姜子軒で間違いないんですか」

「本当に赤蛇送ってきたんでね」説明役の君塚は答えた。「皆さんにも見せたかったですよ。一メートルもある大蛇。あとで確認したんですがテキサスサンゴヘビってやつでした。神経毒を持っていて、噛まれると死ぬそうで」

「手配するとして、罪状はどうしますか。殺人未遂（コロシ）ではいけなそうでしょう」九木原が口角を上げて課長を見る。「脅迫か何かで、大急ぎでしょっぴきますか。課長殿、お得意ですよね」

　笑うようなことではないと君塚は思うのだが、組対の刑事たちはそれぞれに苦笑と失笑を漏らし、節電のため前半分だけ明かりを点けた会議室の空気がかすかにさざめく。自分がその空気に同調するより先に不快感を覚えていることに君塚は気付く。「お得意」などと言うが、話に聞くあの事件での課長の判断は警察官としては正しかったと、君塚は思っている。

　君塚は直接に関わったわけではないので人づてに聞いた話でしかないが、まだそれほど過去の事件ではなかった。一年ほど前のことだ。まだ警視庁捜査二課で管理官をしていたうちのボスは、ある特殊詐欺事件を追っていた。末端の「受け子」を何人か逮捕し、銀行口座を洗い、携帯の通信記録を辿り、一連の特殊詐欺事件はどうやら、不法滞在の中国人たちで構成されたある半グレ――つまり暴力団に属さない若年犯罪者のグループが関与しているというところまで突き止めた。そのリーダーが「赤蛇」こと姜子軒だったのだ。刷毛（はけ）のようにおっ立てた髪を金色に染め、蛇のタトゥーを入れてブルゾンを羽織り、まるで昭和の暴走族のようないきがり方をする男だったが、手口は丁寧で準備を怠らないタイプだった。犯罪に自分のスタイルを出すことにこだわり、自分の力を誇示するように「赤蛇」のトレードマークをちらつかせる男だったからすぐに浮上したのだが、その後、問題が生じた。捜査二課の上層部に対し、組対——警視庁の組織犯罪対策部から「協議の申入れ」が入ったのである。

　組対の言い分はこうだった。自分たちも以前から赤蛇を追っており、すでにいつでも逮捕できる状態にある。だから待ってほしい。今、自分たちは赤蛇を泳がせつつ接触を試みている。中国人のガキ共などどうでもよく、奴らの背後にいる暴力団と、そこが統括する他の複数の半グレグループこそが本丸だ。半グレグループの中で暴力団につながりがあるのは赤蛇本人だけ。奴とうまく交渉し、暴力団の尻尾を掴めば、他の特殊詐欺集団も一網打尽にできる。二課（そちら）が受け子を押さえて奴に迫ったことで、奴は焦って余裕をなくしている。そこで組対（こちら）が接触すれば必ず奴を懐柔できる。うまくいけば、手柄は山分けしても余る。

　警察組織としてはしごく常識的な申し出であり、当時の二課長以下、二課の全員がそれを飲んだ。うちのボスもその時は納得していたらしい。

だがその直後、組対の方が、やってはならないことをした。少なくとも君塚はそう思っている。

　二課の締め上げにより手駒を失っていらついていた赤蛇を、組対が懐柔するのに手間取ったのだ。赤蛇は予想以上に警察を恨んでおり、二課に手を引かせてやる、と言って接触した組対の捜査員を信用しなかった。もともと非公式のやりくちであり、どこかに漏れて問題にされる前に片付けたかった組対側は焦り、赤蛇にプレゼントを贈ることにした。警察内部で保持している、ある個人情報である。

赤蛇の妻はまだ二十歳そこそこの若さで、美しい顔とモデルのような体型を持ついい女だったが、赤蛇のＤＶに耐えかねて警察に保護を求め、都外のアパートに隠れていた。君塚らのいるこの県内だったが、同じ警察組織内で持っている情報であり、組対が摑むことはたやすかった。赤蛇はこの美しい妻に異常な執着を見せ、絶対に逃がさない、と目をぎらつかせていた。

それを知った捜査員が、赤蛇に持ちかけた。協力すれば妻の住所を教えてやる、と。保護された当時、妻の美しい顔は殴られて石塊のようになっていたという。保護した職員も、このままでは殺されかねないと緊急に動いたのだ。赤蛇の執念深さを知っている妻は、住所を変えた後もずっとびくつきながら生活していたらしい。赤蛇が探しにきているのではないか。奴の手下がどこかで目を光らせているのではないか。髪型を変え、化粧を地味に抑え、外出も少なめだったという。

それなのに、組対は赤蛇に漏らした。赤蛇は復讐心と支配欲と嗜虐(しぎゃく)心に目をぎらつかせて妻のもとへ飛んだ。

その情報が、直前で二課に漏れた。このやり方に納得できなかった組対の捜査員がたれ込んだのだ。たまたま他の管理官がいない状態だったため、うちのボスが動いた。地域課のツテを使って緊急連絡し、所轄の者を妻のアパートに向かわせ、網を張るように指示した。自ら現場に急行し、到着したまさにその時、赤蛇は「教育用」のナイフと釘を携えてドアを蹴破ったところだった。待ち受けていた地域課員たちが赤蛇を取り押さえ、最後にはうちのボスが自ら手錠をかけたのだそうだ。

赤蛇の妻は殺される可能性もあった。だが、組対側は激怒した。これですべてがおじゃんだ。暴力団の情報はすべて無駄。二課は必死で証拠を集めたが、結局詐欺犯としても立件できず、赤蛇の罪状は逮捕されたその日の住居侵入と暴行だけだった。実刑は科されたがたったの一年。法廷内で赤蛇は腰縄をつけられたまま、一度だけ傍聴に行ったうちのボスを睨みつけていたという。奴にすれば警視庁の組対と県警、それに二課に嵌められたようにしか思えなかったのだ。未決勾留中に組対の者も何度か面会したようだったが、赤蛇は警察官と聞くや興奮し、「嵌めやがって」「潰してやる」と叫んで手がつけられない状態だったという。

ここからは噂で信憑性も怪しいが、組対側の中心人物だった当時の組対三課長は赤蛇逮捕の報告を受けるや激怒し、捜査二課に殴り込んできたらしい。うちのボスは胸ぐらを摑まれたが、表情一つ変えずに手首を取って三課長の肘関節を極め、「暴行罪の現行犯で逮捕します」と言ったのだという。ＡＩという渾名はその時についたものだというが。

君塚はこの話を聞いた時、思わず唸ってしまったのだ。話をしてくれた同僚は完全に組対側から「正義感をはき違えた馬鹿のスタンドプレー」を非難する論調だったが、はたしてこれは妥当だろうか。赤蛇に妻の住所を漏らしたのが警察だということが外に漏れたら、刑事部どころか全警察組織が袋叩きになる大問題で、暴力団の情報どころではない騒ぎになっていたはずなのだ。そして何より、夫の暴力に「殺される」と怯えていた女性を、加害者の前に突き出した。警察官としてあるまじき不正義だ。

だが結局、うちのボスは「はみ出し者」の烙印を押され、事務方に配転になった。警察という所は、「面倒なところがある人間」はそれだけで忌避する。たとえ本人が何一つ間違っていなくてもだ。具体的に聞いてはいないが、腫れ物扱いだったという。そして配属先でも疎まれ、警視庁全体で持て余していたこの厄介者をうちの本部長が引き取り、急に空席になってしまった捜査一課長に収め、それまでは置いていなかった「課長補佐」のポストを作って君塚を就かせた。突然の人事だった。

君塚は理解している。赤蛇が妻のアパートに向かっている、という情報が入った時、二課には当然、他にも人員はいた。速度優先で地元の所轄をまず動かすのは当然としても、急行するならば二課の人員を何人か連れていくのが当然だった。単身で現場に向かったら、所轄に押し負けて現場の主導権が取れない可能性があるからだ。だが課長は一人で行った。部下を連れていけばそいつも「反逆者」扱いになるから、一人で泥を被った。

それがあるから、君塚はおとなしく「補佐」の地位に甘んじたのだ。だが警視庁はもちろん、県警（うち）の組対もそれには納得していない。

「で、どうしますか」予告状を机に置き、九木原が課長を見る。「ご不安であれば警備部に依頼し、二十四時間護衛をつけるべきだと思いますが」

軽部たちが苦笑する。「みっともねえ」とでも言いたいのだろう。

何しろこういう経緯があるから、組対の連中はにやにやしているのだ。もともと組対は組対同士仲が良いし、ノンキャリアばかりの組織なので、うちの課長には反感を抱いている。その当人がピンチになったということで、むしろ楽しんでいるのかもしれなかった。あんたの蒔（ま）いた種だろう。どう刈り取るかお手並み拝見。その無表情が崩れるとしたら見物だ、と。

だが課長はそうした視線を自覚しているのかいないのか、無表情のまま頷いた。

「確かに大いに不安です。そちらの箱を見ましたが、間違いなくそれは『雑貨屋』の作品です。赤蛇が雑貨屋と組んだとなると、無関係の市民が巻き添えになる危険があります」

課長は予告状の隣に置いてある段ボール箱を見る。

箱には毒蛇と予告状以外に何も入っていなかったが、箱自体には特徴的な仕掛けがあった。スイッチを入れると接近感知で起動し、封入された黒色火薬で小爆発を起こして蓋を自動的に開ける仕組みだ。開いた時の音と光で、夜行性である毒蛇がもし眠っていても慌てて外に這い出すようになっている。

「雑貨屋か」九木原もさすがに腕を組む。「まあ、間違いないでしょうな」

県警だけでなく警視庁でも、「雑貨屋」と呼ばれる「職人」の名前はある程度知られていた。本名は潘といったか。中国人の犯罪組織や個人を顧客とし、ピッキングツールや磁気データ読取機、はては爆弾までも製作する道具の専門家だ。最近はおとなしくしているようだったが、赤蛇とのつながりは以前から知られていた。

「問題は、この予告状が私個人に宛てたものではないという点です。『**県警之各々叩潰奉タク候**』――警察にも打撃を与えると宣言しています」

「うちは奴の逮捕に関係なかったはずだが」九木原が頭を掻く。「いや、課長殿の指示で所轄の何人かが奴を逮捕したんでしたか」

まったく迷惑だ、という言葉を言外にちらつかせる九木原の隣で関が唸る。「……では、雑貨屋ということは、爆弾」

「その可能性が大きいです。何の関係もない一般市民が、警察への私怨に巻き込まれて死亡する――そうなれば、警察に批判が集中します。捜査員を何人殺すよりも、はるかに大きな打撃を警察組織に与えることができるでしょう」

課長の言葉に、組対の男たちが唸る。その通りなのだった。どんなに不本意でも、全力で事件を阻止しなければならない。

「とんだ迷惑ですな」ついに九木原が本音を言った。「で、どうすんです。奴はどうせ姿をくらましてますよ」

「雑貨屋の住所は把握しています。まずは彼を訪ねましょう」課長は言った。「ただ、本件はまだ顕在化していない事件です。この捜査についての情報は取扱注意で願います」

了解、とぽつぽつ声があがる。不本意であっても皆、警察官である。何より何の責任もない市民を守らなければならない。この場で組対内に特別捜査班が組まれ、彼らはすぐに動き始めた。

4　秋月春風　二月二十三日　11：31

「でもほんと、七ヶ月なのにがっしりしてますよねー。ミルクどのくらいあげてます？」

「一回200mlなんですけど、240mlにしちゃうか悩み中で」沙樹さんはベビーカーのハンドルを摑み、困ったように俺をちらちら見る。「あの、あげてるのは夫なんですけど。ほとんど」

「いや、ほとんどってことはないでしょ。休日は寝かせてくれるし」

「えー。うらやましい。めちゃくちゃいい旦那さんじゃないですか。うちの夫、なんもやらないですよ。この間ようやく抱っこ紐初装着で。なのに恥ずかしい恥ずかしいって嫌がって」

「あ、でも分かりますよ。俺も最初は『男でこれつけてたら目立つんだろうな』ぐらいは思いましたし」

「えー。男の人ってやっぱりそうなんですね。むしろ好感度高いですよ」

奥さんは俺を上目遣いで見る。「いいなあ。うちのと取り替えてほしい」

「いや、もう、ほんと頭が上がらないんです」沙樹さんが俺の肩に手を添える。「最近もう、私より夫の抱っこの方が泣きやむくらいで」

何やら慌てて寄り添ってくる様子の沙樹さんを見て、おやもしかして妬きましたかなほほほほほほほ、と久しぶりにニヤニヤするが、下からがたん、という音がして慌ててベビーカーを支える。電車の揺れではなく、ベビーカーから身を乗り出した蓮くんが奥さんの支える隣のベビーカーに手を伸ばし、ハンドルを掴んで引き寄せている。

「あっ、すみません」沙樹さんが慌てて蓮くんのベビーカーを引き離し、俺が蓮くんの手を取ってベビーカーに寝かせる。蓮くんはせっかく掴めたのに、と抗議してくる。

「あああああ」

「あれ、うちの子も手、伸ばしてる」奥さんが笑う。「やっぱり赤ちゃんって、赤ちゃん同士反応しますよね」

ベビーカーの中で蓮くんは体を捻り、奥さんの方の赤ちゃんは手を伸ばし、何やらお互い、引き離された恋人同士のように見つめあっている。蓮くんが「あうあ、おちゃえあうあ、えい」と言うと、むこうの赤ちゃんも「あー。ちゃ。え」と返す。それを見て奥さんが笑う。「会話が成立してる」

「本当だ。宇宙語だから俺ら分かんないけど」

彼らの意図は神のみぞ知るところだが、赤ちゃんというのは他の赤ちゃんに反応する。大型店舗のキッズエリアなどで遊ばせていても、うちの蓮くんは他の子の方にスルスルスル、と這っていき、後ろから髪や服に触ろうとするので油断がならないし、ベビーカーを押していても、隣を同じベビーカーが通ると、必ずこうして手を伸ばす。仲間だ、という認識はあるのだろう。

電車内は思ったより空いていて、たまたま同じ車両に乗ってきた「同志」の奥さんと立ち話をする余裕もあった。赤ちゃんが泣くかもしれないし、ベビーカーはどうしたって場所をとるため空いた電車内でも気兼ねするものだが、愚かしいかな人間の本能で、人数が増えると途端に我が物顔になる。蓮くんと同じくらいの赤ちゃんをベビーカーに乗せたむこうの奥さんも似たような感覚なのだろう。声が大きくなっていた。赤ちゃん連れ同士が電車などで出会うとまるでそこだけ万有引力の法則が変更されたかのようにすすすすと接近していって会話になることが多いが、その理由の一つがこれなのかもしれなかった。お互い話題には事欠かないし、ワンオペの場合たまには論理的日本語を話したいし[*3]、同志にエールを送りあい、場合によっては愚痴も吐きたいのだ。

電車が揺れ、スピードが落ちる。車窓の外にホームのコンクリート色が現れる。本藤

＊3　一人で育児をしていると普通の日本語をひとことも喋らない日が続くため、たまに大人相手にちゃんとした日本語を話せるとほっとする。

原駅だが奥さんはまだ降りないようで、沙樹さんと一緒に会釈をしてベビーカーを押し、

「あう」と抗議する蓮くんはとりあえず無視してドア前に移動し、窓の外を向く。ベビーカーを押していると乗降に一瞬手間取るので、コンマ一秒でもロスを減らすためあらかじめ前輪を浮かせておく。一瞬遅れただけで後ろから舌打ちされたりするのだ。それにしてももう降りるのに姉はどこに行ったのだろう、と思ったら、いつの間にか後ろにいた。さっきから何か携帯でやりとりしている。

ドアが開き、それっ、という勢いでベビーカーを降ろす。混雑の中、ベビーカーを押すのは気を遣うが、俺の鞄は沙樹さんが持ってくれるのでまだ楽といえる。エレベーターはあるがホームの端の方で、辿り着いた時にはドアが閉まっていた。列に並ぶ間に再びドアが開いたが、キャリーバッグを持った中年女性のグループが先に乗ってしまい、ベビーカー同伴では乗れそうにない。頭を下げて「どうぞ」と言い、ドアを閉めてもらう。

「次にしよう。ちょっと待つな」あんたらはエスカレーター使えるんだからそっち行ってくれ、という心の叫びが外に出ないように飲み込む。

「じゃ、私らエスカレーターで改札行ってるね」

姉は言いながらもう、さっさと歩いていく。沙樹さんも携帯を出してそれについていく。二人の後ろ姿を見れば、友達と連れだって買い物にきているようにしか見えない。本当は沙樹さんには、たまには家のことを忘れ、姉と旅行にでも行ってもらいたいのだ

が。

「ちょっと、ゆっくり行ってみようか」

ベビーカーを覗き込んで蓮くんに顔を寄せ、囁く。蓮くんはしゃぶっていたシロフクロウのぬいぐるみをぽとりと落とし、唾液で濡れた手で俺の顔をぺち、と叩いた。冷たい。

5　君塚浩二　二月二十一日　10：00

軽部と関に続いて玄関に上がる。靴下でどかどかと板間を踏みながら、君塚は素早く室内を見回し、これは空き部屋だな、と思う。何もない部屋だった。風呂場の浴槽は乾いており、洗面台周りにも何も置かれていない。風呂どころかトイレもろくに使ってなさそうだ。キッチンも見事なくらいに何もなく、コップ一つ見当たらない調理台のステンレスが、男たちの足音で揺れてにぶく光っている。湯を沸かしたらしい薬缶だけがぽつんとコンロに載っており、それのみが唯一、人の存在を感じさせるものだった。「雑貨屋」はまだここに住んでいるはずなのに、すでに人の気配がなく、寒い。もともと居住用でなく「仕事場」だったのだろうが、とっくに片付けてもう引き払うところだったのだろう。だから組対にも簡単に住所を教えたのだ。

先頭にいた「雑貨屋」こと潘は部屋の壁際まで行くとこちらを向き、どか、と畳の上に腰を下ろして脚を投げ出した。

「で、何の用だ。見ての通りだ。ここには何もないよ」

軽部と関は威圧するつもりなのか、囲むように立って潘を見下ろす。「引っ越すのか」

「まあね」

「どこに」

「言わないよ。言うとあんたたちが来る。うるさいから、あんたたち」

軽部と関が視線を交わし、それぞれに「やれやれ」という顔をする。雑貨屋を訪問する役にさっと手を挙げただけあって、二人ともこの男の人となりはよく知っているらしい。

潘の方はトレードマークの顎鬚を指でいじっている。鬚に白いものが交じっていることに君塚は気付いた。筋肉質な上に年齢不詳の顔をしているが、この男もそれなりの歳のようだ。「住所なんて答える義務はないよ。私は真面目に生活している。今回は何の容疑で来たんだい？」

「知っているはずですがね」同じ高さで話そうというのか、関は潘の向かいにどか、と胡座をかいて座った。「赤蛇におもちゃ箱、作ってあげたでしょ、あんた。届きましたよ。こちらさんのボスのところに」

関が親指で君塚を指す。君塚も関に倣って胡座をかいた。六畳だが何も置いていないので、座る場所はいくらでもある。

「おもちゃ箱？　どんな」

「『蛇花火』だ」君塚が答えた。「そういや春節だったな」

「私の地元は去年から爆竹、禁止になってね」潘は苦笑する。「一日中静かなんだ。気持ち悪いよ」

「その分、こっちでやろうってのか。うちのボスを吹っ飛ばして」君塚は潘の表情を窺う。背にした窓のすぐ外までビルの壁が迫っており、全く日差しが入らず薄暗いため、微妙なところは見えない。「赤蛇に何を作ってやった？　爆弾か」

「さあね。私は赤蛇の手伝いなんてしていない。だから知らない」

潘は鬚をしごきながら笑った。トレードマークの垂らした顎鬚には白いものが交じっているのに、体は重量挙げ選手のように筋肉質。目元に小皺は見えるのに、子供のような顔で笑い、声にも張りがある。全体が何かちぐはぐで気味が悪い男だった。この男自身が、そこらの「人間のジャンクパーツ」をつぎはぎして作られた人形なのではないか。喋っていても真意が読める気がしない。

もっとも今のところはまだ何も起きていないわけだから、こいつの自白はいらないわけだ。君塚がそう決めると、まるでそれを読んだかのように、潘が君塚を見た。

「……でも、そうだね。奴が使いたがるとすれば、爆弾じゃないかな。タイマーのついた」

一番近い関や、立って上から威圧している軽部のことは無視しているようだ。「赤蛇は捜査一課長を吹き飛ばすこともしたいだろうけど、巻き添えがたくさん出ることもきっと、大歓迎なんじゃないかな。私の想像で、本人に聞いたわけではないけどね」

「おい」軽部が上から威圧する。「いいかげんにしろ。奴に会ったんだろう」

「会ってないよ。私の想像」

「おい」

「いや、面白い想像だ」苛つく軽部に対し、関の方は落ち着いていた。「で、あんたの想像では、赤蛇は何をしようとしてる？」

「そうだね。……赤蛇、怒ってるだろうね。警察を叩き潰してやる、ってね。想像だけど。もう商売なんか、どうでもいいんだろうね」

「手下の連中がいただろう。どいつを使う？」

「自分でやるって言っていたよ。捜査一課長は自分の手で殺さないと気が済まない、ってね。まあ、昨日見た夢だけど」潘は脚を畳んで胡座をかいた。君塚を見る。「今もあんたのボスを見張ってるだろうね。行動パターンもだいたい分かってるんじゃないかな。想像だけど。……あいつ、性格も蛇なんだ。怖いよね」

軽部は腕を組んだまま訊く。「記憶力はいい方か。『好日』と書いていたらしいが」

「いい方だね。時、分まで覚えてるってさ」潘はにやりとして、ようやく軽部を見上げた。「想像だけどね」

「……ちっ、面倒くせえ野郎だな」報告を聞いた久木原は顔をしかめた。「いや、かえって楽でいいか。犯行時刻が絞れる」

「しかし、信用できるでしょうか」関が手帳を閉じて久木原を見る。「あの感触ですと、間違いなく赤蛇と雑貨屋は組んでいます。我々が聞き込みにくるのも予想していたふしが」

会議室が静かになる。組対の面々はそれぞれに考え始めたようで、立ったまま腕を組んだり顎を掻いたりし始めた。

「信用できると思います。赤蛇の性格からすれば」この場で唯一椅子に座っている課長が、やはり無表情のまま言った。「自己陶酔と自己演出の男です。ターゲットの一つが私であるならば、私に逮捕されたその日は奴にとって一種の『記念日』になっているでしょう。二月二十三日の十二時五十七分」

法的に、被疑者を「逮捕」しておける時間は原則、四十八時間となっており、それは分単位できっちりと守られる。したがって逮捕時には逮捕時刻を誰かが言い、現場にいた者も把握している。一年前に現行犯逮捕された時、赤蛇は組み伏せられていたわけだが、課長同様、時刻をきちんと聞いて覚えていてもおかしくはなかった。

予告状にもわざわざ「好日ニ」と書かれていた。奴が来るのは二月二十三日の十二時五十七分だ。それが分かっただけでも、潘は大当たりだった。だが。

「……土曜ですが課長、その日はどちらに？」君塚は訊いた。「警戒するとして、自宅で待機されますか。建物的にはこちらの方がセキュリティ面で楽ですが」

「いえ、私は普段通りに外出します。休日として。それ以外にありません」

皆、てっきり護衛をつけて引きこもると予想していたのだろう。会議室がわずかにざわつく。

だが当の課長は冷静だった。

「私が引きこもって警戒していれば、赤蛇は犯行を断念してしまうかもしれない。それならまだしも、私の方は諦め、別のどこかで爆弾を使うかもしれません」

組対の面々がそれぞれに顔を見合わせる。君塚はこっそり一人一人を窺ったが、幾人かは「ほほう」と思った者もいたようだった。度胸はあるようだな、と。

課長の言うことは正しいだけでなく、警察官の本能にも合致している。市民の感覚とは大きくずれているところなのだが、罪を犯そうとしているやつを見かけたら、接触して思い留(とど)まらせるのではなく、ほどほどにやらせてからさっと逮捕する、という感覚が、警察官にはある。それに今回の場合、赤蛇を探し出して先にプレッシャーをかければ、奴は潜ってしまう。時限爆弾を持ったまま、だ。もしそうなれば、いずれどこかで爆弾が使われて何人か何十人、あるいは何百人もが死傷するまで手の打ちようがない。それならば、ある程度までは泳がせるべきだった。だが。

「……早いな。明後日(あさって)じゃないですか」久木原が頭を掻く。「人はどれだけ集められますかね」

「大人数は動員できませんね。それに私服限定なので、重装備もさせられません。露骨に警戒して、赤蛇が犯行を諦めてしまえば失敗です」課長は目を細める。「爆弾のサイズはおおよそ推測できますが、犯行時は何かに偽装しているでしょう。具体的に何に偽装したかまでは、雑貨屋も知らないようですね」

「大丈夫でしょうか」関が不安そうに眉間に皺を寄せる。「雑貨屋がペラペラ喋ったっていうことは、赤蛇側も当然、我々が雑貨屋に接触することは予想済みですよね」

関の不安は君塚にも分かる。そうなのだ。要するに赤蛇は雑貨屋を伝言板にして、「二月二十三日十二時五十七分、捜査一課の課長を爆弾で殺してみせる。止められるものなら止めてみろ」と、県警に挑戦しているのだった。二十三日といえばもう明後日で、こちらに準備期間を与えないところは姑息だが。

そして雑貨屋が爆弾の形状や実行犯についての情報を一切喋らなかったということは、赤蛇が教えるのはここまで、ということなのだろう。雑貨屋自身も何も聞いていないのか、聞いていながら黙っているのかは分からないが。

だが県警としては、赤蛇の挑発に乗るしかなかった。二月二十三日は、事件発生が初めから分かっている、という唯一最大のチャンスなのだ。

「部長には私が上げます。当日は爆発物処理班を待機させますが、現場周囲に制服を配置するわけにはいきません」

それが問題だった。警備が過剰すぎ、赤蛇が犯行をやめて潜ってしまった場合もどこかで爆弾が使われ、死傷者が出る。目立たない、限られた人員と装備だけでやらなければならないのだ。

「軽部、関。お前ら、雑貨屋への接触を続けろ。まだ何か教えてくれるかもしれない」

久木原が指示し、二人がはいと応じる。

「当日のメインは組対ですか。それなら私が指揮、ということになりますが」

「よろしくお願いします。当然、警備部にも出てもらうでしょうが、赤蛇以下、実行犯の確保はお任せすることになります」

課長は無表情のまま頭を下げた。課長自身には囮という役目がある。久木原に任せるしかないだろう。組対の連中の顔に緊張と高揚が走る。大物というほどではないが、赤蛇は県警や警視庁だけでなく、全国的にも一応、名前の知られた獲物だ。そいつに自分の手で手錠をかけるチャンスになる。危険はあるが、それを厭う者は県警本部にはいない。

「で、課長殿。当日のご予定は」

久木原の問いに、課長は少しだけ沈黙してから答えた。

「本当はもっとひと気のない場所に出かけたいところですが……いきなり行動パターンを変えれば、犯行を断念して潜られてしまう可能性があります。その方が危険です」一瞬で決断したのだろう。課長は顔を上げて皆を見回した。「いつも通り、家族を連れて買い物に出かけます。ショッピングモールです。本藤原駅前の Beau Paysage 藤原」

「あそこか。……相当、でかいぞ。人も多い」

「だからこそ赤蛇は爆弾を選んだのでしょう。当日私がそこを避けても、いずれ爆破される可能性がありますね」

久木原が唸る。県内でも有数のショッピングモールであり、藤原市内では中心地と言ってもよかった。駅を挟んで東西に二つ、店舗が入った大規模な建物がある。捜索範囲は広く、十人やそこらでは到底カバーできない。

関が言う。「その時刻、封鎖できませんか。安全を考えるなら、その方が」

「難しいですね」久木原も答えようとしたようだったが、課長が先に言った。「あそこは藤原市の消費経済の中心です。爆破予告一つで封鎖するわけにはいきません。それに、仮に封鎖できたとしても、赤蛇はその日の犯行を諦め、後日また爆破予告を出すでしょう。そのたびに封鎖しなくてはならない、というのは非現実的です」

「では、せめて予告の十分前とか、そのくらいから一時的に封鎖するだけでも」

「あれだけの規模のショッピングモールになりますと、突然封鎖したら大混乱になります。避難誘導にはどう考えても三十分以上はかかる。赤蛇はそれを見て犯行を取りやめ、やはり、また別の日に爆破予告を出すか、黙ってどこかを爆破するでしょう」

関も黙らざるを得なかった。他の者も表情に困惑を浮かべている。

そうなのだ。今回は、ただの警備行動とは違う。普通の警備行動なら「できる限り安全に」と考えれば済むが、今回は「犯人に爆弾を使わせつつ」「被害者を出さずにそれを処理」するという、二律背反の達成条件が課せられている。正直なところ、こんな困難な任務は君塚も経験がない。

悩む捜査員たちをあざ笑う赤蛇の顔が見えるようだった。奴の復讐はもう始まっているのだ。

「なるべく見通しがよく、周囲に通行人の少ない場所にいるつもりです。……ですが、やりすぎれば赤蛇が動かなくなってしまいます。いずれにしろ迅速な行動が必要になるでしょう」課長は携帯を操作し、「Beau Paysage 藤原」の見取り図を出している。「組対と警備部で四班、用意しましょう。私の周囲を警戒するA班、各フロアで不審者・不審物を捜索するB班、立体駐車場で不審者・不審車両の侵入を警戒するC班、それと、先回りでトイレなどに爆弾を仕掛けられる可能性があるので、事前にこれを捜索するD班」

課長がいつも通りの無表情であるせいか、組対の連中もやれやれという顔で腹を決めたようだ。

「東側のイーストタウン、西側のウエストタウン共に八階建て。うち上層二階ずつと屋上がそれぞれ駐車場。ワンフロアがかなり広い」久木原も携帯で見取り図を見ている。「これだとB班はかなり人数がいるな。組対だけじゃ人手が足りない」

「捜査一課からも出しますが、部長を通して警備部にも依頼します。C班は一課で。D班は警備部に任せたいところですね。B班は混成部隊になるでしょうが、A班は組対(そちら)にお任せします。連絡役に一名、一課の人間を入れます」
「了解」君塚は敬礼する。
「ありがたいですね」久木原も頷く。
　赤蛇はもともと組対の獲物である以上、直接接触し、確保できる可能性が最も大きい
A班は組対にくれてやる、ということだ。ＡＩと言われても、そのあたりの塩梅が分か
らない人ではない。
「なお各班はそれぞれ二つに分けます。A班の場合は、私の周囲を警戒しながら移動す
る『A班移動』と、予告された十二時五十七分に『現場』で待つ『A班待機』。B班以
下は東側と西側で」
「了解。予告された十二時五十七分の時点で、課長はどこにいる予定ですか」
「ほどよく人が少ないところ、となりますと、ここですね。イーストタウン五階。カル
チャーフロア」課長は携帯を久木原の前にごとりと置く。「十二時五十七分の段階で、
私は必ずここにいるように移動します。フロアのスタッフには事前に連絡。買い物客に
は『A班待機』が連絡し、十二時五十二分までにフロアを空にしておいてください」
「了解」
　事前に時刻が分かっていれば、当然そういった対策はとれる。そしてとりあえずここ
まで決めておけば、後で集めた人員に対しては決定事項を説明するだけでいい。だが、
うちの課長がこの場で即、ここまで具体的に決定をしていけるとは思っていなかったの

だろう。最初、おそらくはうちの課長がどれだけうろたえるかを観察してやろうというつもりだったはずの久木原は、今は上官に対するようにやりとりをしていた。

「人数を出していただいて恐縮です。……前任者が一課長のままであれば、起こらなかった事件かもしれませんが」課長は久木原に頭を下げた。「よろしくお願いします。B班からD班が赤蛇を発見できなかった場合、A班が最後の砦になりますので」

確かに、赤蛇は相手がうちの課長だからここまで派手に動いた、という気もする。だが君塚には意外だった。そういった「言っても仕方がない」類の言葉が、「AI課長」から出てくるとは思っていなかった。

一方、言われた久木原は満更でもない、という表情だった。「お任せください」

久木原と課長、さらに課長から指示された君塚や軽部らは早速、人を集めるべく所属部署に連絡を始める。まずは現場で各班を指揮することになる係長クラスを数名。そこで作戦を詰めたら、捜査員を数十名。捜査一課と組織犯罪対策本部だけでなく、警備部まで巻き込む大作戦になるが、課長はそうしたことにも慣れているのか、特に迷うことなく動いていた。

だが、君塚は不安を感じていた。本当に赤蛇が捕まるのか。失敗すれば大事件になってしまう。課長自身の危険度も高い。

赤蛇は警察との付き合いが長いから、私服でも警察官のにおいを敏感に嗅ぎとるだろう。A班はそれほど厳重には警備ができず、課長と警備の間にはある程度の「隙間」ができることになる。そしてA班のメンバーは、本心では課長を疎んじている者が多い組対だ。

君塚は床に視線を落とす。不利だ。せめてどこかに、こっそり配置できる民間人の協力者でもいてくれればいいのだが。いざという時は警察官並みに動け、それでいて絶対に警察官に見えないような。

そこまで考えて、君塚は苦笑した。そんな都合のいい人間がいるわけがない。

6　秋月春風　二月二十三日　12：24

芝生の上を吹きわたる風がかすかに温(ぬる)いことに気付く。そういえば今日はコートの前を開けたままなのに全く寒くない。風も南風のようだし、日差しが当たる部分はほかほかと熱せられてすらいる。冬もそろそろ終わりなのだろう。ワクチン難民になりながらもインフルエンザの予防接種を強行したのがよかったのか、俺も沙樹さんも、大きな病気はしていない。蓮くんも一度39・7℃の熱を出したがただの風邪で、[*4]あとは口と肛門まわりの湿疹(しっしん)程度しか異常はない。今も元気にビニールシートの上を這い、突然ちょこ

＊4　小さな子供は発熱の仕方が極端で、ただの風邪でもいきなり39℃台の熱を出したりし、それを見てパニックになった親が夜間救急外来に溢れる。

んとお座りをし、また別の方向に移動し始める、ということをやり続けている。はいはいしながらの方向転換はできないらしく、方向転換時にいちいちお座りの姿勢になるのがかわいい。

週末ということもあり、周囲の芝生でも小さな子が数人ぱらぱらと駆け回っているが、いつも混んでいる本藤原駅前にしては人が少なく、いい天気だからお惣菜でも買って外でお昼にしよう、という沙樹さんの提案は当たりだった。この芝生は穴場だ。道を挟んでむこう側に巨大にそびえるのが再開発で出現した巨大ショッピングモール「Beau Paysage 藤原ウエストタウン」で、建物内の連絡通路か陸橋を渡って本藤原駅のむこう側まで行くと同じく「イーストタウン」がある。なぜ英語フランス語交じりなのかはさておきルイ・ヴィトンからGUまであらゆる店が揃い、冬には巨大クリスマスツリーとイルミネーションが光り、ウエストタウンの屋上には小さな観覧車まであるので、その気になれば一日遊んでいられる。今日も催事場には芸人の誰かが来ているはずで、藤原市中の家族連れが集結したのではないかと思える人出である。だがこの芝生はウエストタウンからさらに一本、陸橋を渡った先にあるせいか穴場で、遊具などがあるキッズエリアでは大きな子に踏んづけられそうで怖い蓮くんも、わりと気楽に遊ばせられた。

もっとも本人は今、ビニールシートのタグを引っぱったりしゃぶったりするのに夢中で、それなら別に家でもいいではないかという状態なのだが。

ガサガサガサとビニールシートが鳴る。最近やり始めた癖でブー、ブーと唾を飛ばしながら這い回る蓮くんを姉が追い回し、「ほーらこっちこっちこっち」「いいよー運動いいよー。地鶏は運動すればするほど肉質が引き締まって水っぽさもなくなるんだよー」といつものように物騒なことを言っている。だが姉はブルドッグの顔面の形をした珍妙なバッグを肩にかけると、その上に蓮くんの荷物が入ったトートバッグを重ねてかけた。

「さて。じゃ、ちょっと蓮くん借りてくね」

「えっ」

どこに行く、と言う前に姉はさっさと蓮くんを抱き上げ、脚をばたばたさせるのも構わずベビーカーに乗せていた。「ほーら行くよー。ドナドナドーナドーナー」

その歌はやめてほしい。「どこ行くの?」

「んー、適当にブラブラ」姉は足でベビーカーのロックを外し、トートバッグを下部の籠に詰め込む。「二人でお出かけとか、してないでしょ? たまにはデートしてきな。蓮くんは大丈夫だから」

おっ、と思って沙樹さんを見ると、沙樹さんもこちらを見てから、少し照れたようにはにかんだ。どうやら、最初からそうするつもりだったらしい。

そういえば確かに、蓮くんが生まれてからというもの、沙樹さんと二人でデート、という状況など一度もなかった。それどころではなかったというのが本音である。夫婦の会話は増えても、基本的に蓮くんのことばかりで、夫と妻は父親と母親になったのだと思っていた。

あらためて沙樹さんを見ると、今日の彼女はいつもより念入りにメイクをしていたし、結婚直後にプレゼントしたESTELLEのネックレスをしている。今の今まで気付かなかったのは忸怩たるものがあるが、ずっと蓮くんばかり気にしていたのだ。

「ウエストタウンの北側にね、庭園があったでしょ。あそこで今、梅祭りやってるから」沙樹さんは立ち上がって微笑む。「ちょっとお散歩しない？」

そういえば彼女は広い公園とか庭園が好きで、出産前はよく、何をするでもなくぶらぶら散歩したものだった。彼女としてはお茶屋などがあるとベストで、歩いてはお茶と和菓子を食べ、というのが至福の時間のようだった。

「いいね」立ち上がる。「今日はデートだ」

「よーし。行った行った」姉が足元に滑り込んできてビニールシートを素早く畳む。「こっちは任せときな。おいしく下ごしらえしとくから」

「食うなよ。……大丈夫？　そろそろおむつ替えないと」

「そんぐらい余裕だって。何度もやったことあるでしょ」

姉はそう言ってベビーカーをぐるりと回転させるが、させたそばから横を通った別のベビーカーに車輪をぶつけ、すいません、などと頭を下げている。

「……心配だなおい」姉は小さい頃からあっちにちょろちょろこっちにちょろちょろするため、手元足元がよくおろそかになる人だった。大丈夫か、と思うがむこうの母親は会釈して通り過ぎたし、勢いよくぶつかったわりに蓮くんは平気でベビーカーの安全バーをかじり続けている。

「今の人、綺麗。おっ、残り香」姉はベビーカーを押す女性の背中に向かって鼻をひくつかせる。「ミュグレーの『エンジェル』だねえ。オードパルファムかな」

「嗅ぐな」変態にしか見えない。「よく銘柄が分かるな。調香師でもやったら？」

「やだよあんな酒も飲めない仕事。[*5]じゃ、蓮くん借りるからね」姉はベビーカーをぐい、と押し、しかし歩き始めて数歩で、お散歩中のコモンドール[*6]を見つけて方向転換してしまう。「何あれモップ？　犬？　蓮くん今の見た？」

まあ、姉を信じるしかない。

遊歩道に下りていく姉を見送り、反対方向に歩き出す。隣の沙樹さんとなんとなく手をつなぎ、そういえば出産以来手をつないだこともあまりなかったな、と思い当たる。どちらかがベビーカーを押すか、蓮くんを抱っこしていた。

なんとなく、「愛とは見つめあうことではなく、ともに同じ方向を見つめることである」という言葉を思い出した。披露宴の時にも誰かがスピーチで言っていた言葉だが、子供ができると唸らされるものがある。確かに見つめあう時間は減り、ともに同じ、子供の方を見つめてばかりになった。しかしそれが愛なのかは分からない。やっぱり見つ

＊5　調香師は嗅覚維持のため厳しく体調管理をしており、飲酒を控える人も多い。
＊6　モップみたいな犬。

めあっている方が愛っぽいのではないか。

沙樹さんの手を握り、歩調を合わせて歩きながら考える。腕時計をちらりと見る。十二時三十一分。三、四時間はのんびりできるだろうか。心の中で姉に合掌しつつ、目の前にそびえるウエストタウンの方に向かう。

7　君塚浩二　二月二十三日　12:31

――B班東より指揮車。イーストタウン二階入口。不審者なし。

――C班東より指揮車。イーストタウン駐車場、捜索完了。ゲートにも不審車両なし。

――D班西より指揮車。ウエストタウン六階、捜索完了。不審者不審物なし。

立体駐車場の薄暗がりで息を潜める捜査車両に、無線で次々と連絡が入ってくる。君塚はその一つ一つを確認しながら、ほぼ五秒ごとに一回、腕時計を見ていた。十二時三十一分。赤蛇が予告した時刻まであと二十六分。なのに、何も見つからない。

買い物客には一切知らされていないことだが、現在、Beau Paysage 藤原では百人規模の私服捜査員が動いていた。刑事部長及び警備部長が控える後方司令部は藤原署内だが、君塚と久木原は二名の部下とともに、ウエストタウン七階の駐車場に入れたこの車を前線指揮所としている。車載無線機と携帯無線機、時には二人の携帯と後部座席の部下二人からは絶え間なく連絡が入っていたが、不審者・不審物・不審車両いずれも発見の報告はなく、十二時五十七分というタイムリミットに向けて時間だけが減っていく。

君塚は奥歯を噛む癖を隠さず、駐車場で向かいに停められたワゴンを睨みつけていた。まだ何も出ない。赤蛇が犯行時刻にまでこだわるとしたら、課長の動きが分からない以上、爆弾をトイレなどに先に仕掛けておく、という可能性は低い。だから不審物の発見がないのは別にかまわない。赤蛇は車両から足がつくことを恐れるだろうし、この人混みの中で課長を確実に発見するために、東側西側どちらに行くにも必ず通る本藤原駅の改札を張っている可能性が高いから、不審車両が見つからないというのもかまわない。

だがB班はおろか、課長が本藤原駅で下車する前からずっと張りついていたA班も、不審なものは全く発見できていない。

「指揮車よりA班各員。一課長が移動を開始したが、周囲はどうか」

久木原が無線で問う。GPS発信器をつけてもらっているので、課長の現在位置は車載のモニターで常時確認できる。光点は徒歩の速度で動いているが、A班からは無機質な返答しかなかった。——A班移動より指揮車。一課長を追跡中ですが、周囲に不審者なし。

赤蛇は意外とすぐに見つかるのではないか、という君塚の淡い期待は完全に裏切られていた。この人混みの中、特に目立つ外見でもないうちの課長に狙いを定め、定刻通りに爆弾をぶつけようとするならば、赤蛇側もかなり無理をして尾行しなければならない。そういう人間は目立つはずなのだ。だが見つかっていない。赤蛇は当然、普段の派手な恰好をやめて地味に変装しているはずだが、こちらもそのくらいは予想しており、数通りの変装パターンを予想したモンタージュも各員に配布している。だがまだ奴は見つからない。

「やはり、ドローンか何かを使う気ですかね」

久木原が言う。君塚は否定も肯定もしなかった。Beau Paysage 藤原は吹き抜け構造で空中遊歩道を持つかなり開放的な造りで、つまり屋内でもドローンを飛ばせる。だがある程度の威力がある爆弾を運搬するとなると、ドローンも大型のものが必要になる。それを持ち運んでいればやはり目立つはずなのに、A班もB班もそうした人間は見つけていない。奴は来ていないのではないか、という疑念が、君塚の脳裏をかすめる。最初から県警に派手に空振りをさせ、笑うつもりだったのではないか。だが課長や軽部らから聞いた赤蛇の人物像がそれを否定する。面子を気にする奴だ。わざわざ赤い毒蛇まで用意して犯行予告をしたのに、そんな消極的な「御礼」で済ませたら、臆病者と笑われても仕方がない。

君塚は思う。来るはずなのだ。だが見つからない。奴はどこにいる?

腕時計を見る。十二時三十四分。残り二十三分。

8　秋月春風　二月二十三日　12：38

沙樹さんと手をつないで歩きながら、平和だなあ、としみじみ思う。そして体が軽い。ベビーカーを押していないから片方の手をつないでもまだ片手が空いているし、赤ちゃん用品の詰まったトートバッグを持っていないから自分のバッグだけでいい。これは軽い。それゆえに常に忘れ物をしているかのような不安があるのだが、ここは姉を信じてしばらく蓮くんのことを忘れるべきだと思う。おむつ替えで泣いていないだろうか。姉はちゃんとノロ対策スプレーを使ってくれただろうか。あれでも医師だから大丈夫だろうか。蓮くんはパパがいない不安でギャン泣きしていないだろうか。そういうことは忘れるべきだと思う。

「庭園って店とかあったっけ？」

「うん」携帯を出していた沙樹さんが画面を見せてくる。「梅フェア中だって。梅茶に梅大福、あとこの梅バナナって何？」

「何だろう。食べてみれば分かるけど……いける？　お昼食べたばっかかだけど」

「うん。第二胃は空っぽだから」

「牛かよ。まあ別腹って科学的にあるらしいって聞いたな」

「あれでしょ。甘いもの感知すると胃が動いて隙間を空けるっていうやつ」

「そう、それ」

喋りつつ、いやあどうでもいい会話だ、と快哉を叫ぶ。そういえばここしばらく、店員さんと事務的なやりとりをするか、蓮くんの宇宙語と嚙みあわない会話をするかのどちらかで、沙樹さんとこういうどうでもいい話をじっくりしたことがなかった。

遊歩道を進んでいくと急に人が増える。こちらが本藤原駅の改札側で、広々としたデッキでは、まだ光っていない電球を絡みつけた植木や笑顔でティッシュを配るバイトをかわしながら、大量の人が歩き回っている。駆け出す子供を呼び止める親、杖をついてゆっくり歩く老夫婦、ベビーカーを押す父親とショッピングバッグを持つ母親。軽快に白杖を鳴らしながら歩く中年男性。じゃれあいながら歩く、ひとかたまりにくっついてしまったような女の子の集団。だが人の流れは明らかに本藤原駅からウエストタウンに向かっており、そこを素通りして前方の庭園に向かう人は少ない。わりと空いているのかもしれないなと思いつつ、隣を通ったベビーカーを避ける。ふっと香りが残ったので視線を上げると、ベビーカーを押していたのはさっき姉がぶつかったエンジェル云々の女性だった。さっきはよく見なかったが確かに美人だ。三十前後で黒髪のセミロング。身長百七十センチ弱、細身。黒いフェルトのロングコートにグレーのチェックのパンツ。小ぶりなネオンカラーのチェーンバッグ。両耳に金色のイヤリング。とっさに心の中で人着(ニンチャク)を唱えてしまうのは職業病なので仕方がないのだが、沙樹さんと手をつないでいるのに何を、と情けなくなる。

が、すぐに気付いた。それどころではない。

俺は立ち止まり、人混みの中に消えていく「エンジェル」の女性に目を凝らした。ヒールをコツコツ鳴らしながら颯爽と人混みを進んでいく女性。ベビーカーはカバーが閉めてあり、ブランケットもかけられていたので、赤ちゃんはピンクのスニーカーを履いた足しか見えなかった。だが。

「ハルくん？」

沙樹さんが怪訝そうな顔でこちらを見ている。気がつくと手を離していたのだった。

「あ、いや」

沙樹さんと「エンジェル」の女性を見比べる。どう説明しようか迷った。しかしむこうをじっと見ていたら誤解されかねない。せっかくのデートだというのに。

……だが。

そういえば、と思い出した。さっき、この女性の押すベビーカーに、姉のベビーカーがぶつかった。蓮くんは無反応で笑っていたが……。

俺は頭の中で数えてみた。三つ、四つ、五つ。これは放置できない。

「ごめん」俺は手を合わせて沙樹さんを拝み、頭を下げた。「せっかくなのに悪いけど、ちょっとだけいなくなる」

沙樹さんは怪訝そうに首をかしげる。「どこに？」

「十分くらい。戻ったら説明する。先に庭園行ってて」

沙樹さんは何か言いかけた様子で口を開いたが、拍子抜けのような顔をして頷いた。

「……いいけど、大丈夫？　お腹痛い？」

「いや、そういうんじゃないけど」もう手を合わせるしかなかった。ぐずぐずしているとあの女性を見失う。「ほんとごめん。戻ったらちゃんと説明する」

「よく分からないけど、いいよ」それでも沙樹さんは表情を緩めてくれた。「じゃあ、庭園の中で落ち合おうか。茶屋方向に行ってるから、捜しにきて」

「了解」危うく敬礼しそうになり、家庭に仕事を持ち込まない、と頭で唱える。「じゃ、すぐ戻る。ほんとごめん」

言いつつ駆け出す。まったく、我ながらせっかくのデートで何をやっているんだろうかと思う。だがこれは今、すぐに動かなければならない。前方を見ると、「エンジェル」の女性は一瞬どこにいるか分からなくなったが、目を凝らすと黒いコートが見えた。かなり離れている。前を通り過ぎた男性と引きずられるキャリーバッグをかわしつつ小走りで追い、携帯を出す。「もしもし、姉ちゃんちょっといいか？」

——おう。どした？　喧嘩した？

「違う。ちょっと訊きたい」電話口からは蓮くんの「ひゃひゃひゃひゃひゃ」という笑い声が聞こえてくる。何をしているんだと気になるが、それどころではない。「さっき姉ちゃん、ベビーカー押してる人とぶつかったよな？　その人について聞きたい。あと『エンジェル』ってどんな香水だ？」

——ああ、やっぱり。

姉の方も話は分かっているようだ。……あの女は、何かおかしい。

——日本語で言う「天使」をイメージすると違うね。むしろアフロディーテ？　爽やかだけど癖が強くて、香り自体もめっちゃ強いから「臭い」って言う人もいる。

六つ。「それ以外は？」

——ブラがいいやつだった。ストラップがキラキラしてて、あれは見せてもいいやつだね。

携帯を耳に押し当て、歩く人を追い抜きながら前方を見る。「エンジェル」の女。ベビーカーには大きな荷物を積んでいる様子はない。それならば、七つ。

「分かった。ありがとう。電話、このままで頼む」まるで仕事中だなと思う。「姉ちゃん、悪いけどウエストタウンに向かってくれないか。あの女を見つけたら引き留めながら観察してほしい」

——あいよ。

姉からは気軽な声が返ってくる。あの姉だし、ベビーカーも押している。自然に話しかけて引き留めるぐらいのことはできるはずだった。

後ろを振り返ると、沙樹さんの姿はすでになかった。突然様子がおかしくなって、通りすぎた美人を追いかけ始めたところを見られただろうかと不安になる。もっとも沙樹さんなら、説明すれば必ず理解してくれるだろうが。

……「エンジェル」の女。そのこと自体も含めて、不審点がすでに七つ。

俺は足を速める。見失ってはならない。

9　君塚浩二　二月二十三日　12:39

――A班待機より指揮車。買い物客、誘導開始しました。イーストタウン五階、それほど混んではいません。対象者は二十名程度の模様。

――B班東より指揮車。イーストタウン四階、現在のところ不審者なし。以後、設定時刻までエレベーター及び階段付近にて待機、警戒します。

――A班移動より指揮車。一課長、イーストタウンに向け移動を開始しました。追跡します。

腕時計の針は進んでいく。速度が速まったようにも遅くなったようにも感じられない。それはつまり、まだ自分が冷静だということだろうと君塚は思った。十二時三十九分。残り十八分。

赤蛇はまだ発見されていない。よほどうまく変装したか、それとも犯行を断念したか。何も見つかっていないのに腕時計の秒針は動き、時間だけが減っていく。十二時四十分。残り十七分。一課長がイーストタウンの入口から入った、という報告が来る。

だがその直後、突如、無線に大きな声が流れた。

——こちらB班西！　赤蛇らしき男を確保。現在、職質中です。

「やったか」久木原がぱっと体を起こし、無線機に怒鳴る。「こちら指揮車。B班西、場所はどこだ！」

——屋外です。南側の遊歩道、線路をまたぐ歩道橋の付近。赤蛇はウエストタウンからイーストタウンに向かう途中だった模様。現在職質中。指示を請います。

「そのままつかまえておけ。持ち物はどうだ？　荷物は持っているか」

——ありません。手ぶらです。

久木原が無線機のマイクを持ったまま硬直した。「何……？」

——それと、赤蛇は変装していません。蛇柄のブルゾンにジーパン、髪も金色で逆立てています。

「おい、それ本物だろうな？　背恰好を似せた偽者を囮に使ってるのかもしれないぞ」

久木原の判断はもっともだ。だが無線から聞こえてくる声の調子は変わらなかった。

——その可能性も考え、人相を詳しく確認しました。顔の特徴と声、中国語、間違いありません。赤蛇……姜子軒本人です。

どういうことだ、と久木原が呟いたのが聞こえた。赤蛇は変装もせず、一課長も追わず、しかし現場の近くには来て、屋外の遊歩道をぶらぶら歩いていた、ということになる。

「とにかく、荷物をどこに隠したか吐かせろ。絶対に目を離すな。それからD班東は五階に急行。トイレや物陰、売り場内ももう一度探せ」

大きな声で指示を飛ばす久木原が、無線機のマイクを強く握りしめているのが見えた。確かに想定外の事態だ。「くそ……やられたか？」

その解答はすぐにもたらされた。現場の捜査員ではなく、藤原署の本部からだった。

――至急、至急。藤原署本部より本藤原駅付近で捜査中の各員へ。犯人についての新しい情報が入った。

この段階での新情報。だが声には焦った様子は全くなく、交通整理でもしているかのようにただ淡々としている。これが現場にいない人間の落ち着きなのだなと君塚は思った。

――現在、本部宛に「雑貨屋」潘から入電中。犯人について新たな情報。赤蛇は半グレグループの部下に連絡を取っていたらしい。つまり自分の手で犯行をすると言っていたのは嘘かもしれず、別の実行犯を用意している可能性がある。

「くそっ」久木原がダッシュボードを叩く。「あの野郎、なんで今になって」

やはり、赤蛇は潘にも嘘をついていた。赤蛇自身が囮になるために遊歩道をぶらついていたのだろう。久木原はすぐに無線機に言った。「指揮車より全班、各員。本部が報告した通りだ。赤蛇は囮だ。女や子供、複数人のグループも含め、再度不審者をチェック。B班東は五階から、B班西は二階及び一階の、出ていこうとする人間を優先。D班はイーストタウンに急行。B班東と共にイーストタウンを一階から順次チェック。急げ！」

　土壇場で状況が変わっても、久木原は冷静に指示を出している。だが君塚には引っかかるものがあった。今日、配置した人間たちには当然、赤蛇の部下が現場にいる可能性も伝えてある。A班からD班まで、現場にいる捜査員は全員、最初から人数にも性別や年齢にもとらわれずに不審者を探していたはずなのだ。これまでの間、ずっと。

　それなのに不審者は一人も引っかからなかった。どういうことなのだろうか。実行犯は、捜査員たちが見落とすような恰好をしていたのだろうか。男なのか女なのか。子供か老人なのだろうか。あるいは数人のグループ。だがそれでも、捜査員が見落とすとは思えない。だとしたら実行犯は、一体どんな恰好をしているのか。最も犯罪者に見えない恰好とはどういうものだろうか。

　君塚はドアを開けた。「久木原さん、ここを頼みます」

「どちらに」

「遊歩道に急ぎます。赤蛇をこの目で確認したい」

　君塚はドアを閉じると、靴音を高く鳴らしながら駐車場を走った。エレベーターより非常階段の方が早い。走りながら腕時計を見る。十二時四十二分。残り十五分。状況が切迫している。あと十五分以内に実行犯が見つかるだろうか？

10　秋月春風　二月二十三日　12:42

携帯を見ながらぶつかってくる女性をかわし、目の前に飛び出してきた子供をかわし、俺は早足から小走りに、小走りから駆け足になって、ベビーカーを押す「エンジェル」の女を追った。女はウエストタウンに入り、売り場を素通りしてどんどん先に行く。ガラスのショーケースに並んだネックレスにも、真っ白な肌にニットを着るマネキンにも一瞥もくれない。そしてフロアの端に辿り着くとすいと物陰に消えた。

「やばい」

思わず呟く。あの先はエレベーターホールだ。乗られてしまうと追跡ができない。傍らの階段を駆け上がるか下りるかすれば速度的には足りるが、相手がどのフロアで降りるかが分からなくなる。どうかエレベーターが来るまで時間がかかってくれ、と思う。一緒に乗らなければ。「姉ちゃん、今どこだ？　女がエレベーターに乗った」

――今、ウエストタウンに向かってるよ。

「一階のエレベーターホールに行ってくれ。ウエストタウンから出られるとやばい」

――了解。

走りながらなので息が切れているが、言葉はちゃんと伝わったようだ。だがこちらが間に合わない。人が多くて走れない。エレベーターが遠い。

会員カードを勧めてくる店員をかわし、なぜか立ち止まっている老婦人をかわし、大股で進む。エレベーターの扉が見えた。

だが遅かった。扉の一つがちょうど閉まったところで、その中に確かに、黒いコートを着たベビーカーの女がいた。

「くそ」

階数表示が「2」になり、エレベーター前に辿り着いた時には「3」になっていた。俺は傍らの階段室に飛び込み、四、五段ずつ飛ばしながら駆け上がった。上に行ったのは好都合だ。どのフロアで降りるかは分からないが、ウエストタウンは一階から駅ロータリーに出るか、二階からペデストリアンデッキ上の広場に出るか、三階の遊歩道からイーストタウンに出るかしかない。一階からロータリーに出られてしまうのが怖かったのだが、上階に行ったというなら追いつけるかもしれない。女は南側の芝生からまっすぐウエストタウンに向かった。イーストタウンに行くつもりなら陸橋か駅構内を通って直接行けばいいわけで、三階の遊歩道からイーストタウンに行く可能性は低い。

……まだ、間に合う。俺は階段を駆け上がる。「目標の女、エレベーターで上に行った。そのまま一階を張っててくれ」

――了解。

姉も分かっている。あの女はおかしい。

ベビーカーを押して歩く女性。それだけなら何もおかしくはない。おそらく、ほとんどの通行人はその不審点に気付かないだろう。だが育児について少しでも知っている者なら分かるのだ。赤ちゃん連れであれはおかしい、と。数えてみたら七つも不審点があった。

一つ目はまさに香水の「エンジェル」だ。香りが強い種類のオードパルファムだという。赤ちゃんはにおいに敏感だ。そんなものをつけて出かければ、不安から泣きだす可能性がある。

二つ目は姉の言っていた「ストラップがキラキラしたブラ」だ。沙樹さんが言っていた。マタニティ下着も授乳用ブラも、最近はかわいいものが増えたが、まだ選択肢が少ない、と。肩紐にそんな装飾のある、いわゆる見せストラップの授乳用ブラジャーまではまだ、どこのメーカーも出していない。靴を履いた足しか見ていないが、大きさからして、女がベビーカーに乗せていたのはまだ授乳期の赤ちゃんだった。女は授乳用ブラもせず、かといってミルク用の大荷物を持つでもなく、ふらりと外出している。そんなことはありえない。

そして三つ目の不審点はまさにその、荷物が少なすぎるという点だった。俺は知っている。ベビーカー下部の籠に何も入れない、あんな軽装で赤ちゃんを連れて外出できるわけがない。

四つ目はバッグ。赤ちゃんを連れて外出するのには大量の荷物が伴う。自然、自分のバッグも色々と入れられる大きなものか、両手の空くリュックサックになる。ファッション性だけを重視したあんな小さなバッグで出かけるというのは、ありえないことではないまでも不自然だ。

五つ目は靴だ。赤ちゃんを連れていればどこかで必ず抱っこをする。ベビーカーを押してスロープを駆け上がらねばならないこともある。歩きにくいヒールなどはそうそう履いていられず、現に俺も革靴は一切履かず、いつも走れるウォーキングシューズだ。

六つ目はイヤリング。ベビーカーの中の赤ちゃんは靴を履いていた。その時期の赤ちゃんは、もつかまり立ちができる六ヶ月程度より大きいということだ。つまり少なくと抱っこすると何でも引っぱり、しゃぶろうとする。シャツの襟にタグに髪の毛。だから、イヤリングやネックレスという装飾品はまず着けられない。もちろん最近は引っぱられても鎖が取れないネックレスなどもあるが、イヤリングはそうはいかない。

そして七つ目はあのコートだ。あの時期の赤ちゃんは何でもしゃぶって周囲を唾液だらけにするし、鼻水もたらして周囲につける。抱っこしていて妙に肩が冷たいな、と思ったら、唾液と鼻水でびしょびしょだった、ということもよくあるのだ。とてもじゃないがあんな汚れの目立つ黒の、しかもフェルトのコートなど着られない。あんなものを着ていたら一時間で肩が真っ白だろう。

一つ一つは「場合によってはありうる」という程度の不審点だ。たまたまミルクを飲ませた直後に出発したのかもしれないし、靴もバッグも我慢してそれを使っているのかもしれない。だがそういったことが七つも重なるわけがない。

本人は気付いていないのだろう。女性がベビーカーを押していれば「母親」に見える、と思っている。だが全く見えない。育児を知らなすぎる。

踊り場を踏みしめてターンする。つまり、あれは母親ではない。

そのことに気付いたからこうして追っているのだった。母親でないとすれば、まず考えられるのは誘拐だ。そこらに停めてちょっと目を離した隙に、さっとベビーカーを持っていかれてしまう、という恐ろしい事件は日本でも発生している。

だが。

太腿を振り上げて階段を駆け上がる。誘拐犯ではないかもしれなかった。誘拐犯ならもう少し育児について調べ、「母親」に見える恰好をするのではないか。それに。

……あのベビーカーには、蓮くんが全く反応しなかった。姉がぶつかった時、確かに見たはずなのに、手も伸ばさない。

三階だ。階段室を飛び出て左右を窺う。左は連絡通路。右は売り場。そこを抜けると一階からの巨大な吹き抜け構造になっていて、一階の催事場を見下ろしながら歩く回廊になっている。女の姿はない。俺は迷った。三階ではないのか、それともどこかの売り場に入ったのか。女の目的地はどこだろう。

だが、と思う。連絡通路にも行った様子がないとなると、女は何をしようとしているのだろうか。誘拐犯なら、一刻も早くこの場、特にこのショッピングモールから出たいはずだ。ベビーカーがないことに気付いた親がスタッフに呼び出しを依頼すれば、全館に放送が流れ、ベビーカーと赤ちゃんの特徴が伝えられてしまう。いや、そもそも女はウエストタウンの南側にある芝生のところからここまでベビーカーを押してきている。その時点でおかしい。誘拐犯ならさっさと本藤原駅に向かい、電車に乗ってしまえばいい。

誘拐犯ではない。赤ちゃん連れの恰好でもない。ベビーカーには蓮くんが反応しなかった。

嫌な感覚が後頭部のあたりに灯った。

そう。見た限り赤ちゃんが動いた様子もなかった。寝ているのだろうと思っていたが、うちの蓮くんは相手が寝ていても反応する。カバーは閉まっていたし毛布がかけてあったから、足しか見えなかったが……。

……足しか。

俺は記憶を探る。そして考える。あれは本当に赤ちゃんの足か？　ほぼ靴しか見えなかった。本物の足だっただろうか。偽物だとするなら。

背中を毛虫が這ったような、ぞっとした感触が走る。

……あの女、ベビーカーの中に何を入れていた？

俺は売り場に駆け出した。マッサージ店に保険の窓口。通行人をかわしながら走り抜け、見通しのよい回廊に出る。胸の高さのガラスフェンスごしに一階催事場が見下ろせる広大な空間。各フロアの天井が高いので、三階から一階でも、はるか下を見下ろす形になる。催事場にはステージが仮設されており、マイクの音声が聞こえてきている。芸人が来るイベントが始まっているようだ。ステージ周囲は歩けないほど人が集まってお り、二階の回廊からも身を乗り出し、携帯のカメラでステージを撮影しようとしている客が鈴なりになっていた。女を探しながら走り、気付く。あれが赤ちゃんでないのに赤ちゃんを偽装していたとすれば、目的地は子供が集まる場所ではないのか。

二階と四階には授乳室と赤ちゃん休憩室がある。だが女は二階を素通りした。この三階だとすれば、あそこだ。

回廊の中心を、世界樹のように上下に貫く四本のエスカレーター。その周囲は空中にせり出したデッキになっており、観葉植物の周囲にベンチと自動販売機が置かれている。そしてエスカレーターの手前に広がるパステルカラーの空間。柔らかいマットが敷かれ、ウレタン製の壁で囲まれた中に子供用のジャングルジムやおもちゃが置かれたキッズエリアだ。ここからでも見えた。周囲には基地のようにずらりとベビーカーが並び、中では小さな子供たちが歓声をあげている。そしてそこに向かう、黒い服の女。

――いた！

大股で駆け出そうとしたら、横からいきなり来た男性にぶつかった。すみません、と言って避けようとしたが、脇腹に何か硬いものが押し当てられた。

いてえ、と呟いて再び男性に詫びる。「すいません」

だが男性はなぜか俺に体を寄せてきた。振り払おうとすると、脇腹に当たった硬いものがぐりぐりと動いた。

俺は相手の男を見た。男もこちらを見ていた。そして視線を下げる。黒い金属製のものが、俺の脇腹に押し当てられている。

拳銃だ、と思うと同時に、男がぼそりと囁いた。

「動くな。声を出すな。そのまま回れ右をして、ゆっくり歩け」

男に押され、売り場の陰の、人のいない階段室の方に戻される。ちょっと待て、と言いたかったが、下手をするとすぐに撃たれそうだった。

「おい……」

「お前、警官だな。瑾萱（ジンシュエン）を追いかけていただろう」男は言った。「おとなしくしろ。十分ほど黙っていてもらう」

11　君塚浩二　二月二十三日　12：46

非常階段を使うと早かったが、さすがに息が上がった。もともともう階段を駆け上がるような歳ではないのだ。だが、イーストタウン五階のトイレ前。通報があった場所に駆けつけると、その男は捜査員に拳銃を突きつけられたままだった。両手を挙げて壁の方を向かされているが、右手には携帯を持っている。

「管理官」

「そいつか」

捜査員は最低限の単語で通じている様子で頷くが、銃を突きつけられている男――組織犯罪対策本部三課所属、軽部徳郎巡査部長は、君塚の姿を見て驚いた。「……あんたの差し金か」

君塚は無言で軽部に歩み寄り、脇腹を蹴った。軽部が体をくの字にして横ざまに倒れ、床の上で激しくむせる。

「管理官」

「下がってろ。私がやる」

君塚は倒れた軽部の腹を蹴ろうとしたが、むせてしまっては会話ができないと考え直し、手の甲を革靴で踏みつけた。

「……何、しやがる」

「こっちの台詞だ。警察の面汚しが」

君塚は顎をしゃくって、軽部が落とした携帯を示す。ちらりと画面が見えたが、まだ通話中だった。それを拾った捜査員が言う。「間違いありません。雑貨屋にかけていました」

「まんまと引っかかりやがって」君塚は拳銃を抜くと軽部の傍らにしゃがみ、空いた手でその髪を摑んで引き上げた。「時間がない。さっさと答えろ。実行犯はどんな奴だ？赤蛇と雑貨屋から聞いたことを全部言え」

軽部が鼻を押さえようとするので、顔面を床に叩きつけた。「早く喋れ。間に合わなかったら殺すぞ」

軽部は呻いている。だが答える様子はない。そこまでして赤蛇に義理立てしているのか、それとも本当に何も知らないのか。

だが時間がなかった。君塚は腕時計を見る。十二時四十七分。あと十分しかない。

課長が予想した通りだった。県警内部に、赤蛇側との内通者がいる。

最初に毒蛇を送られた時点で、課長は指摘していた。外部の人間が、この部屋の前まで怪しまれずに侵入するのは困難だと。そう。普通の庁舎ならいざしらず、県警本部庁舎は「上」と「下」がはっきり分かれている。それはつまり、外部の人間が「上」である捜査一課長室前をうろついていたら目立つ、ということだ。九階まで直通するいわゆる「御用エレベーター」は幹部しか使わないし、通常のエレベーターでも、ほとんどの人間は八階までで降りる。つまり八階でドアが開いたのにまだ乗っている人間はひどく目立つ。見慣れない奴なら、一緒に乗った誰かが顔を覚えている。そういう構造の建物なのだ。赤蛇は本部庁舎に偵察にきたはずだが、偵察にきたなら、九階以上に外部の人間が侵入する困難さを知らないはずがない。

そしてうちの課長は、勤務中は所轄の捜査本部にいることが多く、執務室にあまりいない人間だ。つまり犯人は九階に上がっても怪しまれず、かつ課長が在室しているタイミングを知りうる人間でなければならない。

だとすれば当然、内通者の存在が疑われるのだった。そして最近、思うように実績が上がらず、赤蛇の背後にいる暴力団の情報を喉から手が出るほど欲しがっているのは組対だ。警視庁の組織犯罪対策本部も一枚嚙んでいるのかもしれないが。

事実、県警(うち)の組織犯罪対策部が採っている捜査手法は時代遅れになりつつあった。地元のヤクザと仲良くなり、目こぼししてやるかわりに対立組織の情報をもらう。捜査四課(マルボウ)時代のそうしたやり方は、地域に密着した同じ組織がずっと仕切っていた時代はよかった。だが最近は違う。アウトローの業界も群雄割拠で、地元のヤクザが仕切っていたものを中国系のマフィアがぶん取り、それをタイ人グループが引き継ぎ、今度は看板を背負わないフロント企業が日中合同出資で受け継ぐ、といった具合だ。

そして県警の管轄内でも最近台頭してきた外国人半グレグループは、組対からすれば最も縁が遠く、摑みにくい集団だった。できては解散を繰り返し、日本語が通じず、警察との「対話」など端(はな)から頭にない連中。それゆえ組対の実績は下がり続けており、赤蛇のような人間とのパイプは喉から手が出るほど欲しいものだった。

だから軽部は転んだ。君塚がさっきまで観察していたところによれば本部長の久木原は関与しておらず、この男の独断だった可能性もあるのだが。

「捜査一課長(うちのボス)の部屋の前に蛇花火置いてったの、お前だろう」君塚は拳銃を軽部の鼻先に突きつけた。「どこまで赤蛇と通じてるかは知らないが、早く全部喋れ。この場で射殺するぞ」

「……最初から」軽部は鼻血が口に入って苦しそうだった。「疑ってたのか」

君塚は答えず、銃のグリップで軽部の鼻を殴った。鼻血の跡をなぞるように、また新しい鼻血がどっと流れ出る。

無論、最初からこの男のことは疑っていた。怪しいのは自ら雑貨屋の訪問に手を挙げた軽部と関。あるいはそれを指示した本部長の久木原だった。赤蛇と通じているなら、雑貨屋が余計なことを喋らないよう、聞き込みに同行して監視したいはずだからだ。なので課長は軽部と関に監視をつけ、久木原の監視は同行する君塚が担当した。そして罠を張った。雑貨屋こと潘に頼み、土壇場で赤蛇の犯行計画を本部に喋ってもらう。慌てた軽部は狙い通り、「話が違う」と潘に電話をした。携帯の通話履歴が動かぬ証拠だ。

「そうか。爆弾、送られたのに、丸一日のんびりしていて、おかしいと思っていたが……」軽部は口に入る鼻血を吐き出しながら言った。「……はめられたのか。俺は」

どうやら、軽部自身も状況は理解したようだった。

そう。事件当初から、課長は組対を疑っていた。そこで蛇花火を送られたその日に、課長は信頼できる捜査一課の人間と君塚を連れて雑貨屋を訪ねていた。君塚が軽部、関と一緒に雑貨屋を訪ねたのはその翌日で、君塚にとってはたいして意味のない、二度目の訪問だったのである。君塚らは最初の訪問ですでに、雑貨屋から赤蛇の犯行計画を聞いていたのだ。雑貨屋は予想と異なり、最初から協力的だった。

雑貨屋は言った。

――気をつけた方がいいよ。あいつは嘘つきだから。

実際にその通りだった。赤蛇は自分の手でやる、と言っておきながら部下を使い、自分は囮になった。そして課長は最初からその可能性を考慮して本部を指揮し、捜査員たちは最初から、赤蛇本人にこだわらずに捜索していた。知らなかったのはA班の組対だけだ。

だが。それでもまだ爆弾は見つかっていない。

「おい、黙るなよ。時間がないんだ」君塚は拳銃の撃鉄を起こす。「黙っていたいなら結構だが、こっちとしちゃ、てめえみたいな不都合な奴は消えてくれた方がいいんだ。このフロアの人払いをしたのはそのためでもあるんだからな」

「……待て」

君塚が本気だと分かったのだろう。軽部は慌てて口を開く。「でも、知らないんだ。本当に。奴は誰にも話してない。当日使う予定の何人かの部下以外には。雑貨屋だって知らなかった。これ以上は何も知らないんだ」

「そうか。なら死にな」

「待ってくれ！　そうだ。雑貨屋が言ってた。赤蛇の奴はいやらしいって。あいつが捜査一課（おたく）の課長（ボス）に復讐するなら、直接殺すような真似はしないだろうって。それよりも目と鼻の先で関係ない人間を殺して、それを『お前のせいだ』と笑う……」

「なるほどな。だとするとやはり」君塚は腕時計を見た。十二時五十一分。六分しかない。「こちら指揮車。犯行場所はウエストタウンだ！　現在、人が集まっている場所を警戒。赤蛇を拘束中のB班各員、外で赤蛇が見上げているフロアを特定しろ」

君塚は銃のグリップを握り、思わず舌打ちしていた。結局、ろくなヒントが得られなかった。ウエストタウンに展開中の捜査員はまだ誰も、何も見つけていない。間に合わない。

12　秋月春風　二月二十三日　12：51

連れていかれた階段室には、眼鏡をかけてスーツを着た、やたらと背の高い男が待っていた。俺の後ろの男と中国語でやりとりをしている。「那人是誰？」「公安人。怎么办？」「等待兄貴的指示」警察官、と言ったらしいことしか分からない。

「おい。あんたら何をしている」

「黙れ」後ろの男はそれしか言わない。

足音がして振り返ると、俺が追っていた「エンジェル」の女が来ていた。ベビーカーを押してはおらず、手ぶらだ。瑾萱というらしいが、偽名かもしれない。しかし仲間がこれだけいて、拳銃まで持っているとなると。

「……おい。ベビーカーはどうした」

「黙れ」

「あれに何を入れていた？」

「黙れ」

眼鏡の男に膝蹴りを入れられた。息が止まり、むせて崩れ落ちそうになるところを引き起こされる。

その苦痛が、頭の隅に置いていた最悪の推測を蘇らせた。置いて離れた。つまりあのベビーカーに入っていたのは。

爆弾だ。携帯はコートのポケットに入っている。まだ通話状態のはずだった。姉とつながっている。こいつらはそれを知らない。叫んで、伝えれば。

だが、眼鏡の男が俺の胸ぐらを摑んで引き上げ、懐に手を突っ込んできた。携帯が奪われる。叫ぼうとした瞬間、空いた手で頰を張られた。男たちが中国語で話している。

「手机。通话中的状态」「被他听见什么？」「不是」

駄目だ。動けない。姉が不審に思って捜しにきてくれるだろうか？　だがそれもまずいのだ。来れば巻き込んでしまう。蓮くんを連れているのに。

叫ぼうかと考える。キッズエリアに爆弾がある、と。だがここから叫んで誰かに聞こえるだろうか。聞こえたとして、いきなりそんなことを言われて信じる人間がいるだろうか。

キッズエリアには小さい子が十人はいた。周囲に、その倍くらいの数の保護者がいた。伝えなくてはならない。すぐそばに爆弾が置いてあると。子供を連れて逃げろ、と。

いや、それだけではない。

気付いた瞬間、体がすっと冷えた。あのキッズエリアは吹き抜けの空中にある。ガラスフェンスで囲まれたデッキに。もしあそこで爆発が起こったら、その破片が一階の催事場に降り注ぐ。イベント中で、芸人をひと目見ようと大勢の人間が集まっている一階催事場に。

伝えなくては。そう思って体を捻り、取られている腕を抜こうとする。だがすぐに捕まった。「放老实点儿！」と言われ、また殴られる。胸の中で何かが壊れた感触があった。絶望感が広がり、力が抜ける。

だが、脱力して床に膝をつきそうになった時、階段室に人が現れた。グレーのコートを羽織った男性は、こちらを見てぎょっと目を見開いた。

「見るな。消えろ」

後ろの男が言う。男性は怖々という顔で背中を向けかけたが――。

一瞬、こちらに目配せをした。それが分かった。しかも、あれは。

俺は体を思いきり捻って銃口をそらし、後ろの男の腕を腋(わき)で挟んで固めた。背中を向けていた男性が駆け寄ってきて、固めた腕から拳銃をはたき落とす。「发生了什么事？」「嘿！」「你在做什么？」中国語の怒号が飛び交う。俺は後ろの男に後頭部を殴られたが、振りほどいて間合いをとった。隣に来た男性が――四係の石蕗係長が身構える。

「係長」

「吉野、こいつらが爆弾魔か？」

なぜここにいるのか、なぜそこまで知っているのかと問う余裕はなかった。男が拳銃を拾おうと屈んだところに駆け寄って蹴りを入れる。隣の係長は瑾萱の蹴りをさばいて足払をかけたが、その後ろから来た眼鏡の男の飛び蹴りを受け損なって後ろに吹っ飛んだ。俺は着地した眼鏡の男に突きを出そうとしたが、さっき倒れた男に裾を摑まれて引っぱられる。ふらついたところに眼鏡の男の蹴りが連続して飛んでくる。三発目まではガードしたが、もう一人の男が腰に組み付いてきて体勢が崩れ、四発目は防げなかった。係長とともに床に倒れる。眼鏡の男が上から迫る。

そこに銃声が響いた。

「全員動くな！　両手を上げて壁まで下がりなさい」

犯人たち三人も驚いただろう。いきなり拳銃を構えた警察官四人が後ろに現れたのだから。

だが俺はもっと驚いていた。拳銃を構えた捜査員たちを左右に従え、犯人たちに警告しているのは沙樹さん――つまり、刑事部捜査一課長、秋月沙樹警視だった。

左右の四人のうち三人が飛び出し、瑾萱ら三人を次々に壁に押しつけてねじ伏せ、後ろ手錠をはめていく。その後で係長が腹をさすりながら立ち上がった。「痛え。……やれやれ、何だあいつ。酔拳2の最後の奴[*7]みたいだな」

俺は横に捜査員を従えて立つ妻を見た。「沙樹さん……いや、課長」

家では名前で呼ぶ、と結婚した時に決めた。同時に、仕事中は決して名前で呼ばず、ただの上司として扱う、ということも。たとえ自宅で一人の時に彼女からの電話を受けても、俺は一貫して「課長」として扱ってきたし、彼女の方も俺のことを「第七強行犯捜査四係所属の秋月巡査部長」としか扱わなかった。育休中の俺が捜査に参加していると聞いて電話をしてくるのも、管理職として労働環境の法令遵守を気にしたからだ。

もともと異例の結婚だった。夫は捜査一課の刑事。そして妻はその上司である捜査一課長。警察官同士の結婚は珍しくないが、部署が一緒だった場合は片方が異動になるのが普通だ。だが俺たちの場合はそれすらされていない。まあ、結婚した時の沙樹さんはまだ警視庁捜査二課所属のいち管理官だったたし、今は雲の上の一課長なので例外視されているのかもしれないが。

前任者が突然病で倒れたがゆえの突発人事だったとは聞いている。だが異例づくしだった。ノンキャリアのベテラン捜査員が管理官になり、そして最後の花道として捜査一課長になる。それが長年続いてきた県警本部の慣例だったからだ。だがその慣例は、彼女の就任で二つ同時に崩れた。一つは、三十そこそこのキャリアが捜査一課長になるこ

＊7　『酔拳2』（1994）ジャッキー・チェン主演。クライマックスでは、足技だけでジャッキーを圧倒する謎の長身メガネ男（ロウ・ホイクォン）が登場し、その華麗なアクションに興奮した当時の男の子は真似をしまくったらしい。

と。そしてもう一つ。

おそらく、警察関係者にとってはこちらの方が驚きだっただろう。彼女は全都道府県警察で史上初めての、女性の捜査一課長なのである。

もちろん、それゆえにとてつもない風当たりの強さだったということは知っている。彼女がうちの県警に「飛ばされた」経緯も知っている。それでも、彼女は実力と現場主義で周囲の信頼を勝ち取るべく、AIという渾名をつけられながらも戦っている。家になかなか帰れないのも仕方がなかった。「差し障りがあるのではないか」という周囲の心配を振り切って結婚した時、二人で無意味な慣例をぶち壊そうと約束したのだ。そして彼女は歴代の捜査一課長の中でもトップクラスのフットワークで、こうして現場に出る。

だが、なぜ今、ここに捜査員を従えているのだろう。今日は休日で蓮くんを連れてお出かけ。途中からデートだったはずなのだが。

だが、後ろからは姉まで現れた。

「……姉ちゃん」

「おっ、生きてる」姉はこちらに屈んできていきなり俺の腹を探った。

「いてえ」

「あっ、ひび入ってるね。でも他はたいしたことないや。立って」

ご無体な、と思うが寝ているわけにはいかない。「どういうことだよ？　あと蓮くんはどうしたんだよ」

「蓮くんは外で捜査員に保護してもらってる。……あんたが教えてくれたんでしょうが。不審者の位置を」姉は平然と言った。つまり、彼女もすべて諒解済みらしい。「もうすぐここで、沙樹を狙った爆弾テロが起こる。だからこっそり捜査員を配置してたの。私は蓮くんを連れてプライベートだとカムフラージュした後、時刻が迫ったらあんたを連れて沙樹から離れるつもりだったけど……なんでやられてんの？」

「知るか」何が「うちのひと」だ。「じゃあ、係長たちも」

「まあね。本部しか知らない伏兵」

係長が尻をはたきながら立ち上がり、無線機を出して言う。「こちらE班石蕗。ウエストタウン三階階段室にて、犯人グループと見られる中国人の男女三名を確保。ただし……」

その時、取り押さえられていた眼鏡の男が突如動いた。後ろ手錠をかませて安心していた捜査員は突如回転した眼鏡の男に吹き飛ばされて尻餅をつく。男の両手は自由になっており、右手の手首に銀色の手錠がぶら下がっている。男がこちらに向かってくる。構えようとしたが殴られすぎて力が入らない。

「手錠抜けかよ。初めて見たぞ」

係長が驚きながら拳銃を抜きかけるのを手で制し、沙樹さんが前に出た。ふっと沈み込んで男の回し蹴りをかわすと、たて続けに蹴りと肘と突きを出して臑、鳩尾、顎と打撃を入れる。いきなりの反撃に眼鏡の男が驚愕しつつのけぞるが、沙樹さんはその袖と襟を取って引き寄せると、背負投で背中から落とした。

相変わらず強い。俺も以前、沙樹さんと組手をしたことはあるが、力と体格でごり押しをすればともかく、速さと技術では全く敵わなかった。

立ち上がった沙樹さんは引き手を離し、コートの襟を直すと、係長が言いかけた続きを無線機に言った。「こちら捜査一課長。犯人グループと見られる中国人の男女三名を確保。ただし爆弾の所持は確認できず。引き続き捜索を願います」

それを聞いて、俺は立ち上がった。こめかみと腹が痛むが構っていられない。

「おい、吉野！」

「キッズエリアです！　三階エスカレーター前！」走りながら振り返る。「不審物がありました。ベビーカーに偽装した何かです！」

命は助かった。だが感心している間もほっとしている間もなかった。爆弾なのだ。しかも時限式の。犯人たちはすでに階段室に避難していた。つまりもうすぐ爆発する。

「吉野」

「ハルくん」

係長と沙樹さんの声が後ろから追いかけてくる。通行人をかわして全力疾走しながら、仕事中は名前で呼ばないんじゃなかったのか、とかすかに思った。回廊に出る。むこう側を、ジャケットを羽織った男二人が走っていた。あれもきっと極秘に配置されていた捜査員なのだろう。右前方に見えるパステルカラーの空間からは、まだ子供たちの声が聞こえてくる。ベビーカーが林立している。

「どいてください」俺は叫んだ。胸に激痛が走る。「どいて。キッズエリアのみなさん、避難してください」

俺の叫びは遠すぎて届かなかったが、パーカーとハーフコートの男二人組が、何かを怒鳴りながらキッズエリアに駆け寄っていくのは見えた。あれも配置されていた捜査員だ。回廊の下からマイクの音声と拍手が響いてきてうるさい。だが男二人が身分証明書を見せながら叫ぶと、キッズエリアの親たちが立ち上がり始めた。

――避難してください！　すぐに避難してください！　爆発物があります！　早く！

キッズエリアに近付き、捜査員たちの声が届くようになった。捜査員たちは子供たちを抱き上げ、親たちの背中を押し、キッズエリアの利用者たちをエスカレーターで下に移動させようとする。俺も駆け寄り、何事かという顔をして周囲に突っ立っている通行人たちに怒鳴った。「避難してください！　爆発物です！　早く！」

「ハルっ」後ろから姉が来る。「そっちはいい。ベビーカーはどれ？」

俺は怒鳴る役を後から来た係長に任せ、ベビーカーの列に駆け寄った。形状を細かく見ているわけではなかったが、一番隅に置いてあるブラウンのものに目が留まった。偽物の赤ちゃんは瑾萱が回収したようだったが、下部の籠も空でハンドル周りにも何もつけていない状態のベビーカーはすぐに分かった。

「それだ。端の茶色いの」

「よし」姉が駆け寄る。「沙樹、時間は？」

「五十五分」後ろから沙樹さんが走ってくる。「駄目。もう二分しかない！」

「くそっ」

姉がベビーカーのカバーを開け、ブランケットを剝がす。乗っていたのは赤ちゃんとは似ても似つかない、四角い段ボール箱だった。

「爆弾か？」

「たぶん」姉は全く躊躇わずに懐から財布を出すと、クレジットカードをカッター代わりにして段ボールの蓋を裂いていく。

蓋を開けた中にあったのは、アルミホイルのような銀色の紙に包まれた何かの塊だった。映画で見るようなごちゃごちゃとした配線はなく、ただ二本、赤い線が生えて、隣の機械類に繫がっている。

そしてその機械部品の表面に、デジタル式の時計がついていた。

00:02:16

「おい、これ……」見ている間に数字が減る。2:14。2:13。

あと、二分。

キッズエリアの利用者はもう残っていない。周囲の野次馬も係長たちが押し返して、離れていくところだ。だが。

「やばい」姉が銀紙に顔を近づけて嗅ぐ。「甘い香りがする。ニトロ系の……プラスチック爆弾だと思う」

「犬かよ」

冗談じゃない。高威力のプラスチック爆弾がこの量となると……。俺は周囲を見回す。この付近とエスカレーターは確実に吹っ飛ぶ。いや、それどころではない。

俺はそこでようやく、恐るべき事実に気付いた。吹き抜けの上を走るこのデッキ上で爆発が起これば、衝撃波で吹き抜けをぐるりと囲む回廊のガラスフェンスがすべて吹き飛ぶ。そして、あの下には。

立ち上がって手すりに駆け寄る。巨大な吹き抜けの下には、イベントに集まった芸人と、無数の客。

その上に、ガラスの雨が降り注ぐ。

そういうことだったのだ。キッズエリアにベビーカーを置きっぱなしにしても、誰も不審物だとは思わない。だがそれだけではなかった。キッズエリアは一階催事場の上を走るこのデッキのちょうど中央。爆発を起こしてガラスを割り、下にいる人間を最も効率よく殺戮(さつりく)できる場所にあるのだ。

「沙樹さん！」俺は後ろに怒鳴った。「間に合わない。一階の人たちに警告してくれ！

ガラスが降る！」

通行人を避難させていた沙樹さんははっとして振り返り、それからぱっと身を翻してエスカレーターに駆けていく。エスカレーターは二列とも客でいっぱいでとても走れなかったが、沙樹さんは驚くべきことに手すりに飛び乗り、手すりの上を駆け下りた。間に合うだろうか？　爆弾の時計が進んでいる。1:38。1:37。

「姉ちゃん、逃げろ」俺は姉の肩を摑んだ。「爆発物処理班は間に合わない。ここで爆発するぞ」

「馬鹿。できるか」姉は俺の手を振り払った。「こんなもの、雷管抜けばパン生地でしょ」

「駄目だ」姉の手首を摑んで止める。「よせ。抜こうとしたら作動するかもしれないだろ」

「くそっ」

姉は手を引っ込め、立ち上がった。そうだ。それに、わざわざベビーカーで運んでいたということは、強い衝撃や振動にも反応しかねない。

爆弾の箱を覗く。箱の内側には金属光沢のあるアルミホイルのようなものが張られており、機械部分から銀紙に伸びている線はそこに溶接されたように張りついていた。とすると、箱全体が常に通電しているのかもしれない。線を切ろうと動かしたり、爆発物や機械部分を取り外そうと動かしたりしたら、その瞬間に爆発する可能性が大きい。俺は後ろを振り返る。「係長、あと一分ちょいです。逃げてください。このフロアの捜査員も全員」

エスカレーターを非常停止ボタンで止め、上から下りてくる客を押しとどめていた係長は、客を押して上に上がらせ始めた。「戻ってください。爆発物です。四階に上がって。こっちの人は二階に下りて。爆発します！」

1:14。あちらこちらで、捜査員たちが怒鳴る声が聞こえ始めた。――下がってくださ い。建物から避難して。外に出てください。早く！

だが肝心の、一階催事場の人たちは動かない。音楽もまだ流れている。人が多すぎて声が届かないのだ。

だが、そこに連続して銃声が響いた。五発、六発、七発。八発目が響く頃には、観客たちのざわめきは静かになっていた。スピーカーの音楽だけが場の空気を無視して鳴り続けている。

――警察です！　上のデッキで爆発物が爆発します。皆さん、しゃがんで頭を低く！　コートをこうして脱いで、後頭部を覆ってください。早く！

沙樹さんの声だ。一階にいた捜査員たちの怒声がそれに続く。まさか発砲して黙らせるとは思わなかったが、もう避難する時間はない。爆発の威力は不明だが、降り注ぐ破片からはある程度身を守れるかもしれなかった。タイマーが一分を切る。0:58。エスカレーターの上から係長が怒鳴る。「吉野、何してる！　お前も早く逃げろ！　吹っ飛ぶぞ！」

「すぐ避難させます！」

爆弾の解体を諦め、エスカレーターを止めて二階から上がってくる通行人を押し返していた姉が応える。

俺も立ち上がった。だが動けなかった。このまま爆発して大丈夫なのだろうか。一階はまだいい。爆風は上と水平方向に行くものだからだ。だが周囲の、まだ避難していない人たちは。エスカレーターの上の人たちは駄目だ。このままだと確実に爆風に飲み込まれる。0:52。

何か、少しでも爆風を。俺は周囲を見回した。何かないか。そこで見つけた。エスカレーターの横、観葉植物の陰に、白いプラスチック製のパーテーションが立ててある。

「ハル！」

「あれで囲む！」

俺はパーテーションに駆け寄り、数枚のそれを束ねて腕を回し、渾身の力で持ち上げようとした。だが胸に痛みが走り、力が入らない。そういえば、肋骨(ろっこつ)にひびが入っていたのだ。駄目か、と諦めかけたところで、急にパーテーションが軽くなり浮いた。

「姉ちゃん」

姉が反対側からパーテーションを支えている。「このバカ！　急ぐよ！」

姉と歩調を合わせる余裕もなく、爆弾のところまでパーテーションを引きずった。タイマーは動いている。0:34。おい吉野、と上から声がする。

「姉ちゃん、逃げろ。間に合わなくなるぞ」

「飛び降りる」姉はパーテーションを広げながら、親指でガラスフェンスを指さした。

「手か足から落ちればまあ死にはしないから。五、六本折れるだろうけど」

「手足は四本だぞ」

「違う。介達力で鎖骨が折れるの。落下の衝撃で肋骨もやばいし」姉はパーテーションを強引に広げながら言っている。「基本でしょ」

「知るか。ていうか今そんな話するな。飛び降りる気がなくなるだろ」パーテーションを置いてタイマーを見る。0:16。「残り十秒になったら飛ぶぞ」

「七秒までいけるって」

「マジかよ」

　俺がパーテーションで周囲を囲む間に、姉がずるずると紐状のコードを持ってきた。

「縛るよ」

「了解」よく見ると、観葉植物から引っぺがしてきたLED電球のコードだった。それを持って爆弾の周囲を回り、パーテーションにコードをぐるりと回して締める。強度はないが、ただ立てておくよりずっとましだ。どの程度か分からないが、パーテーションで周囲を囲めば、爆風の何パーセントかが真上に抜けてくれるかもしれない。パーテーションが動き、隙間からタイマーが見えた。0:06。

「やばい、飛べ！」

怒鳴りつつガラスフェンスの方に走る。姉はすでに手すりに足をかけてよじ登っており、次の瞬間にはむこう側にふっと消えた。いい思いきりだ。俺は後ろを振り返る。これで周囲には誰もいない——。

はずだった。だがその時、俺は見た。キッズエリアの前に並ぶベビーカー。紺色で、カバーが閉まっている右端の一つ。

その中で、小さな手がぱたりと動いた。

「なんで……」

駆け戻るしかなかった。ベビーカーに飛びつき、カバーを開ける。水色のベビー服を着た、まだ四ヶ月ほどの赤ちゃんが、突然現れた俺を見て目を見開いた。

「——なんで置いてくんだよ！」

怒鳴りながらベビーカーのベルトを外す。駄目だ。もう爆発する。赤ちゃんを抱き上げる。蓮くんよりずっと軽く、マシュマロを抱いているようだった。赤ちゃんの首がぐらりと揺れる。まだ完全に首が据わっていないのだ。慌てて腕を添える。

ガラスフェンスの方を見る。さっきすでに六秒しかなかった。飛び降りる時間があるだろうか？　飛び降りるには爆弾の横を通らなければならない。無理だ。きっとその瞬間に爆発する。

そこで気付く。そもそも駄目なのだ。飛び降りることはできない。この子はまだ首も据わっていない。こんな高さから飛び降りれば、その衝撃で首か脳がやられる。着地時に支えきれる自信もない。落とせば地面に直撃する。

一瞬で絶望した。このタイミングで「そもそも」などという単語が出てきた時点で、もう圧倒的に取り返しがつかないのは明らかだった。立ち止まっている間にきっと一秒過ぎた。もう爆発する。

俺は赤ちゃんを抱きしめ、走った。観葉植物の陰に飛び込み、背中を丸めてうずくまる。爆発する。せめて俺の体で、この子だけでも。

その瞬間は、とても長かった。こんなに長いはずがない、これなら走って逃げられたのではないか、と考えてしまうくらい長かった。上から係長の声が聞こえた気がして、まだあんな位置にいたら危ないのに、と考える余裕すらあった。腕の中の赤ちゃんを全力で抱きしめた。爆風と炎が俺の体を舐めるイメージをし、腿と脇腹をなるべくくっつけるようにした。少しでも、爆風が入る隙間がなくなるように。

俺は理解した。震災の時、倒壊した建物の中から、赤ちゃんを抱きしめ、護るようにして死んでいる母親がたくさん発見されたという。これまではそれを「母の愛」だと思っていた。だが違う。父親、いや、親かどうかすら関係ない。人間は本能的に、その手に抱いたものを護るようにできているのだ。愛などという曖昧なものよりもっと強く、単純な、弱きものを護る動物の本能だ。

せめて最後に沙樹さんと蓮くんの顔を思い浮かべようとしたが、どうしても浮かばなかった。二十数年の自分の人生を振り返ろうとしてみたが、それもうまく浮かばなかった。なんだよ走馬灯って嘘じゃないかと思う。それともそういうものは、死に始めないと始まらないのだろうか。

背後で、何かが弾ける大きな音がした。

俺は体を縮めた。背中から吹っ飛ぶ。

はずだが……。

「……ん？」

妙だった。まだ爆発が来ない。最後にタイマーを見た時、残り六秒だった。とっくに爆発しているはずなのに。

赤ちゃんを抱きしめたまま数えてみた。一秒、二秒、三秒。いや、これはおかしい。ここからさらに三秒も過ぎるのは確実におかしい。気のせいではない。四秒。絶対にもう爆発していないとおかしい。

俺は立ち上がり、危険だという頭からの警告を無視して爆弾の方を見た。

爆弾は作動していた。うっすらと細く、白い煙が上がっている。だが爆発はしていなかった。

赤ちゃんを抱いて歩み寄り、パーテーションをずらして中を見る。

タイマーは止まっていた。0:00。

だが、爆弾はかすかな白い煙を吐いただけで、銀色の塊に刺さった線はすべて抜けていた。

俺はその場にへたりこんだ。状況のおかしさを察した赤ちゃんが、腕の中でようやく泣き始めた。

13　君塚浩二　二月二十三日　12：58

その時刻、立てた金髪に蛇柄のブルゾンを羽織った男が建物を見て、叫んだ。

「——为什么不爆炸（爆発はどうした）！」

周囲を囲んでいた捜査員たちも確かにその言葉を聞いたようだ。君塚は駆け寄った。

「赤蛇」君塚はウエストタウンを見上げて呆然としている赤蛇に言った。「爆発はない。雑貨屋の爆弾は警察が回収した」

赤蛇はぐるりと首を巡らせ、君塚を見た。見開かれた目が血走っている。

「部下三人もすでに確保した」君塚は言った。「赤蛇こと姜子軒。殺人未遂の容疑で逮捕する」

「……该死（ガアイスウ）！」

「日本の警察を甘く見たな」

君塚はそう言ったが、実際のところそれは嘘だった。日本の警察は爆弾を見つけられなかった。爆発しなかったのは、おそらく雑貨屋が爆弾を不発にしたせいだ。雑貨屋の爆弾は、外部から爆発をコントロールする機能がついていた。おそらく犯行前の段階で、赤蛇に接触した時にそれを操作したのだろう。

無論、雑貨屋の安全を考え、そのことは言わない。だが雑貨屋は、君塚が一回目にアパートを訪ねた日に、おそらくすでに決めていた。赤蛇を裏切ることを。


二度目に訪ねた時と同じく、その日すでに、雑貨屋のアパートには人の気配がなかった。タオル一つかかっていない洗面台。乾ききった浴室。畳の上には屑籠一つなく、キッチンにあるのは薬缶一つだった。

雑貨屋は当初、にやついていた。警察の訪問があることは赤蛇から聞いて知っていたのだろうし、赤蛇が狙う「捜査一課長」が若い女性だと知って口笛を吹きさえした。

「日本の警察もなかなか先進的じゃないか」

「恐れ入ります」課長は無表情のまま応え、それからキッチンの方を振り返った。「意外でしたね。潘さん、あなた子供ができたんですか?」

後ろに控える君塚たちも面食らったが、雑貨屋も同様だった。なぜいきなりそんな話を、という戸惑いと、なぜ何もないのにそれが分かる、という驚きだった。

「正解だよ」雑貨屋は肩を落とした。「……あんたも?」

「ええ」課長は微笑んだ。「七ヶ月です。活発な子で、そこらじゅうをハイハイしています。可愛いですよ」

「うちはまだ五ヶ月だ。可愛いよな」雑貨屋も微笑み、キッチンを見た。「しかしなぜ分かった？　あの薬缶か？」

「はい」

「だが、薬缶だけだぞ。赤ちゃんのものなんて何も置いていない」

「他に何も置いていないのに、薬缶だけがあるからです」課長は言った。「箸もコップもない。ゴミもない。なら、沸かしたお湯は何に使ったんでしょうか。飲んだというなら、何に入れて？　答えは一つしかないですよね。……哺乳瓶。ミルクを溶かすためにお湯を使った。奥さんが子供を連れて訪ねてきたのですか？」

「正解だ」雑貨屋は両手を広げ、楽しそうな顔で肩をすくめてみせた。「女房の母乳の出が悪くて、だいたいミルクなんだ。あんたのとこもか」

「うちは半々くらいですね」

「そうか」

雑貨屋はふう、と息を吐くと、畳の上に脚を投げ出して座った。

「もう、いいだろう」

課長が訊く。「もういい、とは？」

「だから、もうよくなったんだよ」雑貨屋は顎鬚を撫でると、喉仏を見せて天井を仰いだ。「もう赤蛇に協力などしない。どうなろうと知ったことか」

そして、赤蛇の犯行計画を喋った。奴が嘘つきであり、本当に自分自身が動くかどうかも怪しければ、直接ターゲットを狙うかどうかも怪しい、ということまで含めて。

さすがに疑問だったのだろう。課長がなぜ急に話す気になったのかと訊くと、雑貨屋は「赤蛇にうんざりした」と答えた。

爆弾の説明をして引き渡す時、雑貨屋は訊いたのだそうだ。どこでどう使うつもりか、と。すると赤蛇はにやにやしながら答えた。ガラスを降らせる、と。そして言った。「休日なら人が多いし、家族連れも多いだろう。小さな子供をたくさん殺した方が効果的だ」と。

「……うんざりしたよ。俺にも子供がいるのに」雑貨屋は言った。「だから、あんたたちは頑張れ」

赤蛇は暴れようとしたが、左右の捜査員に殴られ、すぐに取り押さえられた。それでもまだ呪詛を吐いていたが、君塚は構わず手錠をかけた。

「……お前の負けだ。俺たちが勝ったわけじゃないが、お前は確かに負けたんだ」

14　秋月春風　三月二日　21:14

「……つまり結局、雑貨屋に助けられたわけか」

俺は筍(たけのこ)ご飯を多めに箸ですくって口に入れた。炊き具合はよく、ほどよく内側に芯を残して外側をしんなりさせた筍に、醤油と味醂の香ばしい甘塩っぱさが乗っている。

「そんなんなら最初からそう言ってくれればよかったのに。走馬灯見たよ俺」

　まあそれは嘘なのだが、姉は「まあねえ」と頷いて皿の上のネギトロをつまんでいる。

「いつまで経っても下りてこないから、ああこいつもうネギトロ確定だなって思った」

「しょうがなかったんだよ。赤ちゃんが残ってて」

「でも、考えてみればもともとあの爆弾、おかしかったんだよね」沙樹さんはさっきからずっとちまちまと鯛の塩焼きをほぐしている。魚を全部ほぐしてから食べるタイプで、とりあえず口に入れてから骨を吐き出すうちの姉とはだいぶ違う。「映画じゃないんだから、現実には時限爆弾に『あと何分で爆発するか』を表示するタイマーなんてつけないよね。普通は」

「つまり遊んでたわけ？」姉はグラスをぐい、と傾け、明らかに酒臭い息を吐く。授乳中の人の前でまったく。「なんだ。だったらこう、赤い線と青い線を選ばせるとかさあ、もっと演出を考えてくれればよかったのに」

「いきなり雷管を抜こうとしてただろあんた」

　しかし、とにかく捜査一課長襲撃事件、もとい藤原市ショッピングモール爆破未遂事件は、犠牲者ゼロで終わった。赤蛇こと姜子軒と部下の三人は殺人未遂とか傷害とか公務執行妨害で全員逮捕された。未遂で終わってはいるが、赤蛇も今度は一年や二年では出てこられないだろう。一方、沙樹さんと君塚補佐官、それに組織犯罪対策本部の久木原本部長には警視総監賞が出た。現場で顕著な活躍をした捜査員二名にも出たし、それ以外の者にも軒並み部長賞以下が出ている。大事件をうまく解決すると賞が大放出される、いつもの風景である。ちなみに俺にも出た。ただし休業中であるという体裁のため、賞状ではなく感謝状だった。そこまで「育休」を強調しなくてもいいのに、と思うが、まあ組織というのはそういうものなのだろう。

俺の方は姉の診断通り、眼鏡の男に殴られて肋骨にひびが入っていたが、骨がずれていたわけではなく、二週間ほどで一応治るという。大混乱になったウエストタウンの客も転んで軽傷を負ったのが二人いただけなので（ちなみに姉は無傷だった）、まずは大勝利といったところである。まあ雑貨屋が、言うなれば審判が勝たせてくれたような勝負だったのだが。

とはいえ、ひとまず周囲は平穏になった。鯛など出しているのはそのお祝いでもある。もっとも、実のところ感謝状くらいもらっていてもよさそうなうちの蓮くんは、隣室のお蒲団でもう眠っている。姉と沙樹さんに思う存分遊んでもらって疲れたのだろう。

「まあ、無事に事件も解決したし」姉は陽気にコップを空け、あーもうない、と典型的な酔っぱらいの仕草で瓶を逆さに振る。「大活躍、お疲れさん。おまわりさんたち」

「それは沙樹さんだけかな。俺は殴られてただけだし」お吸い物をすすって背もたれに体重をあずける。

「私も結局、発砲したことは怒られたし」沙樹さんも肩をすくめる。「アニメに出てくるみたいなヒーローになりたくて警察官になったけど、なかなか難しいね。現実には」

「何言ってんの」姉は筍ご飯から筍だけをつまみ出してはもぐもぐ食べている。「隣の部屋に蓮くんがいるでしょ。親だってだけでもう立派にヒーローだって」

「そんな」

「いつもお腹いっぱいにしてくれる。怖いことがあっても護ってくれる。寂しくて泣けば駆けつけてきてそばにいてくれる。これがヒーローじゃなくて何？」姉は笑って沙樹さんの肩を叩く。「親やってるだけで、子供にとっては完璧にヒーローだよ」

沙樹さんが微笑む。「そんなものかな」

「まあ、蓮くんが無事でよかったよ」姉はにやりとして隣室の襖を見る。「事件は解決したし、また何か蓮くん、レベルアップしないかな？」

そんなうまくいくか、と思う。「ゲームじゃないんだから」

「歩くとか」

「さすがにない。今だってつかまり立ちがやっとなんだ」

首を振りつつも、たとえば明日、蓮くんがまた新しい何かをできるようになるとしたら何かな、と考えた。歩くのはもう少し先だ。少し固形の離乳食を食べられるようになるとか、お風呂の時に泣かなくなるとか、そのあたりなら、あるかもしれない。本当に赤ちゃんは日単位で新たなスキルを覚えていくので、小刻みな達成感が得られるという点では、育児ほど楽しいものはない。

だが襖のむこうから「ええええええ」と、弱々しい泣き声が聞こえてきた。俺は立ち上がる。寝付くには少し早い時間帯だったこともある。起きてしまったようだ。

襖を開けると、暗い部屋で蓮くんがちょこんとお座りし、泣いていた。「えええええええ」

「ごめんごめん。ほら、パパいるよー」

後から来る沙樹さんと姉を制して、蓮くんの前に寝転んでみせる。「起きちゃったかな？　抱っこする？」

蓮くんは俺の顔を見ると、ぴた、と泣きやんだ。涙の粒が顎から落ち、こちらを見ているうちにふわりと表情が緩み、にこーっ、と笑顔になる。

「ぱ、ぱ」

「おっ？」

思わず変な声が出た。「えっ、何？　今『パパ』って言ったの？」

蓮くんは笑ってこちらに両手を伸ばしてきた。「ぱ、ぱ」

間違いない。確かに「パパ」と言った。それもこちらをちゃんと見て、俺に向かって。

その笑顔を見たら、不意に視界がぼやけた。おかしいな、と思う間に鼻がつんとする。

どうして俺はこんなに泣きそうになっているのだろう。しかし涙がどんどん出てくる。

育児に関しては、沙樹さんともどもわりと冷静なつもりだった。蓮くんが生まれた時ですら、それ相応の感動はしたものの泣きはしなかった。分娩の過程を予習していたおかげで不安はそれほどなかったし、なにより助産師さんと沙樹さん本人が落ち着いていたからだ。

　それなのに、なぜ今、こんなに嬉しいのだろう。

「ぱ、ぱ」

　呼んでくれている。この子が、俺を。

「そうかあ」蓮くんを抱きしめる。「俺、パパか。そうだよなあ」

　認識してくれていたのだ。ちゃんと、父親として。もちろんパパとママの区別なんかまだ怪しいものだし、耳に入る単語をなんとなく言ってみただけなのだろうが、それでも、なんとかして俺を呼ぼうとしてくれているのだ。

　モコモコのパジャマの中の短い手足。鼻先をくすぐるふわふわの髪の毛。腕の中にあるちょうどいい重さと温かさ。蓮くんを抱きしめて、俺は泣いた。蓮くんは笑っていた。

単行本版あとがき

お読みいただきましてまことにありがとうございました。著者の似鳥です。ようやくあとがきまで辿り着きました。いつも本編の内容と全く関係のないことを書いているので「あとがきを先に書いているんじゃないか」「別人が書いているんじゃないか」「酔っぱらって書いているんじゃないか」「適当に自作したＡＩに書かせているんじゃないか」と様々にお褒めの言葉をいただきますが、ちゃんと自分で、本編の後に書いております。「内容があまりにどうでもいい」「完全に蛇足」「あとがきを削ってその分安くしろ」とのお褒めの言葉も時折いただきますが、紙の本というのは一枚の大きな紙を折りたたんで製本するため、八ページまたは十六ページの倍数でしか作れないのです。したがって本編と奥付が八ページまたは十六ページの倍数でぴったり終わっていない場合、うしろの方の数ページが余るのです。通常はそこに解説が入ったりするのですが、私の著作は分かりやすすぎて特に解説すべき部分がないことが多く、解説を頼まれた方が「何をどう解説すればいいんだ！」と叫んで夜中にパチュンと弾け飛ぶ事件が多発したため、解説以外の何かを入れなくてはならなくなったのです。あの事件は大変でした。なにしろ大半の方が閉め切った仕事場でパチュンしたため「変死」扱いになってしまい、[*1]

警察が出動したらしたで「自分で自分をパチュンする方法などないから他殺だろう」「しかし現場は内側からすべて施錠されている」「密室じゃないか」「現実で初めて見た」と大騒ぎになってしまい、たまたま事情聴取をされた編集者が「書くことがないとパチュンする執筆者はよくいる」と証言するまで混乱が続きました。そのため、これ以上の犠牲者を出さないよう何か余計なものを入れなくてはならない、という話になったわけです。自分で「余計なもの」とか書いてしまっていますが大丈夫なんでしょうか。

しかしこれが困りました。普通は他の本の広告などを入れるのですが、私はせっかくページがあるのに他人の本の宣伝なんかで埋めたくない、と思いました。他社の本だらけになるにもかかわらず自分の著作リストはつけるくせに、勝手なことです。かといって他にこの本の商品価値を上げるものを、と考えても何も浮かびません。地下鉄路線図とか度量衡換算表とかをつければいいのでしょうか。それとも味つき食紅を染みこませて食べられるようにすればいいのでしょうか。非常食にもなる本というのは便利ですが、問題はいざ非常事態になった時「何年も本棚に突っ込まれていた本」を食べる気になるかどうかです。真っ白のまま「このページはメモ帳としてお使いください」と書くしかないのでしょうか。それとも絵でも描くしかないのでしょうか。

＊1　病院以外で亡くなった人は基本的に、たとえ自宅のお蒲団の中で眠るように亡くなっても全員「変死」になり、死因の特定が必要になる。

こんなふうに悩んだ結果があとがきなのです。あとがきならあとがきらしく、本作を執筆するにあたって起こった面白いこと、たとえば担当T井氏が空港で偶然手荷物を取り違えられた結果手元に来てしまったトランクの中身のせいで麻薬組織から狙われ、組織を追うCIAと事件を自分たちの手でコントロールしたい公安が絡んだ三つ巴の暗闘に巻き込まれたこととか、戦闘中に井戸に落っこちたら異世界に飛ばされてウサギ王国の騎士たちと共に「影の国」の軍勢と戦ったこととか、影にとりこまれた結果意識だけが異次元に飛ばされ「情報生命体」に変化して周囲の宇宙意思と感応しつつ極小次元の内部に潜行したこととか、その結果時間的因果性を超越して戦国時代に飛び尾張に落っこちて織田信長と出会い、斬り捨てられそうになりながらもなんとか豪雨の中、今川義元が桶狭間にいることを教えて織田軍を勝利に導いたこととか、そういうことを書いた方がいいのかもしれませんが、そもそも戦闘中に井戸に落っこちるとか、現代日本なのに一体どこで戦闘をしていたんでしょうか。担当さんの話ばかりというのもどうなのかという気もするのですが、私の日々には特に面白いことはなく、せいぜい今、仕事中にふと外を見たらクロワッサンに似た雲が空に浮かんでいたとか、その程度なのです。

まあ、編集さんというのは著者の周囲から企画になりそうなネタを見つけるのも仕事の一つでして、作家がボソッと「これ面白いな」と呟いたりちょっと珍しい体験をしたりすると、どこからともなく出現して「それで一冊、書いてみませんか」と勧めてくるのです。ある作家は商店街を歩いていてショーウィンドウのディスプレイをしている女性を見つけ「ディスプレイか」と呟いたら後ろに編集者を乗せたタクシーがキキッと停まって「それで一冊、書いてみませんか。知り合いのディスプレイデザイナーをご紹介するので取材しましょう」と声をかけられたといいます。またある作家は駅で「旅に出たい」と呟いた瞬間、駅員さんに変装していた編集者がさっとマントを取り哄笑とともに「ははははははローカル線のトラベルミステリーというのはどうですかー？」と持ちかけてきたというし、ある作家は空を見上げて「鳥の世界ってどうなってるんだろう」と言った瞬間、編集者がどたりと落ちてきて首を不自然な方向に曲げたまま「鳥の一人称という形式でいっさつ……」まで言って口から血を吐き事切れたといいます。本作の企画も似たような感じで始まりました。子供ができたことを某パーティー会場で言った瞬間、元担当S枝氏が（ご本人が臨月なのに）ぶら下がっていたシャンデリアからするする下りてきて「育児ネタで書きませんか」と言ってきたし、駅のトイレで用を足しながら「育児ネタっていっても具体的にどうすれば」と呟いた瞬間、天井付近のタンクから前担当T原氏がザバァと出てきて「育休取った刑事とかどうですか」と提案してきたし、原稿を書き上げた後、電気街を歩きながら表紙のイメージに悩んでいたら店頭のテレビ画面が突然すべて現担当T井氏の顔になり「イメージしているのはこんな感じですよ」「ジしているのはこんなか」「いるのはこんな感」「のはこんな感じですがよろしいですか」「いですか」と一斉に提案してきたりしました。S枝様、T原様、T井様、「小説幻冬」編集長・有馬大樹様、大変お世話になりました。おかげ様で無事本になりそうです。ありがとうございました。

そんな具合に、本作も様々な方の活躍により本になっております。装画のかわいちひろ先生、可愛い蓮くんをありがとうございます。校正担当者様には今回もお世話になりました。恥ずかしい誤字が色々とありました。ブックデザインをお願いした bookwall 松昭教様、上原愛美様、印刷・製本業者の皆様、いつも丁寧なお仕事をありがとうございます。幻冬舎営業部の皆様、取次各社の皆様、そして日本全国の書店員の皆様、いつもありがとうございます。一生のうちでこの時期しか書けなかったであろう本書をどうかよろしくお願いいたします。

そして何より読者の皆様。本作は警察小説で本格ミステリであると同時に、「男性の育児」のリアルを伝える疑似体験本でもあります。今まさに育児中の方には応援歌に、これから子供ができるかもしれない方にはよき参考書に、育児を終えられた方にはあの頃を思い出すきっかけに、それ以外の方には未知の世界をご紹介するガイドブックになればと思います。

しかしそれ以上に、単に小説として楽しく読んでいただけたなら、著者としてこれ以上の幸福はございません。どうかまた、次回作でもお会いできますように。

平成三十一年四月

似鳥鶏

Twitter https://twitter.com/nitadorikei
blog「無窓鶏舎」http://nitadorikei.blog90.fc2.com

文庫版あとがき

単行本発売から三年が経ったわけですが、男性が育休をとれるようになったか、というと、相変わらず駄目でございます。単行本刊行時には出産・育児をめぐる諸問題はだいぶ解決に近付いていて、この本の内容も古くなっているのではないか、と予想していた部分もあるのですが、あんまりそうでもないようで。とはいえ、著者本人の息子が赤ちゃんだった頃と比べれば、抱っこ紐(ひも)をつけて歩いている父親もさして珍しいものではなくなりました。父親単独で赤ちゃんと外出している人はあまり見ませんが、二、三歳の子供が休日、パパと二人で公園にという姿は増えているように感じます。そのうち各都道府県警で男性の育休刑事が誕生するかもしれません。そうなったらなったでこちらは困りますが、こちら以外のすべては助かります。

もっとも「小説の刊行までの間に現実の方が進んで困る」という事態は、フィクションをやれば必ずついてくるものです。私もデビュー第一作から既に「Googleストリートビューの導入により捜査方法が変わったため、その部分を書き直さざるを得なくなった」という目に遭っています。ドローンやリモート会議の普及で「なぜそれを使わないの?」とつっこまれるようになってしまった原稿など山ほどあるでしょうし、携帯電話の普及でサスペンスは書きにくくなりましたし（早く携帯で110番しろよ問題）、もっと昔、「火星に生物などいない」と分かった時にはSF作家の半分が死滅したそうです。ミステリの場合にありがちなのは「いつか書こうと思ってとっておいた面白い事件のネタと同じことが実際に起こってしまった」です。そもそもミステリはリアリティが大事なのでミステリ作家もなるべく現実に実行可能な犯罪を考えたがりますし、ミステリ作家というのは新しい技術や制度ができるとすぐ「これ犯罪に使えないか……？」と考える人種です。「透明になれる服」がテレビで特集されていた、なんていう分かりやすい話であればもちろんのこと、ドローン宅配便と聞けばバレずに爆弾を送る方法を、顔認証改札と聞けば無賃乗車する方法を考えます。立体テレビも、空飛ぶタクシーも、実用化されるや否やミステリ作家が犯罪に利用するでしょう。よく考えたらろくでもない人たちですね。

もちろん犯罪のネタさえあればミステリが書けるわけではなく、小説である以上は他にもたくさんの「書きたいこと」が詰まっています。たとえば子供ができてみるとそれまで知らなかったことを一気に思い知るわけで、それらを並べて「これは何かに使えるな」と思ったのが本作の始まりです。なので仕事場に置いてあるメモ用紙には息子が生まれてから三歳ぐらいになるまでの育児ネタがたくさん書き留めてあります。分娩室の中の様子から切った直後のへその緒の印象（「たたんだ生八ッ橋」と書いてある）、あせものでき方、転んでから泣くまでの表情の変化など。書いている当時は別にメモなんてとらなくても経験すれば覚えているだろう、と甘く見ていましたがさにあらず。育児中の記憶はすごい勢いで抜けていきます。大学一年生の受験知識と同レベルの抜け方です。実際、作中に出てくる蓮くんは三ヶ月から七ヶ月までで、企画段階では息子もそのくらいだったのですが、単行本を書きあげるまでの間に息子は二歳になってしまい、結局動画サイトで「赤ちゃん　七ヶ月　はいはい　速度」などと検索し、人様の赤ちゃんで情報収集をしていました。赤ちゃんの成長速度はすさまじく（そうであってくれないとこちらがもたないのですが……）、夜中に起きてミルクを冷ましたりお風呂上がりにうんちをぶちまけられたりすっ転んで頭を打ちあわてて夜間救急に連れていったりした記憶は対消滅エンジン搭載型星間飛行船の速度で後方に流れていきドップラー効果で赤く見えます。一時はあれほどお世話になったドラッグストアの離乳食コーナーですが、今は母校の前を通る気分で通過します。店で赤ちゃん用のスタイだのソックスだのの売り場を見ると「かわいいねえ」と頬が緩みます。子供を抱っこして道を歩いていると「あらあかわいいわねえ」と話しかけてくるおばちゃんはこうして作られていくのです。息子の成長速度もどんどん速くなり、こないだまでポテポテ歩いてズコッとこけては泣いていたのに、今やワイヤーアクションで高層ビルの間を飛び回り悪人を退治しています。体も大きくなりました。こないだまで子供用布団に寝かせると端っこの方しか膨らまず「ここまでしかない（笑）」と微笑んでいたのに、今や羽黒山に腰かけて鬼怒川で足を洗ったり、琵琶湖をひと跨ぎで越えたり、そこらの土を掘って富士山を作り、掘った跡が富士五湖になったりしています。体重だって最初は片手で持ち運べるほどふわふわだったのに、徐々に羊羹（ようかん）のように中身の詰まった重さになり、片腕で抱きながらベビーカーを持って階段を上るのが辛くなり、今や下手に地面に置くと「ズン！」という音とともにアスファルトに放射状の亀裂が入り、地面にめり込んで抜けなくなり、地割れや地盤沈下を起こすので軟弱地盤では遊ばせられなくなりました。子供はちょっと目を離すとすぐ大きくなりますが、目を離さずにずっと見ていてもいつの間にか大きくなります。大きくなった息子は現在、相模（さがみ）湾沖を北上中。付近を航行中の船舶は至急避難してください。このまま上陸されると首都圏全域に甚大な被害が生ずるのですが移動を止めるには携帯でYouTubeのキッズチャンネルを見せるか新幹線の車内で売っているオリハルコン製アイス[*1]を食べさせるかしかなく、なのにそれをすると「最近の親はスマホに育児をさせている」と文句を言うやつがいます。どうせいっちゅうんでしょうか。日本が滅びますがいいんでしょうか。もっとも息子は現在大きくなり続けていてそろそろ地球の

*1　通称「シンカンセンスゴイカタイアイス」。正式名称は「スジャータ　アイスクリーム」。新幹線で提供するに相応しい高級感を出すため乳脂肪分がめちゃくちゃ高く、中の気泡（「オーバーラン」と呼ぶらしい。ゲン担ぎの意味も？）も少なく高密度に作ってあり、これが硬さの理由らしい。本当に硬く、初期状態ではスプーンの方が折れるほどだが、そのおかげで極めて濃厚でおいしい。子供にあげると到着駅まで大人しくしてくれる魔法の（どう見ても物理だが……）アイテムとしても有名。

自転に影響を及ぼし始めます。このままいくとじきに地殻を崩壊させマントル層に沈降して地球の核と融合し、下手をするとその過程で地球をいくつかに分断した後引力によって再結合させるか分断時の勢いで破片のいくつかをどこかに飛ばすかのどちらかになり、周囲の塵やガスを集めて巨大化し、他の惑星を飲み込んで最後に太陽と融合、そのまま周囲の小惑星群を飲み込み、他の恒星を飲み込み、ついには銀河の中心で重力崩壊を起こして超巨大ブラックホールになり、超高温の膠着円盤を加速させつつ活発に活動している状態になるのですが、実のところ超巨大ブラックホールの生成過程は他のブラックホールとは違うとされているだけで不明であり、息子は今朝もひととおりトミカで遊んだ後、何かのCMソングを歌いながら自転車に乗って保育園に行きました。

さて文庫版発売です。息子は大きくなりましたが判型は小さくなりました。おかげでお値段も下がり、多くの方に手に取っていただけるようになったのではないかと思っております。KADOKAWAの文庫担当T様、H様、装画のツルリンゴスター先生、また文庫版の制作工程上の関係か脈絡のないところに突然出現する誤字を丁寧に潰していただきました校正担当者様、ありがとうございました。本書は男性の育児がどんなものか、という本でもあります。性別に関係なくあらゆる方に手に取っていただければ、と思います。それではそろそろ保育園にお迎えにいって参ります。

令和四年五月

似鳥鶏

Twitter https://twitter.com/nitadorikei

blog「無窓鶏舎」http://nitadorikei.blog90.fc2.com/

似鳥鶏　著作リスト

（※2022年8月現在）

似鳥鶏　著作リスト

書名	出版社	刊行年月
『理由あって冬に出る』	創元推理文庫	2007年10月
『さよならの次にくる〈卒業式編〉』	創元推理文庫	2009年 6月
『さよならの次にくる〈新学期編〉』	創元推理文庫	2009年 8月
『まもなく電車が出現します』	創元推理文庫	2011年 5月
『いわゆる天使の文化祭』	創元推理文庫	2011年12月
『午後からはワニ日和』	文春文庫	2012年 3月
『戦力外捜査官 姫デカ・海月千波』	河出書房新社	2012年 9月
	河出文庫	2013年10月
『昨日まで不思議の校舎』	創元推理文庫	2013年 4月
『ダチョウは軽車両に該当します』	文春文庫	2013年 6月
『パティシエの秘密推理 お召し上がりは容疑者から』	幻冬舎文庫	2013年 9月
『神様の値段 戦力外捜査官』	河出書房新社	2013年11月
	河出文庫	2015年 3月
『迫りくる自分』	光文社	2014年 2月
	光文社文庫	2016年 2月
『迷いアルパカ拾いました』	文春文庫	2014年 7月
『ゼロの日に叫ぶ 戦力外捜査官』	河出書房新社	2014年10月
	河出文庫	2017年 9月
『青藍病治療マニュアル』	KADOKAWA	2015年 2月
改題『きみのために青く光る』	角川文庫	2017年 7月
『世界が終わる街 戦力外捜査官』	河出書房新社	2015年10月
	河出文庫	2017年10月
『シャーロック・ホームズの不均衡』	講談社タイガ	2015年11月
『レジまでの推理 本屋さんの名探偵』	光文社	2016年 1月
	光文社文庫	2018年 4月

『家庭用事件』	創元推理文庫	2016年 4月
『一〇一教室』	河出書房新社	2016年10月
『シャーロック・ホームズの十字架』	講談社タイガ	2016年11月
『彼女の色に届くまで』	KADOKAWA	2017年 3月
	角川文庫	2020年 2月
『モモンガの件はおまかせを』	文春文庫	2017年 5月
『100億人のヨリコさん』	光文社	2017年 8月
	光文社文庫	2019年 6月
『破壊者の翼 戦力外捜査官』	河出書房新社	2017年11月
『名探偵誕生』	実業之日本社	2018年 6月
	実業之日本社文庫	2021年 12月
『叙述トリック短編集』	講談社	2018年 9月
	講談社タイガ	2021年 4月
『そこにいるのに』	河出書房新社	2018年11月
改題『そこにいるのに 13の恐怖の物語』	河出文庫	2021年 6月
NEW! 『育休刑事』	幻冬舎	2019年 5月
	角川文庫	2022年 8月
『目を見て話せない』	KADOKAWA	2019年10月
改題『コミュ障探偵の地味すぎる事件簿』	角川文庫	2021年 12月
『七丁目まで空が象色』	文春文庫	2020年 1月
『難事件カフェ』	光文社文庫	2020年 4月
『難事件カフェ2 焙煎推理』	光文社文庫	2020年 5月
『生まれつきの花—警視庁花人犯罪対策班』	河出書房新社	2020年 9月
『卒業したら教室で』	創元推理文庫	2021年 3月
『推理大戦』	講談社	2021年 8月
『夏休みの空欄探し』	ポプラ社	2022年 6月

本書は二〇一九年五月に幻冬舎より刊行された
単行本を加筆修正のうえ、文庫化したものです。

育休刑事

（いくきゅうデカ）

似鳥 鶏（にたどり けい）

令和４年 ８月25日　初版発行
令和５年 ４月５日　再版発行

発行者●山下直久

発行●株式会社KADOKAWA
〒102-8177　東京都千代田区富士見2-13-3
電話　0570-002-301（ナビダイヤル）

角川文庫 23280

印刷所●株式会社暁印刷
製本所●本間製本株式会社

表紙画●和田三造

ISBN 978-4-04-111513-8　C0193

JASRAC 出 2205159-302

◇◇◇

角川文庫発刊に際して

角川源義

第二次世界大戦の敗北は、軍事力の敗北であった以上に、私たちの若い文化力の敗退であった。私たちの文化が戦争に対して如何に無力であり、単なるあだ花に過ぎなかったかを、私たちは身を以て体験し痛感した。西洋近代文化の摂取にとって、明治以後八十年の歳月は決して短かすぎたとは言えない。にもかかわらず、近代文化の伝統を確立し、自由な批判と柔軟な良識に富む文化層として自らを形成することに私たちは失敗して来た。そしてこれは、各層への文化の普及滲透を任務とする出版人の責任でもあった。

一九四五年以来、私たちは再び振出しに戻り、第一歩から踏み出すことを余儀なくされた。これは大きな不幸ではあるが、反面、これまでの混沌・未熟・歪曲の中にあった我が国の文化に秩序と確たる基礎を齎らすためには絶好の機会でもある。角川書店は、このような祖国の文化的危機にあたり、微力をも顧みず再建の礎石たるべき抱負と決意とをもって出発したが、ここに創立以来の念願を果すべく角川文庫を発刊する。これまで刊行されたあらゆる全集叢書文庫類の長所と短所とを検討し、古今東西の不朽の典籍を、良心的編集のもとに、廉価に、そして書架にふさわしい美本として、多くのひとびとに提供しようとする。しかし私たちは徒らに百科全書的な知識のジレッタントを作ることを目的とせず、あくまで祖国の文化に秩序と再建への道を示し、この文庫を角川書店の栄ある事業として、今後永久に継続発展せしめ、学芸と教養との殿堂として大成せんことを期したい。多くの読書子の愛情ある忠言と支持とによって、この希望と抱負とを完遂せしめられんことを願う。

一九四九年五月三日